브리스 디제이 팬케이크 소설집

브리스 디제이 팬케이크 소설집
The Stories of Breece D'J Pancake

브리스 디제이 팬케이크

이승학 옮김

섬과 달

브리스 디제이 팬케이크 소설집

1판 1쇄 발행 2021년 5월 15일
1판 2쇄 발행 2021년 12월 30일

지은이 　　　 브리스 디제이 팬케이크
옮긴이 　　　 이승학
펴낸이 　　　 이승학
펴낸 곳 　　　 섬과 달

출판 등록 　　 2019년 6월 5일 제2019-000057호
주소 　　　　 (03360) 서울특별시 은평구 불광로 170, 101-1503
전화 　　　　 070-7333-7212
팩스 　　　　 02-6305-7212
전자우편 　　 isleandmoonpublisher@gmail.com
인스타그램 　 @isleandmoon

기획·편집 　　 이승학
디자인 　　　 이정하
제작 　　　　 영신사

ISBN 　　　　 979-11-968376-4-8 03840

"외로운 게 문제구나, 그렇지?"

차례

일러두기

1. 이 책은 브리스 디제이 팬케이크 사후 출간된 그의 유일한 소설집 『The Stories of Breece D'J Pancake』(Little, Brown and Company, 1983)를 우리말로 옮긴 것이다.
2. 국립국어원의 어문규범을 따르되 용례가 없는 경우 관용적 표기를 따랐다.
3. 책·장편은 『　』로, 단편은 「　」로, 영화·음악·매체 등은 〈　〉로 묶었다.
4. 주석은 모두 옮긴이의 것으로 간단한 것은 본문에 소괄호로 달았고 긴 것은 각주로 내렸다.
5. 원서에서 이탤릭체로 강조한 부분은 굵은 고딕 글자로 바꿨다.

나는 산과 시간의 저편을 본다.

제임스 앨런 맥퍼슨

한번 들르셔야 할 것 같아요. (자동차나 기차로 오시면 제가 여비도 드리고 **모실** 곳도 마련할게요.) 서문을 쓰시려면 선생님이 샬러츠빌에서 들은 것 말고도 이곳 골짜기며 (제 아들) 브리스가 자란 환경을 더 겪어보셔야 하잖아요.

—— 헬렌 팬케이크 여사의 편지, 1981년 2월 10일

그는 영 못 찾는 듯했지
평지와 농부가 있는 곳
그래서 어느 날 떠나야만 했어
그는 말했네, 배우가 되리라.

그는 집 없는 소년 역을 맡았네

톰, 내일이 없는 아이
남에게 손을 내미는
그늘 속의 외지인.

그 뒤 마커스는 라디오에서 들었지
영화배우 하나가 죽어간다고.
그는 새된 볼륨을 낮췄어
그 덕에 호텐스는 곤히 잘 수 있었네.
── 〈인디애나 출신 짐 딘Jim Dean of Indiana〉, 필 오크스*

1976년 9월 말, 독립기념일이 200주년이던 해 가을에 나는 버지니아 대학교에서의 선생 이력을 시작했다. 나는 당시 휴가 중이던 존 케이시의 초대로 그곳 글쓰기 과정에 합류했다. 식민지 시기의 미국 문학을 연구하는, 마침 그해가 안식년이던 역사학자 데이비드 레빈에게서 책이 빽빽한 방을 빌렸다. 나는 내 요청에 따라 비종신으로 영어과 부교수 자리에 보직되었다. 나는 볼티모어에 있는 흑인 대학에서 버지니아로 넘어온 참이었다. 직업적인 그리고 개인적인 몇 가지 이유로 버지니아 대학교의 제안을 받아들인 거였다. 이를테면 나는 정신적 측면에서 더욱 동기부여가 된 학생들을 가르치고 싶었고 고향에도 가고 싶었다.

내 기억이 정확하다면 1976년은 미국 정치에 이례적인 희망이 돌던 해다. 남부 사람 제임스 얼 카터가 대통령 후보로 뛰고 있었고 흑백 할 것 없이 미국 전역의 사람들이 어떤 낙관론으로 제 지역에 기대를 걸고 있었다. 카터는 무수히 많은 사람에게 **이곳** 뉴 사우스**가

오랜 약속의 땅이라는 믿음을 불어넣었다. 그리고 우리 중에는 조상의 뜻을 받들어 북부에서 더 나은 삶을 찾은 이들, 재건 시대***에 수립된 약속들이 끝내 지켜지기를 묵묵히 바라던 이들이 많았다. '백인' 미국인 지역사회에서 지미 카터의 출마가 남부 말투의 미묘한 차이와 남부의 식재료에 대한 관심을 자아냈다면 '흑인' 미국인 지역사회에서—흑인 침례교회에서의 연설, 할렘과 디트로이트 거리 순방 같은—카터의 현시(顯示)는 남부의 **문화**, 즉 그들이 오랫동안 일원으로 있었던 문화가 부상해 더 광대한 미국적 상상에 편입됨을 상징하는 것 같았다. 카터의 등장은 공통의 문화 때문에 나뉜 이 두 민족에게 일종의 화해를 제안했다. 그의 출현은—타향살이가 웬만큼 익숙해진—남부 출신 망명자들에게 지금 이것은 우리의 토박이 땅을 되찾으라는 격려다 하는 신호였다. 우리 중에는 조상의 집이 있는 쪽으로 상상의 방향을 돌린 사람이 많았다.

나는 분리 정책을 쓰는 학교와 인간적 자존감이 낮아지는 교육기관의 산물로서 스물한 살에 남부를 떠났고 북부에서 자수성가로 겨우겨우 이력을 쌓았다. 남부에서 자란 그 21년 동안 나는 한 번도 백인 친구를 가져본 적이 없다. 후년에 북부와 서부에서 많은 백인 남부 사람을 사귀었다고는 해도 남부를 벗어난 남부 사람은 자신의 올

---

* 필 오크스(Phil Ochs)는 시대가 변해도 전쟁, 인권, 노동을 노래한 소신파 포크 음악가로 이 곡은 영화배우 제임스 딘을 그린 노래.

** New South. 노예제도와 플랜테이션 농업을 토대로 하는 옛 남부(Old South)의 사회적·경제적 가치관을 현대화하자는 구호에서 나온 말.

*** Reconstruction. 남북전쟁을 수습하고 부흥을 노리던 시기로 1865년부터 1877년까지의 12년을 가리킴.

바른 맥락에서 벗어난 것으로 여겨지기 쉽다는, 그리고 때로는 흑인 미국인만큼이나 아웃사이더라는 미묘한 사실 때문에 그 관계들은 손상되었다.

서로의 소외에 토대하고 남의 눈을 의식해 서로를 이해하려는 우정은 진짜로 시험을 당하는 경우가 드물다. 그것은 흔한 풍경, 즉 신뢰를 쌓고 서로의 관심을 발전시킬 흔한 기반 내지 '정상적'인 기반과의 유기적 관계를 결여한다. 서로의 사욕은 ── 종종 업신여 기기를 일삼는 북부 사람들의 눈에 들고자 백인 남부 사람이 '올발 라' 보이려는 욕구(모든 인종 문제에서 남부는 전통적인 희생양이다)와 흑인 남부 사람이 남부와 남부 문화에 대해 갖는 다소 진부한 기억 에 접근하려는 욕구는 ── 우정보다는 정치적 동맹의 기반이다. 진 정한 우정을 이루려면 두 남부 사람은 반드시 남부 땅에서 만나야 한다. 만약 남부에서 자라는 동안 그럴 기회가 한 번도 없었다면, 그리고 '타인'에게 간직된 자신의 그러한 모습을 '이해'하는 데 아직 도 흥미가 있는 사람이라면 남부로 돌아오는 건 필연적인 일이다. 아이러니하게도, 지미 카터의 출마는 백인 남부 사람과 흑인 남부 사람 간의 정치적 동맹을 대변했지만 그 동맹의 진정한 의의는, 적 어도 1976년에는, 서로 나뉘었으나 본적이, 고향이 같은 두 민족이 사적인 관계를 맺었다는 특징에 있었다. 아마도 그런 관계가 1976년 가을, 토머스 제퍼슨이 설립한 버지니아 대학교에서 내가 찾고 있 던 것인 듯하다.

버지니아에 온 지 얼마 안 되었을 때 있었던 두 가지 일화가 기억 나는데, 책이 빽빽한 데이비드 레빈의 교수실에 앉아 있을 때의 일 이다. 지나치게 격식을 차리고 젠체하는 텍사스 출신의 한 청년이

들어와 내 강의에 관해 묻길래 내가 의자에서 일어나 맞이하려 하자 그 청년은 옛 남부의 전통인 노블레스 오블리주가 확연히 드러나는 태도로 손을 들었다. 그 청년은 말했다. "오, 아니, 아니, 아니, 아니! 일어나실 필요 없어요."

두 번째 일화는 그 며칠 뒤의 일로 한 사람의 음성이 들려왔다. 내 교수실 문밖 복도에서 이런 말소리가 울리고 있었다. "저는 대통령 후보로 나선 지미 카터입니다, 저는 대통령 후보로 나선 지미 카터입니다." 목소리의 높낮이와 리듬이 불가피한 정보를 전달해주었다. 남부의 리듬과 억양, **크래커***라는 단어가 머릿속에 곧장 떠오르는 남부의 하위 중산층민 혹은 하층민. 윌슨 홀을 고상한 콧노래같이 울리던 그 소란스러움은 극도의 자만 아니면 어떤 자신 없음을 암시했다. 카터의 선거운동 구호를 반복하는 그 목소리가 왜 누군가의 귀에 거슬렸을까. 이유는 이렇다. 남부의 기대는, 특히 남부의 하층과 중산층 사람들의 기대는 카터에게 걸려 있었다. 그는 그들의 일원이었다. 그의 선거운동은 윌리엄 포크너가 혐오스럽다고 밝힌 사람들, 타락하고 무력한 귀족계급을 대체해가는 그 사람들에 대한 인상을 다시 정립해주리라 약속했다. 포크너 이래로도 널리 이렇다 할 도덕률을 마련하지 못하고 흑인 미국인에게 주기적으로 경멸을 표출하던 게 이 사람들이었던 것이다.

내 문간에 나타났을 때 보니 이 목소리의 전달자는 자기를 앞서간 선창자를 따라 하고 있었다. 그는 6피트(약 183센티미터)가 조금 넘

---

*   cracker. 무식쟁이, 무지렁이 등의 뜻을 지닌 단어로 가난하고 못 배운 남부 사람을 가리키는 멸칭.

는 큰 키에 말랐지만 강단이 있었고 그윽한 갈색 눈은 매우 솔직했다. 지푸라기 같은 그의 금발 머리는 부드러움이 결여되어 있었다. 반은 웃는 상 반은 찡그린 상이라 할 그의 얼굴은 이렇게 말하는 듯했다. "산전수전 다 겪어봤지만 내가 할 말은 이거야. '그래서 뭐?'" 그는 체크무늬 플란넬 셔츠에 청바지를 입고 있었고 미 육군에서 제작한 둥근 황동 버클을 살짝 나온 맥줏배 위에 차고 있었다. 부츠도 신었던 것 같다. 그는 문간에 서서 근사하게 차려진 교수실을 들여다보고 말했다. "저기, 선생님하고 일하고 싶어요."

내가 재차 물었을 때에도 그의 이름은 브리스 팬케이크였다.

그의 몸가짐에는 뻣뻣하고 군인 같은 면이 있었다. 그가 독일계 혈통일 거라는 고정관념이 내게 즉각 들었다. (남부에서는 편협했던 많은 시기에 독일계 이름이 은유화한 앵글로색슨계 이름으로 변모했다고 알려졌는데 개스페니스도 그렇고 팬케이크도 아마 거기에 포함될 것이다.) 그는 내 작품을 몇 편 읽었다고 말하더니 내게 자기 것을 몇 개 보여주고 싶어 했다. 그의 단도직입적인 모습은 나를 경계하게 만들었다. 내가 책상에(학계에, 권력의 상징에) 앉아 있는 동안 그는 책상을 떠나 나라는 사람을 알려고 마음먹은 듯했다. 겸손함이 물씬 풍기는 분위기 속에서 그는 나더러 그 좁아터진 보호구역을 포기하라고 권하고 있었다.

그는 내게 맥주를 마시는지, 핀볼을 하는지, 총이 있는지, 사냥이나 낚시를 하는지 물었다. 이런 중요한 **문화적** 요점이 정리되자 그는 뒤늦게 생각났다는 듯이 별도로 둘만의 연구를 신청해도 되느냐고 물었다. 우리가 합의에 이르자 그는 다시 복도로 유유히 걸어 나가 구호를 재개했다. "저는 대통령 후보로 나선 지미 카터입니다! 저는 대통령 후보로 나선 지미 카터입니다!" 지금 돌아보건대 그의 목소리에는 어떤 거드름스러운 기색도 있었다. 그것은 "그래서 뭐?"라고 말하는 듯한 그의 반쯤 웃는 상과 어울렸고 또 그 상을 돋보이게도 했다. 웨스트버지니아 사람인 브리스 팬케이크는 산에서 자란 특이한 종류의 남부인 혹은 일부 남부인으로 윌슨 홀의 조용하고 고상한 기풍 속에서 나만큼 소외되어 있었다.

적어도 그 시절 버지니아 대학교는 나라 못지않게 분열된 상태였다. 사람들을 특정한 방향으로, 특정한 유권자 집단 쪽으로 움직이는 미묘한 흐름들이 있던 터라 나는 브리스 팬케이크가 내 교수실에 들러 학습지도 이상의 무언가를 바라겠구나 하는 걸 얼마 못 가 알게 되었다. 늘 주(州)의 지원을 받던 이 대학교는 당시 얼마 전까지도 남부 상류층 자제들의 교양 학교* 같은 기능을 했다. 이곳은 한 세대 전에야 중산층 자제들에게 문을 열었다. 그러고 1960년대가 되어서야 여성과 흑인 학생을 받아들이는 데까지 나아갔다. 이 학교를 전국구 명문으로 만들려는 시도로 워싱턴 인근의 부유한 집안 학생들과 북동부 집안 학생들을 더 많이 끌어들이려는 노력이 행해졌다. 거기서 멈추지 않고 대학 내 모든 학과를 격상시키려는 엄청나게 야심찬 노력이 행해졌다. 하버드와 프린스턴과 스탠퍼드와 버클리와 예일에서 가르친 학자들을 채용한 것이다. 이 학교는 세계 전역에서 지식인들을 데려왔다. 이곳 교수진은 그때도 지금도 미국에서 최고로 꼽힌다.

---

* finishing school. 이를테면 전문적인 학업보다는 사회적 지위에 걸맞은 교양과 인맥을 쌓을 목적으로 마치는 학교.

하지만 이런 빠른 변화는 이 학교의 근본 정체성을 바꾸기는커녕 일종의 문화적 골절을 야기했고, 그렇게 이 학교의 근본 정체성을 재정립하려는 일은 미수로 그친 채 정체기를 맞았다. 많은 면에서 그것은 어항 내부를 재단장하는 일과 다를 바 없었다. 전통적인 정체성을 추구하던 많은 남부 신사계급 자제들은 밴더빌트, 툴레인, 채플 힐, 워싱턴 그리고 리(Lee) 대학교에 다니기 시작했다. 학교의 근본 정체성이 남부에 머물렀는데도 남부 사람은 눈 씻고 찾아야만 보일 정도였다. 한쪽에서는 한때 이 학교에 정체성을 부여했던 가치들이 부식하는 결과가 나타났다. 다른 한쪽에서는 출신과 인종을 따져 계층화하는 결과가 나타났다. 귀공자*들은 저희끼리 무리를 지었다. 여자들도 무리를 지었다. 소수의 흑인 학생들도 무리를 지었다. 잔존하는 옛 신사계급들도 저희 사조직과 동아리로 무리를 지었다.

아이러니하게도 가장 고립되고 의지할 데 없어 보이는 이들은 남부의 하층과 중산층 아들딸들이었다. 그들은 분명 조상들이 꿈에 그리던 곳에 온 거였는데 ── 남부에서 샬러츠빌은 이 나라의 나머지 지역에서 케임브리지가 갖는 의미를 갖는다 ── 이런저런 이유 때문에 저희가 고향에서 영적으로 멀어졌음을 깨닫게 되었다. 그중 어떤 이들은 전통적인 희생양을 공격하는 것으로 좌절감을 드러냈다 ── 흑인 선생과 흑인 학생을 공격하는 것으로. 또 어떤 이들은 편안한 정체성을 얻고자 사투리를 쓰다 못해 전형적인 힐빌리**의 가면을 취하는 것으로 스스로를 희화화하기 시작했다. 그 와중에 다른 이들, 브리스 팬케이크처럼 기질적으로 반골인 사람들은 극도로 단절되어 다른 아웃사이더를 벗으로 찾았다.

맥락이 어떻든 간에 작가는 제 소명이 요구하는바 아웃사이더로 길러지므로 나는 브리스 팬케이크가 작가였다는 걸 단 한 번도 의심해본 적이 없다. 그의 문체는 많은 부분 헤밍웨이에게서 왔지만 그의 주제는 자기가 알아온 웨스트버지니아의 사람들과 장소들에서 왔다. 그의 솜씨는 정확하고 솔직하고 감상에 젖지 않았다. 그는 이런 자평을 즐겨 달았다. "헛소리!" 그는 자기가 전하려던 효과가 조금도 물러지지 않도록 단어를 낭비하지 않았고 끊임없이 고쳐 썼다. 하지만 기질적으로 브리스 팬케이크는 외롭고 우울한 사람이었다. 거기다 대학교에서—호인스 연구생***이라는, 조교라는, 그리고 웨스트버지니아의 작은 산골 마을에서 온 남자라는—그의 입장은 가뜩이나 제 안에 있던 냉소와 쓰라림에 덤을 얹었다. 작가로서 그의 소명이 그를 아주 작은 집단의 일원으로 만드는 동안 웨스트버지니아 중산층 태생이라는 점은 남부에 배경을 둔 상류층 학생들뿐 아니라 워싱턴 인근과 북동부에서 온 훨씬 세련되고 세속적인 중산층 학생들로부터 그를 고립시키는 경향이 있었다. 나는 남부의 많은 상류층 사람이 남부의 하층과 중산층 사람에게 품는 경멸에 관해 그에게서 무언가 배웠고, 상류층 지방분권주의자로서 높은 자존심을 지켜야 하는 그들의 변함없는 욕구에 관해서도 그에게서 무언가 배웠다. 내게는 이른바 노블레스 오블리주의 전통에 입각해 몇몇 집에

---

*　　원문은 프레피(preppy). 명문 사립 고등학교를 나온 부잣집 학생을 가리킴.
**　　hillbilly. 애팔래치아산맥이 있는 미국 중남부의 가난하고 못 배운 산골내기를 가리키는 멸칭.
***　　Hoyns Fellow. 버지니아 대학교에 호인스 장학금이 있는데 브리스 디제이 팬케이크는 그와 관련해 잠시 일했다.

초대받을 기회가 주어졌지만 브리스에게는 그런 선택권이 드물었다. (언젠가 남부의 어느 상류층 사람은 내게 말했다. "저는 흑인들을 좋아해요. 유럽 소작농들하고 많이 닮았고 가난한 백인보다는 **깨끗해서요.**") 그래도 그는 형편껏 친구를 사귀려고 늘 애쓰고 있었다. 그는 선물을 주는 버릇이 있었는데 한번은 약속했던 만큼 물고기를 잡아다 주지 않아 가족들이 나무라더라고 내게 불평을 했다. 그는 부족분을 메우려고 제 돈을 털어 추가로 물고기를 샀는데 그래도 약속한 숫자에는 모자랐다. 이 일로 시달리고 있던 그는 내게 이렇게 언급했다. "가만 보면 다들 제가 굽실굽실하길 원하는 것 같아요."

책이든 뭐든 브리스가 드린 건 가지셔도 됩니다 —— 주기만 좋아하지 받을 줄은 모르는 아이였지요. 그 애는 선물 받을 자격이 있다고 느껴본 적이 없답니다 —— 자기한테 엄격했어요. 그 애의 생활신조는 부모한테서 배운 거예요 —— 그리스식이든 로마식이든 뭐든 그냥 순수한 옛날 방식의 정직함 말이에요. 그 애가 이생에서 정직하지 못한 것과 악한 것을 너무 많이 보고 거기에 적응을 못 하니까 하느님이 집으로 부르셨나 봐요.
—— 헬렌 팬케이크 여사의 편지, 1981년 2월 5일

비를 피할 일이 없네, 내가 죽으면
고통을 느끼지도 못하네, 내가 죽으면
잃을 것도 얻을 것도 없네, 내가 죽으면
그러니 여기 있을 때나 그리해볼까

거짓말을 비웃을 일이 없네, 내가 죽으면
언제 어떻게 왜냐고 물을 수도 없네, 내가 죽으면
죽을 만큼 자랑스럽게 살 일이 없네, 내가 죽으면
그러니 여기 있을 때나 그리해볼까
—— 〈내가 죽으면When I'm Gone〉, 필 오크스

브리스 팬케이크는 스스로 나아지도록 혹사하는 것 같았다. 그의
포부가 처음부터 문학적이었던 건 아니다. 그는 온갖 사는 방식을
밝혀내려고, 즉 웨스트버지니아주 밀턴 시 골짜기에 있는 제집을 벗
어나 살아가게 해줄 가치 규범, 모든 걸 포용하는 가치 규범을 정의
하려고 저 혼자 분투하고 있었다. 그가 내게 준 책들이 그의 탐색 범
위를 알려줄지 모르겠다. 잭 런던의 자서전, 바다를 다룬 유진 오닐
의 여러 희곡—— 야생 그대로의 자연을 바라보던 사람들의 통찰이
담긴 작품들. 브리스는 20대 중반 천주교에 발을 들이더니 교회 일
에 열심이었다. 하지만 내가 그의 삶의 초점을 이해하게 된 건 핸들
을 돌릴 때마다 골짜기에 둥지를 튼 집들이 내려다보이는 굽이진 산
간 도로를 따라 그의 고향 주를 운전해 다닌 이후였다. 집들 주변의
골짜기에는 자동차며 난로며 냉장고가 버려져 있었다. 그 지역 사람
들이 내버린 물건은 아니었다. 조금만 쓸모가 있어도 일말의 부를
늘릴 기회가 되기 때문이다. 아울러 그 지역에서는 시선이 위와 아
래를 함께 보도록 길든다. 골짜기에서 하늘을 올려다보거나 빙 두른
산들에서 골짜기를 내려다보거나. 그 지역에서는 수평의 시야가 드
물다. 그곳 하늘은 위를 찌르는 고집 센 산비탈들 때문에 구획이 지
어진다. 몽상가와 체념자를 위해 자연이 고심해 만든 환경이다.

언젠가 브리스는 자랄 때 라디오랑 어떤 관계였는지, 들을 수 있는 방송주파수가 뭐였는지 내게 말해준 적이 있다. 차를 몰아 그곳 산들을 지나면서 나는 그의 상상력을 잡아끈 여러 방향을 떠올릴 수 있었다. 웨스트버지니아 사람들이 많이들 그러듯 그는 야간 라디오 방송을 듣고 디트로이트에 끌렸었다. 하지만 그는 거기 말고도 여러 지역, 특히 자기 지역과 경계가 맞닿은 주들도 염두에 두고 있었다. 나는 딱 한 번 그에게 웨스트버지니아를 통틀면 인구가 얼마나 되느냐고 물은 적이 있다. 그는 당시 주에서 가장 큰 도시인 헌팅턴의 인구 10만 명까지 해서 200-300만쯤 된다고 추정했다. 그것은 별다른 뜻이 없는 지나가는 질문이었다. 하지만 며칠 뒤 내 우편함에는 그가 쓴 쪽지 한 통이 들어 있었다. "짐, 제가 틀리긴 했는데 비율적으로는 맞아요. (웨스트버지니아 헌팅턴 인구는 4만 6000명이에요.) 서쪽으로 오하이오는 대략 900만이에요. 동쪽으로 버지니아는 400만쯤 되고요. 남쪽으로 켄터키는 대략 300만. 북쪽으로 펜실베이니아는 1100만. 웨스트버지니아는 —— 180만 명 —— 로드아일랜드보다 100만 명이 많아요. 추신. 내일 점심에 보는 거죠?" 그가 자기네 주의 가난과 어떤 책들에 담긴 그 가난의 모습을 매우 의식했음은 굳이 강조할 필요가 없다. 그는 해리 코딜의 『컴벌랜드에 밤이 내리다』 따위 개의치 않는다고 내게 말했다.* 그는 그 책이 자기가 나고 자란 땅을 부정확한 모습으로 전한다 생각했고, 그래서 작가로서 그의 포부는 그 인식을 개선하는 거였다.

스스로 나아지려는 이 다짐은 브리스에게 방랑자이자 모험가가 되라고 지시했다. 그는 웨스트버지니아에 소재한 몇 개의 작은 대학에 다녔고 나라 곳곳을 여행했다. 그는 한동안 서부 인디언 보호

구역에서 살았다. 그는 독일어를 독학했다. 그는 한동안 자신의 영웅 필 오크스가 다녔던, 스톤턴에 있는 바로 그 군사학교에서 강의했다. 그는 이 작사가 겸 작곡가를 대단히 흠모해 그의 곡 중 자기가 최고로 꼽는 〈인디애나 출신 짐 딘〉의 노랫말을 나더러 잘 들어보라고 권했다. 브리스는 제 글쓰기를 더없이 진지하게 여겨 그것의 성공에 온 희망을 걸었다. 작가로서 뭔가 '이루어야' 한다는 부담감을 스스로에게 짊어지우는 것 같았다. 언젠가 그는 내게 말했다. "제가 팔 것은 경험뿐이에요. 일이 제대로 틀어지면 선생님이나 저나 같은 시궁창에 처박히겠네요. 고료는 **제가** 조금 더 받겠지만 그래봐야 시궁창이 시궁창이죠." 그는 자기가 지은 황당무계한 이야기로, 그것도 자기 파괴적인 방식으로 사람들을 감동시키길 좋아했다. 그는 샬러츠빌 변두리에 있는 하층민들의 술집에서 싸움에 끼어들었다가 시내로 돌아와 상처를 자랑하곤 했다. "이런 게 다 이야깃거리죠," 그는 말했다.

그는 계급이 드러나는 사람들을 좋아했다. 그는 첫 데이트에서 자기와 잠을 잔 상류층 여자들에 대해서는 경멸적으로 말했지만 몇 번의 데이트가 지나야 볼에 키스를 허락해주는 여자들에 대해서는 온통 칭찬뿐이었다. "요조숙녀라니까요," 그는 내게 자랑했다. 그곳의 현실을 볼 때 전혀 근거 없는 것일지도 모르지만, 브리스에게는 샬러츠빌 사회에 대한 자신의 **인식**에 근거해 스스로를 다시 정의하

---

* 해리 코딜(Harry Caudill)은 켄터키주 화이츠버그에서 태어난 작가로 『컴벌랜드에 밤이 내리다Night Comes to the Cumberlands』는 애팔래치아 지역의 가난과 우울을 그린 자서전.

는 일이 매우 중요했던 것 같다. 하지만 그의 안에는 거기에 상반되는 중압감, 즉 그곳 사람들이 강요받는 순종에 대한 경멸도 있었다. 우리는 딱 한 번 같이 영화를 보러 갔는데 막간에 사람들이 좁은 로비에서 웅성대자 갑갑함을 느낀 그는 이렇게 소리를 질렀다. "비켜요! 길 좀 틉시다! 사람 좀 지나다니게요!" 주로 학생이었던 인파는 즉각 흩어졌다. 그러자 브리스는 내 쪽을 돌아보고 소리 내어 웃었다. "다들 복제 인간이에요!" 그는 말했다. "**복제 인간**이 따로 없다니까요!"

그는 야외를 사랑했다 —— 블루리지산맥에서 하는 사냥과 낚시와 하이킹. 그는 나를 하이킹에 여러 번 데려갔다. 소풍을 다니는 동안 그는 좋은 조언을 많이 해주었다. 혹시라도 샬러츠빌에서 고립되어 갑갑함을 느끼면 블루리지로 차를 몰고 가서 걸어 다녀라, 그러면 머리가 맑아질 것이다. 그는 자연과의 이런 교감이 절대로 필요하다 보았고 산속으로 짧은 여행을 떠나는 동안에는 평화로워 보였다.

그는 핀볼과 포켓볼과 맥주도 아주 좋아했다. 그는 이런 오락을 즐길 땐 꽤나 승부욕이 있었다. 그는 거의 매번 나보다 과음을 했고 술에 취하면 서먹서먹할 만큼 과묵했다. 이럴 때면 그는 정자세로 꼿꼿하게 앉아 내 얼굴에 초점을 맞춘 채 생각과 상상은 딴 데로 향했다. 가끔씩 그는 밀턴에서 사귀었던, 자기한테 상처를 준 옛 여자친구들에 관해 이야기했다. 한번은 수백 권의 고서를 불태우고 묻어야 하는 —— 밀턴 시의 한 사서가 떠맡긴 —— 임무 때문에 느꼈던 슬픔을 이야기했다. 그는 오래된 것들을 좋아했다. 그는 한때 아버지의 것이었던 어떤 물건들을 찾느라 친척의 다락방을 뒤진 일에 관해 이야기했다. 그는 돌아가시기 전 몇 년 동안 아버지가 어머니와 자기에게 쓴 편지들을 회상했다.

브리스 팬케이크는 엄청난 주당으로 술을 마시면 그의 상상은 늘 일정한 곳으로 되돌아갔다. 이제야 생각하건대 그의 오랜 상처와 공상은 그의 은밀한 방에 고스란히 저장되어 있었던 것 같다. 상상이 그곳에 들어서면 그는 타인과의 접촉이 절실한 우울한 사람이 되었다. 하지만 이럴 때 그는 대개 과묵했으므로 그의 존재는 다른 사람들을 초조하게 만들기 일쑤였다. "브리스는 항상 겉돌아요," 서로서로 아는 친구 하나는 언젠가 내게 말했다. 브리스는 뭐든 부탁하는 일이 거의 없었고, 누군가 조금이라도 불편한 기색을 보이면 사과를 하고는─몇 시간 내로 혹은 다음 날 중으로─선물로 만회했다. 브리스가 대가로 바라는 게 있는지, 그렇다면 무엇을 바라는지 제대로 아는 사람은 적어도 샬러츠빌에는 없었던 것 같다. 이 점은 사람들을 찜찜하고 죄스럽게 만드는 효과가 있었다.

> 짐, "헛소리"는 B가 세심하게 고른 말 중 하나였어요─사실 그 애는 자기가 쓴 단편들을 "헛소리 명수"라는 이름으로 냈으면 했답니다. 겸손하기도 하지!
> ─ 헬렌 팬케이크 여사의 편지, 1981년 2월 5일

> 자유가 너를 자유롭게 하지 않는다는 걸 미치광이 감독은 알아
> 그럼 이게 나랑 무슨 상관인데?
> 전쟁은 끝이라고 나는 선언하네. 전쟁은 끝이야. 전쟁은 끝이야.
> ─ 〈전쟁은 끝이야The War Is Over〉, 필 오크스

1977년 겨울에 나는 보스턴에 가서 〈애틀랜틱〉지의 피비루 애덤스(Phoebe-Lou Adams)에게 브리스를 포함한 내 학생들 여럿의 작품을 거론했다. 그녀는 브리스의 단편을 몇 개 보내달라고 요청했다. 나는 브리스에게 그녀와 편지를 나눠보라고 격려했고 얼마 못 가 그의 단편 여러 개가 그 잡지에 팔렸다. 수락 의사와 수표가 든 편지가 도착한 날 브리스는 내 교수실에 들러 나를 저녁 식사에 초대했다. 우리는 우리가 제일 좋아하던 해산물 식당인 티파니에 갔다. 그는 성공에 들뜨기는커녕 시무룩하고 초조해 보였다. 그날 그는 어머니한테 철사 꽃을 만들어주었는데 아직 답이 없더라고 말했다. 그는 진탕 마셨다. 저녁 식사가 끝나자 그는 내게 줄 선물이 있는데 받으려면 자기 집으로 가야 한다고 말했다.

그는 샬러츠빌 바로 근교에 있는 어느 사유지의 작은 방에서 살았다. 집이라기보다는 작업실에 가까웠는데, 책상 역할을 하는 정사각형 합판 위에는 진행 중인 그의 작업물이 가지런히 널려 있었다. 그는 곧장 벽장으로 가 문을 열었다. 안에는 ─ 소총, 엽총, 권총 ─ 있을 만한 온갖 종류의 총이 있었다. 그는 선반에서 12구경 엽총 하나를 골라 내게 주었다. 매도증서와 ─ 웨스트버지니아에서 산 거였다 ─ 총탄도 두 개 주었다. 그는 나중에 같이 다람쥐 사냥을 가자고 청했다. 나는 그러기로 약속했다. 하지만 나는 총을 가져본 적도 원한 적도 없었던지라 농장에 사는 한 친구에게 그걸 나 대신 맡아달라고 부탁했다.

몇 달 뒤 나는 학교 우편함에 브리스가 보낸 또 다른 선물이 와 있는 걸 발견했다. 한때 브리스네 지역 인디언들이 귀하게 여기던 삼엽충 화석이었다. 그가 〈애틀랜틱〉에 판 단편들 중 하나의 제목이

"삼엽충"이었다.

브리스에게는 내가 앞으로도 이해 못 할 수수께끼 같은 면이 하나 있었다. 서로 인종이 달라서 생기는 수수께끼는 아니었다. 이따금 그의 상상이 침거하던 그 작은 방과 관련된 수수께끼였다. 나는 브리스가 내게 준 선물들이 사람들을 자신의 사적인 구역 밖으로 밀어내는, 자신의 최고의 특질을 원료로 빚은 제 가면에 남들의 눈길을 붙잡아두는 수단이었을 거라고 늘 생각했다. 이 판단을 뒷받침할 근거는 한 가지 작은 사건 말고는 없다시피 하지만 그 작은 사건이 그걸 더욱더 믿게 만든다.

그 사건은 1977년 어느 여름날 밤에 일어났다. 우리는 리나 베르트뮐러의 영화들을 본 적이 있었는데 그날 저녁에는 〈7인의 미녀 Seven Beauties〉가 동네 극장에서 상영 중이었다. 나는 브리스가 영화를 보러 갈지 궁금해서 전화를 걸었다. 받지 않았다. 나는 나중에 다시 전화를 걸어 이번에는 벨이 한참 울리게 놔두었다. 마침내 한 남자가 전화를 받더니 원하는 게 뭐냐고 물었다. 나는 브리스를 바꿔달라고 부탁했다. 그는 전화를 잘못 걸었다고, 브리스는 이제 여기서 안 산다고 말했다. 그의 말투에는 경찰 같은 퉁명스러운 권위가 있었다. 그는 잠시 수화기를 그대로 들고 있었는데 저쪽에서 브리스와 다른 몇 사람이 나누는 다급하고 숨죽인 말소리가 들려왔다. 그러더니 그 남자가 다시 전화기로 돌아와 내 이름과 전화번호를 물었다. 그는 브리스가 전화를 줄 거라고 말했다. 하지만 그 순간 브리스는 직접 전화를 넘겨받더니 내가 말한 내용이 뭐냐고 물었다. 나는 영화 이야기를 꺼냈다. 그는 그날 저녁엔 웨스트버지니아에 가느라 영화를 볼 수 없지만 돌아오면 연락하겠다고 말했다. 그 일이 있고 머잖아 나도 마을을 떠난 터라 9월 초까지는 브리스를 보지 못했다. 그가 삼엽충을 준 건 그때였는데, 그 얼마 뒤 그는 내가 전화를 건 지난 여름밤에 관해서 아무한테도 말하지 말아달라며 내게 약속을 받아냈다.

1978년 초여름 나는 샬러츠빌을 떠나 코네티컷주 뉴헤이번으로 자리를 옮겼다. 대통령은 여전히 카터였지만 남부에 관한 내 생각은 급격히 달라져 있었다. 나는 내가 샬러츠빌에 돌아갈 일이 없도록 운이 따라주길 바랐다. 나는 남부 출신 망명자로서 예전 생활양식을 되찾을 계획을 세우기 시작했다. 하지만 삶이 어떻게든 정의될 수 있다면, 우리가 계획을 세우는 사이에 벌어지는 일들이 곧 삶이다. 그해 초가을 나는 봄이 오기 전에 아버지가 되리란 걸 알게 되었다. 그즈음 샬러츠빌 소인이 찍힌 브리스의 소포가 뉴헤이번의 내 아파트에 배달되었다. 나는 그것을 풀지 않았다. 그 안에 선물이 있단 걸 알았지만 브리스와의 관계를 갱신하면 내 기억이 샬러츠빌로 돌아가리란 걸 알았고 나는 그곳으로부터 철저히 자유롭고 싶었다. 브리스의 소포는 1979년 4월 9일 저녁 늦게까지 뜯지 않은 채로 보관되어 있었다.

4월 8일 저녁 나는 브리스가 나오는 꿈을 꾸었다. 위협적이고 사악한 사람들이 나를 방에 가둔 채 내게 먹기 싫은 걸 먹으라고 강요하고 있었다. 브리스도 거기 있었지만 그가 극 중에서 맡은 역할은 기억나지 않는다. 동이 트기 전에 깬 나는 아내의 진통이 시작되었음을 알았다. 그날은 종일 예일-뉴헤이번 병원 분만실에 붙박여 있었다. 오후 늦게 나는 예일 대학교 캠퍼스에 나가 강사료 100달러짜리 강의 하나를 했다. 그러고 나서는 레이철 앨리스 맥퍼슨의 부지런한 아버지라는 나의 새 인생 방향에 행복해하며 집으로 걸어왔다. 하지만 아파트에는 샬러츠빌에서 보낸 존 케이시의 전보가 와 있었다. 전날 밤 브리스 팬케이크가 스스로 목숨을 끊었다는 내용이었다.

나는 즉시 샬러츠빌로 전화를 걸어 존의 부인 제인 케이시에게서 확실한 사실관계를 들었다. 브리스는 술을 마시고 있었다. 그는 어떠어떠한 이유로 자신의 작은 집 근처에 있는 한 가정집에 들어가 집주인들이 돌아올 때까지 거기 어둠 속에 앉아 있었다. 일어서다 그랬는지 무슨 말을 했는지 그가 소리를 내자 그들은 식겁해서 강도라고 생각했다. 브리스는 그 집에서 뛰쳐나와 제 장소로 도망쳤다. 거기서 그는 어떠어떠한 이유로 제 엽총을 하나 꺼내 총구를 입에 물고 자기 머리를 날렸다.

나는 이 얘기를 한 번도 믿어본 적이 없다.

나는 브리스에게 이웃집에 숨어 있을 나름의 이유가 있었을 거라고 본다. 어쩌면 개인이 처한 문제와 관련된 것일 수도 있고 혹은 감정적인 욕구와 관련된 것일 수도 있다. 무엇에서 비롯했든 나는 그게 보통의 이유는 아니었을 거라고 확신한다. 작가로서 내가 브리스의 '자살'에 관한 무언가를 믿어야 한다면, 거기서 어떤 교훈을 끌어내야 한다면 그것은 반드시 그가 이끌어온 삶과 관련된 것이어야 한다. 나는 술을 몇 병 마신 브리스가 자신이 품고 다니던 그 은밀한 방에 갇혔음을 깨달았던 거라고 믿는다. 나는 그가 샬러츠빌 여기저기에 수없이 선물을 뿌렸고 수많은 사람에게 신호를 보냈으니 그 힘들었을 밤에 누구에게든 도움을 청해도 되겠지 느꼈던 거라고 믿는다. 나는 그가 자신의 감정을 드러내는 데 너무 서툴고 거절당할까 봐 너무 겁이 나서 그 부부가 귀가했을 때 공황에 빠졌던 거라고 믿는다. 자포자기한 까닭이 무엇이든 그는 스스로 빚은 가면 안에선 그걸 표현할 수 없었다. 베푸는 사람이라는 가면을 구축한 그가 남에게 무언가를 바라는 줄 누가 알 수 있을까? 육체적으로 가까운 사람도 끝내 외지인이 되고 마는 은밀한 방에 무엇이 들어 있는지 누가 설명할 수 있을까? 평생 무턱대고 주기만 하는데 친절한 말 한마디같이 간단한 제스처를 필요로 하는 줄, 한순간의 기본적이고 인간적인 이해를 바라는 줄 누가 헤아릴 수 있을까? 만약 그 욕구가 한과 체념에 푹 잠겨 있어서 그 결정적인 순간 글로 쓰는 것 말고는 아무런 호소도 먹히지 않을 것 같다면? 그런 상황일 때 사람은 아마 타자기를 쳐다볼 것이고, 그러다 다른 세상을 바라다볼 것이고, 그러다 몸부림을 포기할 것이다. 필 오크스는 스스로 목을 매었다. 브리스 팬케이크는 스스로 방아쇠를 당겼다. 남은 우리는, 그런 극단적인 저항 행위를 떠올릴 일이 없을 만큼 운이 좋다면, 어떻게든 견뎌진다.

소식을 들은 당일 꽤 늦은 저녁, 나는 브리스가 지난가을에 부친 소포를 풀었다. 거기에는 철도 노동자들이 찍힌 낡은 사진 몇 장, 시 몇 편 그리고 편지 한 통이 들어 있었다. 편지의 첫 줄이 모든 걸 말해주었다. "이 편지에 답장하지 않으셔도 돼요." 하지만 그는 내 답장을 못내 바라고 있었다. 사진은 그의 가족 소장품으로 곧 세상을 떠날 줄리아 고모가 그에게 보관하라고 준 것이었다. 그는 사진들을 팔기보다는 거저 나누어주고 싶어 했다. 시도 그런 충동의 연장이었다. "재미있어하실 만한 시도 몇 편 같이 보내요 — 다시 말하지만 답장을 바라는 게 아니라 그냥 소식을 전하는 거예요. 이 친구(수감자)는 제가 스톤턴 교도소(큰집)에 들어가서 어쩌다 알게 됐어요. 시에는 문외한이라 (이 친구 시를) 그레그 오어* 선생님(시인)한테 보냈는데…… 시가 좋아서 『코다』**를 통해 팔 만한 데가 있는지 이것저 것 알아봐주고 계세요. 그나저나 귀족의 의무를 뜻하는 라틴어 경구가 뭐였죠?*** 그게 제가 생각한 그 뜻이라면 ─ 남을 도우라는 거요 ─ 의무나 소명으로 나쁘지 않네요. 우리 둘 다 일이나 하러 가죠."

순전히 사회학적인 관점에서 본다면 브리스 팬케이크의 일은 남을 돕는 것, 남에게 베푸는 것이었다. 나는 그의 그런 부분이, 즉 웨스트버지니아 중에서도 버지니아와 맞닿아 있는 부분이 이제는 맥락을 잃은, 특히 샬러츠빌에서는 더더욱 잃은 그 오래되고 귀족적인 18세기 가치들을 고집하고 싶어 했다고 생각한다. 그는 청바지를 입은 귀족이 되는 쪽으로 일을 해나가고 있었다. 하지만 그는 남부의 하위 중산층 사람이었고, 그의 말씨에서는 어떤 연상되는 것들이 있었고, 자신의 욕구를 표현할 관습적인 방법이 그에게는 보이지 않았고, 그래서 그가 살아 있을 때 우리 중에는 그가 누구였는지 혹은 무엇이었는지 이해하지 못한 사람이 많았다.

몇 주 뒤 나는 그가 준 화석을, 즉 삼엽충을 몇 번의 데이트 후 그

---

*　　Gregory Orr. 시인이자 버지니아 대학교 영어영문학 교수로 1975년 버지니아 대학교에 예술학 석사과정을 만들었으며 문예지 〈버지니아 쿼털리 리뷰 Virginia Quarterly Review〉 편집자로 일하기도 했다.
**　　CODA. '시인과 작가(Poets and Writers Inc.)'에서 발행하던 출판물로 문인과 출판인 등이 글과 인력을 거래하던 장터이기도 했다. 오래전 사라졌으며 지금 존재하는 동명의 상업 단체와는 무관.
***　　노블레스 오블리주를 가리킨다.

에게 볼 키스를 허락했던 여자아이에게 보냈다. 그녀는 샬러츠빌을
떠나 그 무렵 뉴욕에서 일하고 있었다.

제임스 앨런 맥퍼슨

James Alan McPherson. 1943년 미국 조지아주 서배너에서 태어난 작가.
흑인 최초로 퓰리처상을 받았다. 캘리포니아 대학교 샌타크루스 캠퍼스, 하
버드 대학교, 버니지아 대학교 등에서 문예 창작 가르친 뒤 현대 유명 작가
들의 산실인 아이오와 대학교 작가 워크숍(Iowa Writers' Workshop)에서
종신 교수를 지냈다. 소설집으로『외치는 소리Hue and Cry』(1969),『행동
반경Elbow Room』(1977)이 있고 그 밖에 몇 권의 산문집을 냈다. 2016년
세상을 떴다.

삼엽충
Trilobites

나는 트럭 문을 열고 벽돌로 포장된 보도에 발을 올린다. 나는 온통 둥글게 무지러진 컴퍼니 힐을 바라다본다. 오래전에 저 산은 끝내주게 우락부락한 모습이었고 티스강*에 섬처럼 서 있었다. 아담하고 만만한 모습으로 바뀌는 데 꼬박 100만 년이 걸린 저 산을 나는 그동안 삼엽충을 찾아 샅샅이 뒤졌다. 적어도 문제가 되는 한 저 산은 늘 저기 있었던 것 같고 앞으로도 늘 저기 있을 것 같다. 여름철이라 공기가 부옇다. 찌르레기 한 무리가 내 위를 헤엄친다. 나는 이 지역에서 태어났고 간절히 떠나고 싶었던 적은 없다. 나를 쳐다보던 아빠의 죽은 눈이 기억난다. 진짜 메말랐던 눈, 그것이 내게서 무언가를 가져갔다. 나는 트럭 문을 닫고 카페로 향한다.

길에 콘크리트를 덧바른 부분이 보인다. 플로리다 같은 모양이라

---

*   Teays River. 빙하기 이전의 커다란 강으로 지금은 몇 개의 작은 물줄기를 품은 길고 거대한 골짜기로 남아 있다.

나는 지니의 졸업 앨범에 내가 적은 말을 떠올린다. "우리는 망고랑 사랑을 먹고 살 거야." 그러고 나서 그녀는 나를 두고 불쑥 떠났다 —— 저 아래쪽에서 나 없이 산 지 2년이 되었다. 그녀는 앞면에 악어 레슬러와 홍학이 그려진 엽서를 내게 보낸다. 그녀는 내게 어떤 질문도 하지 않는다. 나는 내가 적은 말 때문에 진짜 머저리가 된 기분으로 카페에 들어선다.

실내에는 손님이 없고 나는 냉각된 공기 속에서 숨을 돌린다. 팅커 라일리의 여동생이 내게 커피를 부어준다. 그녀는 엉덩이가 반반하다. 지니와 엇비슷하게 생긴 엉덩이가 다리까지 멋진 곡선을 이룬다. 저런 엉덩이와 다리가 비행기 타는 계단을 오른다.* 그녀는 바 끝으로 가 남은 아이스크림선디를 먹어치운다. 나는 그녀를 보고 웃음을 짓지만 그녀는 미성년자**다. 미성년자와 검정 가죽 채찍은 내가 거들떠도 안 볼 두 가지다. 나는 딱 한 번 낡은 검정 가죽 채찍을 소몰이 채찍으로 사용하다가 그 망할 것의 대가리를 끊어먹은 일이 있는데 아빠는 그놈으로 나를 사정없이 팼다. 나는 아빠가 가끔씩 내 혼을 어쩜 그리 쏙 빼놓곤 했는지 떠올린다. 나는 씩 웃는다.

나는 지니가 전화를 건 어젯밤 일에 관해 생각한다. 그녀의 아버지가 그녀를 찰스턴 공항에서 태워 왔다. 그녀는 벌써 지루해하고 있었다. 우리 만날까? 좋아. 맥주 한잔 어때? 좋아. 예전의 그 콜리. 예전의 그 지니. 그녀는 코맹맹이 소리로 말했다.*** 나는 그녀에게 아빠는 죽었고 엄마는 농장을 팔려고 안달이 났다 말하고 싶었지만 지니는 코맹맹이 소리로 말하고 있었다. 그 때문에 나는 소름이 돋았다.

컵들 때문에 소름이 돋듯이. 나는 가게 입구 가까운 데 놓인 컵 걸이에 컵들이 걸려 있는 모습을 본다. 저것들은 판박이로 이름이 박혀 있고 윤활유와 먼지가 덕지덕지하다. 컵은 네 개, 하나는 아빠의 것이지만 소름이 돋는 건 그 때문이 아니다. 가장 깨끗한 건 짐의 컵이다. 아직 사용 중인 컵이라 깨끗한데도 다른 컵들과 함께 저기 걸려 있다. 창문으로 그가 길을 건너오는 모습이 보인다. 관절염 탓에 그의 관절은 굳어버렸다. 나는 내가 꼴까닥하려면 시간이 얼마나 지나야 하나 생각해보지만 늙은 건 짐이고 그의 컵이 저기 걸려 있는 걸 보면 소름이 돋는다. 나는 문으로 가서 그가 들어오도록 거든다.

그가 말한다. "이제 진심을 털어놓지그래." 그러더니 그는 늙은 손으로 내 팔을 꽉 움켜쥔다.

나는 말한다. "쟤를 어떻게 건드려요." 나는 그를 바 의자에 앉힌다.

나는 주머니에서 울퉁불퉁 덩어리진 이 암석을 꺼내 짐 앞의 바에 탁 내려놓는다. 그는 야윈 손으로 그걸 뒤집어 살핀다. "복족류네," 그가 말한다. "페름기였던가. 또 사 왔구먼." 나는 그를 당해낼 수 없다. 그는 모든 걸 안다.

"삼엽충은 아직 못 찾았어요," 나는 말한다.

"몇 개 없어," 그가 말한다. "많지 않아. 이 주변 노두(露頭)****에

***

* 팔자가 핀다는 뜻.
** 원문은 jailbait. 감옥에 가는 한이 있어도 사귀어볼 만큼 성적 매력이 넘치는 미성년자라는 뜻.
*** 애팔래치아산맥과 웨스트버지니아 쪽 사투리는 코맹맹이 소리가 나는 걸로 유명하다.
**** 암석, 지층, 석탄층 등이 지표 바깥으로 드러난 부분.

서 그걸 찾기는 진작부터 글렀지."

여자아이가 짐의 컵에 커피를 담아 가져오고, 우리는 주방으로 다시 쏙 들어가는 그녀의 뒷모습을 지켜본다. 반반한 엉덩이.

"저거 보여?" 그가 그녀 쪽으로 고갯짓을 한다.

나는 말한다. "마운즈빌의 명물이죠." 나는 1마일 밖에서도 미성년자를 가려낼 수 있다.

"제길, 미시간에 있을 때 여자애 나이 따위는 네 아빠랑 나를 말리지 못했어."

"사실대로 말하세요."

"사실이고말고. 바지 올리고 첫 기차 잡으려면 미적거릴 틈이 어디 있어."

나는 창턱을 쳐다본다. 바삭하게 마른 파리들의 잔해로 얼룩덜룩하다. "아빠랑 아저씨는 왜 미시간을 뜨셨어요?"

짐의 눈주름이 느슨해진다. 그가 말한다. "전쟁 때문이지," 그러고 그는 커피를 한 모금 홀짝인다.

나는 말한다. "아빠 거기로 두 번 다시 못 돌아갔죠."

"나도 그랬지 —— 항상 원했어 —— 거기 아니면 독일 —— 그냥 둘러나 봤으면 해서."

"그러게요, 두 분이서 전쟁 때 묻어둔 은식기 같은 걸 보여주겠다고 아빠가 약속했었어요."

그가 말한다. "엘베강이었어. 지금쯤 다 파 갔을걸."

내 한쪽 눈구멍이 커피에 비치고 김이 얼굴에 감기자 두통이 밀려오는 느낌이다. 나는 팅커의 여동생을 쳐다보며 아스피린을 한 알 달라고 부탁하지만 그녀는 주방에서 깔깔거리는 중이다.

"그가 부상을 입은 게 거기서였지," 짐이 말한다. "엘베강에서. 한참 동안 정신을 못 차렸어. 추웠지, 젠장맞을, 정말 추웠어. 나는 그가 죽은 줄 알았는데 결국 돌아오더라고. 이러더군. '전 세계를 돌고 왔어.' 이러더라니까. '중국이 그렇게 예쁘더라고, 짐.'"

"꿈꾼 거예요?"

"나야 모르지. 그딴 데 신경 쓰는 거 관둔 지 몇 년 됐어."

팅커의 여동생이 우리한테 팁을 요구하러 커피포트를 들고 나온다. 나는 그녀에게 아스피린을 부탁하면서 그녀의 쇄골에 난 뾰루지를 본다. 중국 사진을 본 적이 있는지 기억나지 않는다. 나는 여동생의 엉덩이를 지켜본다.

"트렌트가 아직도 그 주택단지 들먹이면서 너희 농장 눈독 들여?"

"들이다마다요," 나는 말한다. "엄마도 팔려나 봐요. 저는 농장 운영을 아빠처럼은 못 하니까요. 사탕수수는 보는 것도 끔찍해요." 나는 남은 커피를 비운다. 농장 얘기는 지긋지긋하다. "오늘 밤에 지니랑 외출할 거예요," 나는 말한다.

"내 몫까지 열심히 해," 그가 말한다. 그는 내 물건을 툭 친다. 그가 그녀를 그런 식으로 말하는 게 싫다. 내가 싫어하는 걸 알고 그의 함박웃음이 사그라든다. "걔네 아버지한테 천연가스 많이 찾아줬지. 마누라가 내빼기 전까지는 굉장한 사내였어."

나는 의자에 앉은 채로 빙글 돌고는 그의 늙고 허약한 어깨를 탁 친다. 나는 아빠를 떠올린 뒤 농담을 던져본다. "아저씨 냄새가 고약해서 장의사가 따라오겠어요."

그가 웃음을 터뜨린다. "넌 이제껏 태어난 애들 중에 제일 사악한 녀석이야, 그거 알아?"

나는 씩 웃고 슬슬 문으로 나간다. 그가 여동생에게 외치는 소리가 들린다. "이리 와봐, 자기야, 농담 하나 들려줄게."

하늘에 얇은 막이 끼었다. 달아오른 열이 내 피부의 소금기를 뚫고 들어와 살을 팽팽하게 당긴다. 나는 트럭에 시동을 건 다음 티스강의 메마른 바닥에 건설된 국도를 타고 서쪽으로 달린다. 거기엔 넓은 저지대가 있고 그 양옆에는 태양도 불살라 없애지 못하는 산들이 노르스름한 너울을 이룬다. 나는 공공사업진흥국이 세운 철제 표지를 지난다. "조지 워싱턴이 조사함, 티스강 유료도로." 나는 건물들이 서 있는 곳의 들판과 소들을 보고 저들의 아득한 옛 모습을 떠올린다.

나는 주도로를 벗어나 우리 집으로 방향을 꺾는다. 구름 때문에 마당의 햇빛이 밝았다 어두웠다 깜빡거린다. 나는 아빠가 쓰러진 지점을 다시 쳐다본다. 그는 오래전 부상에서 얻은 금속 조각이 뇌로 넘어가 폭신한 풀밭에 사지를 벌리고 누워 있었다. 그의 얼굴에 난 풀 자국을 보고 그가 엄청나게 혼이 났겠다 싶었던 일이 떠오른다.

나는 저 위 헛간에 가서 트랙터에 시동을 건 다음 우리 땅 끄트머리에 있는 둥근 언덕까지 몰고 가 세운다. 나는 거기에 앉아 담배를 피우고 다시 사탕수수를 바라다본다. 줄은 번듯하게 굽이돌지만 그 주변은 흉물스럽게 진흙이 앉았고 잎들은 충해로 자줏빛이 돈다. 나는 충해에 연연하지 않는다. 충해를 걱정하기에는 사탕수수가 너무 먼 길을 가버렸단 걸 안다. 멀리서 누군가 나무를 패는 도끼질 소리가 내게 메아리쳐 온다. 이곳 산허리는 햇볕에 데워져 아지랑이가 피어오른다. 우리 집 소들은 풍극(風隙)*으로 이동하고 새들은 방목

지로 벌채된 적 없는 곳의 나무들 꼭대기에 숨는다. 나는 오래되어 쭈글쭈글한 경계선 말뚝을 바라본다. 저것은 떠돌이 막일꾼 시절과 군인 시절이 끝났을 때 아빠가 세운 것이다. 아까시나무 말뚝이라 오래도록 저기 있을 것이다. 시든 나팔꽃 몇 송이가 저기에 매달려 있다.

"못해 먹겠군," 나는 말한다. "되도 않을 일에 애를 써봐야 무슨 소용인지."

도끼질이 멎는다. 나는 따르르하는 메뚜기 날갯소리에 귀를 기울이고 바닥 가까운 쪽에 충해가 있는지 필사적으로 살핀다.

나는 말한다. "그럼 그렇지, 콜리, 이 말똥 같은 땅에선 강낭콩도 못 키워."

나는 담배를 트랙터 바닥판에 짓이긴다. 불이 나는 건 바라지 않는다. 나는 시동기를 누르고 덜거덕덜거덕 들밭을 휘젓다가 말라가는 하천의 여울로 내려가 건너편으로 올라간다. 거북**들이 통나무에서 떨어져 물웅덩이로 기어간다. 나는 기계를 멈춘다. 이곳 사탕수수는 더할 나위 없이 상태가 안 좋다. 나는 점점 화끈거리는 뒷목을 문지른다.

나는 말한다. "망했어, 진. 뭘 어떻게 할 수가 없어."

나는 뒤로 기대어 이 들밭과 양옆의 산들을 잊으려고 애쓴다. 나 혹은 이 장비들이 있기 한참 전에 티스강은 이곳을 흘렀다. 그 차가

---

*   wind gap. 주변의 다른 하천에 물을 빼앗기다가 끝내 말라버린 하천. 애팔래치아 산지에서 유독 특징적인 자연 지형.

**   원문은 turkle로 거북(turtle)의 사투리.

운 강물과 삼엽충이 기어 다니면서 태우던 간지럼이 느껴지는 듯하
다. 그 옛날 산맥에서 내려온 물은 모두 서쪽으로 흘렀다. 하지만 땅
이 융기했다. 내게 남은 거라곤 저지대와 내가 모으는 석화한 동물
뿐이다. 나는 눈을 깜빡깜빡하며 숨을 돌린다. 아버지는 사탕수수
숲의 카키색 구름이고 지니는 이제 내게 산등성이에서 자라는 블랙
베리 덤불의 쌉싸래한 냄새에 지나지 않는다.

　나는 자루를 들고 갈고리로 찔러가며 거북을 찾는다. 잽싼 잉어
몇 마리가 강기슭 밑에서 번쩍 나타났다 사라진다. 거북이 숨은 곳
에서 퍼져가는 여러 개의 고리가 알록점 같은 이끼 사이로 보인다.
이 호구 녀석은 내 차지다. 물웅덩이에서는 썩은 내가 나고 태양은
짙다 싶은 갈색이다.

　나는 물로 철벅철벅 들어간다. 녀석은 통나무의 뿌리혹을 좋아한
다. 나는 갈고리로 이리저리 헤집다가 씰룩거림을 느낀다. 이 녀석
은 영리한 거북이 맞지만 그래도 호구라는 건 변함이 없다. 장담하
는데 녀석은 간은 내주더라도 남은 생을 찾을 수 있었건만 내가 갈
고리질을 하는 동안 뿌리혹에 사족을 못 써 호구처럼 붙잡히고 만
다. 나는 녀석을 끌어올려 악어거북임을 확인한다. 녀석은 제 뭉툭
한 목을 빙 돌려 갈고리를 물려고 한다. 나는 녀석을 모래에 눕히고
아빠의 칼을 꺼낸다. 나는 껍데기에 발을 올리고 꾹 누른다. 저 살
찐 목이 순식간에 홀쭉해지더니 빠져나가려고 쭉 내밀린다. 갈고리
상처에서 흘러나온 피가 조금씩 모래에 배다가 내가 썰자 한 웅덩이
고인다.

　웬 목소리가 말한다. "용 잡아, 콜리?"

　나는 약간의 전율을 느낀 뒤 올려다본다. 그냥 담갈색 정장을 입

고 강기슭에 서 있는 대출계 직원이다. 그의 얼굴은 얼룩덜룩한 분홍색이고 태양은 그의 안경을 까맣게 바꾸고 있다.

"가끔씩 간절하게 고파서요," 나는 말한다. 나는 계속해서 연한 부위를 쭉 째고 껍데기를 뒤로 벗긴다.

"아으, 자네 아빠가 거북 고기를 아주 좋아하셨지," 사내가 말한다.

나는 저무는 태양 속에서 사탕수수 잎이 사각거리는 소리에 귀를 기울인다. 나는 내장은 물웅덩이에 버리고 나머지는 자루에 담아 여울 위쪽으로 향한다. 나는 말한다. "무슨 일이세요?"

이 사내가 입을 떼기 시작한다. "길에서 자넬 봤지 — 그냥 내 제안 어떤가 해서 와봤어."

"어제 말한 대로예요, 트렌트 씨. 팔 사람은 제가 아니에요." 나는 목소리를 누그러뜨린다. 격한 감정은 바라지 않는다. "엄마랑 얘기 해보세요."

부대에서 모래로 피가 똑똑 떨어진다. 다갈색 반죽이 개어진다. 트렌트가 두 손을 주머니에 넣고 사탕수수밭을 훑어본다. 구름이 태양을 가리고 내 작물은 그늘 속에서 푸르스름한 빛을 띤다.

"이 근방에서 진짜로 운영 중인 농장은 여기가 마지막이야," 트렌트가 말한다.

"가뭄이 남긴 걸 충해가 먹겠어요," 나는 말한다. 나는 비어 있는 손으로 자루를 옮긴다. 나는 내가 굴복 중이라는 걸 안다. 나는 이 사내가 가서 나를 못살게 굴도록 방관하고 있다.

"어머닌 어떻게 지내셔?" 그가 말한다. 그의 뿌연 안경 안쪽의 두 눈이 보이지 않는다.

"아주 좋으세요," 나는 말한다. "애크런*으로 이사했으면 싶으시 대요." 나는 자루를 오하이오 쪽으로 살짝 흔들다 트렌트의 바지에 피를 조금 튀긴다. "죄송해요," 나는 말한다.

"빠지겠지," 그가 말하지만 나는 그리되지 않기를 바란다. 나는 방긋 웃고서 모랫바닥에 쩍 벌어져 있는 거북의 입을 지긋이 본다. "아니, 애크런은 왜?" 그가 말한다. "거기에 가족이라도 계시나?"

나는 끄덕인다. "친정이요," 나는 말한다. "엄마가 제안 수락하실 거예요." 이 그늘 속 더위에 기가 쭉 빨려 내 목소리는 소곤거림이 된다. 나는 바닥판에 자루를 던지고 기어올라 시동기를 돌린다. 나는 생전 모르던 방식으로 한결 나아진 기분을 느낀다. 뜨거운 금속 의자가 청바지 속까지 후끈거리게 만든다.

"우체국에서 지니를 봤어," 이 사내가 소리친다. "말이 필요 없는 귀염둥이던데."

나는 거의 웃음까지 지으며 손을 흔들고 기어를 넣어 먼짓길을 육 중하게 헤집고 올라간다. 나는 트렌트의 먼지투성이 링컨 승용차를 지나친 다음 물어뜯긴 내 사탕수수밭을 벗어난다. 이제 갈 수 있어. 찌든 종자, 가뭄, 충해 —— 엄마가 서류에 사인만 하면 갈 수 있어. 나는 내가 영원히 원망을 사리란 걸 알지만 그게 꼭 내 잘못일 순 없 다. "그럼 엄마는?" 나는 말한다. "아침 내내 옆구리 아프다면서 의 사도 한 번 안 만나보고. 됐거든, 엄마가 낳은 멍청한 아들이 땅에다 농작물을 제대로 심나 엄마가 봤어야지." 나는 바보처럼 주절대지 못하게 내 주둥이를 꾹 닫는다.

나는 헛간까지 테라스식으로 이어지는 길에 트랙터를 멈추고 사탕수수 너머 하천 바닥을 돌아본다. 어제 트렌트는 저지대가 흙으로 메워질 거라고 말했다. 그러면 집들은 홍수보다 높은 데 세워지겠지만 홍수의 수위도 높아질 것이다. 그 모든 집 밑에서 나의 거북들은 돌이 될 것이다. 우리 집 헤리퍼드종 소들이 언덕에다 바랜 색깔의 땅뙈기들을 만들고 있다. 아빠의 무덤을 보니 나중에 갱신될 최고 수위가 저 무덤을 넘을지 궁금하다.

나는 소들이 노는 모습을 지켜본다. 비가 오려는 게 틀림없다. 소들이 놀면 매번 비가 온다. 가끔 녀석들은 눈(雪)을 걸고도 내기를 하지만 주로 오는 것은 비다. 나를 검정 가죽 채찍으로 눈앞이 노래지게 때린 뒤면 아빠는 채찍을 울타리에 걸어두었다. 하지만 비는 오지 않았다. 소들이 놀고 있지 않아서 비가 오지 않았고 나는 입을 꾹 닫고 있었다. 채찍만으로도 충분히 끔찍해서 허리띠까지는 바라지 않았다.

나는 저 산을 한참 바라다본다. 내가 지니와 처음 몸을 나눈 건 저 산의 모자처럼 생긴 나무에서였다. 나는 그때 우리가 아주 가까웠고, 어쩌면 지금도 가까울 거라고 생각하지만 모르겠다. 지니랑 다른 어느 들판에 가서 그녀의 머리카락을 쓸고 싶다. 하지만 나는 우체국에서나 그녀를 볼 수 있다. 틀림없이 그녀는 플로리다에 사는 어떤 녀석한테 엽서를 보내고 있었을 것이다.

나는 트랙터를 헛간 쪽으로 몰아 격납고 밑에 세운다. 나는 소매로 얼굴의 땀을 훔친 다음 양쪽 어깻죽지가 얼마나 처졌는지 본다. 바짝 세워 앉으면 어깨가 돌아오기는 한다. 거북이 자루에서 꿈틀대

오하이오주 북동부에 있는 공업 도시.

는데 녀석의 껍데기가 갈고리에 잘그락잘그락 부딪치는 소리를 듣자니 소름이 돋는다. 나는 부대를 수도꼭지로 가져가 사냥감을 씻는다. 아빠는 멀리건 스튜*에 든 거북 고기를 늘 좋아했다. 그는 내게 발견되기 꼭 한 시간 전에도 멀리건과 정글에 관한 일장 연설을 늘어놓은 터였다.

나는 지니가 들르면 어떨지 궁금하다. 그녀가 코맹맹이 소리로 말하지 않으면 좋겠다. 어쩌면 이번에는 나를 저희 집에 데려갈지 모른다. 그녀의 엄마가 아빠의 사촌만 아니었다면 그녀의 아버지는 나를 집에 들였을 것이다. 엿이나 잡수라지. 그래도 지니와 대화는 나눌 수 있다. 우리가 농장에 관해서 나눈 계획들을 그녀가 기억하는지 궁금하다. 우리는 아이도 여럿 원했다. 그녀는 공작새를 한 마리 키우자고 시도 때도 없이 노래를 불렀다. 내가 한 마리 마련해줘야지.

나는 녹슨 싱크대에 자루를 던지며 웃지만 헛간에서는 —— 건초, 소, 가솔린 —— 냄새가 나고 그것이 내게 기억을 불러일으킨다. 이 헛간을 만든 건 아빠와 나다. 나는 못질 하나마다 둔중한 통증을 느끼며 쳐다본다.

나는 고기를 씻은 뒤 낡은 침대 시트에서 뜯어낸 천 조각 위에 그걸 펼친다. 나는 귀퉁이를 접어놓고 집으로 걸어간다.

공기는 후끈해도 쌩하게 돌고 있고 한 벌로 된 부엌 문짝들은 달그락거린다. 안에 있으니 앞 현관에서 엄마와 트렌트가 나누는 대화가 들려 나는 창문이 올려진 채로 놓아둔다. 대화는 그가 어제 내게 했던 꼬드김 그대로인데 엄마는 그걸 곧이곧대로 듣고 있는 게 틀림없다. 아마 그녀는 애크런에서 사촌들과 티 파티를 할 생각에 젖었을 것이다. 그녀는 남의 말을 듣지 않는다. 그녀는 아빠나 내가 말한 것 말고는 누구에게든 무엇에든 알았다고만 한다. 그녀는 심지어 결혼 전에 후버**에게 투표하기도 했다. 나는 거북 고기를 냄비에 던져 넣고 맥주를 마신다. 트렌트가 나를 들먹이며 엄마를 구워삶는다. 나는 귀를 쫑긋 세운다.

"콜리도 동의할 거라는 데 돈이라도 걸라면 걸죠," 그가 말한다. 그의 목소리에서 산골의 코맹맹이 소리가 들린다.

"샘이 구드리치***에 연결해줄 거라고 제가 걔한테 얘기했어요," 그녀가 말한다. "거기서 영업을 가르쳐줄 거라고요."

"게다가 애크런에는 괜찮은 젊은이도 꽤 많아요. 아시겠지만 콜리도 더 행복할 거예요." 나는 그의 목소리가 어째서 TV처럼 멍청하게 들리는지 생각한다.

"있죠, 걔는 저랑 내내 있어줄 만큼 착해빠졌어요. 지니가 저기 대학으로 뜬 뒤로는 영 나다니질 않아요."

"애크런에도 대학이 있어요," 그가 말하지만 나는 창문을 닫는다.

나는 싱크대에 기대어 두 손으로 얼굴을 문지른다. 손가락 사이사이에 거북 냄새가 배었다. 물웅덩이에서와 같은 냄새.

문을 지나 거실, 아빠가 내게 만들어준 돌 보관함이 보인다. 어두운 광을 띤 유리 안쪽으로 하얀 라벨이 눈에 띈다. 저 중 절반 이상

---

* 여러 가지 생선과 채소를 대강 넣고 끓인 잡탕 찌개로 부랑자들이 처음 만들어 먹은 것으로 알려졌다.

** Herbert Hoover. 미국 제31대 대통령으로 대공황 시절에 재임해 경제 위기와 가난을 불러온 대통령으로 인식된다.

*** Goodrich. 1870년 오하이오주 애크런에서 설립된 자동차 부품 회사.

이 지니가 나를 도와 찾아준 것이다. 내가 대학에서 공부를 했다면 여기 돌아와 가스정에서 짐의 자리를 맡았을 것이다. 나는 아주 오래전에 살았던 작은 돌들을 손에 쥐는 게 좋다. 하지만 지질학이 구미에 맞는다는 건 아니다. 심지어 나는 삼엽충 하나도 못 찾는다.

나는 고기를 저으며 잡음인지 대화인지 현관에서 나는 소리에 귀를 기울이지만 아무런 기척이 없다. 나는 밖을 내다본다. 번쩍하는 번개가 마당의 그늘을 벗기고 헛간 동굴 밑에 어둡고 가느다란 그림자 조각을 남긴다. 나는 바람 한 점 없는 공기 속에서 살에 묻은 더껑이를 느낀다. 나는 저녁 식사를 가지고 현관으로 나간다.

나는 첫 철로가 깔리기 전 아메리카들소들이 풀을 뜯곤 하던 골짜기를 내려다본다. 이제 저 철로는 국도로 덮여서 차들이 바람을 타고 이쪽저쪽으로 내달린다. 나는 트렌트의 승용차가 뒤로 빠지더니 마을이 있는 동쪽으로 나아가는 모습을 지켜본다. 그가 원하는 걸 얻었는지 당장은 물어보기가 두렵다.

나는 엄마의 코밑에 접시를 들이대지만 엄마는 손사래를 치며 물린다. 나는 아빠의 낡은 흔들의자에 앉아 폭풍이 다가오는 걸 지켜본다. 평지에서 모래바람이 훅 하고 휘몰아치니 단풍나무 잔가지들이 하얗게 배를 까고 마당에 상륙한다. 도로 건너편에서는 우리 방풍림이 몸을 숙이고, 줄줄이 늘어선 삼나무들은 모든 방향에서 즉각 돛을 감아올린다.

"큰 게 오나?" 나는 말한다.

엄마는 아무런 말도 없이 장례식장 부채로 부채질을 한다. 바람이 머리카락을 헝클어놓아도 그녀는 예수 그림이 박힌 저 마분지만 쉬지 않고 맹렬히 깐닥깐닥한다. 그녀의 표정이 바뀐다. 나는 그녀가 무슨 생각을 하는지 안다. 그녀는 어째서 자기가 벽난로 선반에 놓인 사진 속의 여자가 아닌지 생각 중이다. 그녀는 자기 머리에 비스듬히 쓰인 아빠의 개리슨 캡*과 어울리지를 못하고 있다.

"그 사람 왔을 때 좀 나와보지 그랬어," 그녀가 말한다. 그녀는 도로 건너 방풍림을 응시한다.

"그 사람 얘기는 어제 들었어," 나는 말한다.

"그래도 그러는 게 아니야," 그녀는 말하고 나는 그녀의 눈썹이 살짝 내려가는 모습을 지켜본다. "짐이 전화해서 콩 좀 드리느냐고 물어보길래 내가 교회에 있는 트럭에다 두고 가달라고 했을 때랑 똑같아. 남자들이 과부 주변에 어슬렁거리면 마을 사람들이 하는 말이야 뻔하잖아."

나는 짐이 노망난 영감처럼 말한다는 걸 알지만 그건 그가 엄마를 겁탈한다거나 그러는 것과는 다르다. 나는 그녀와 옥신각신하고 싶지 않다. "저기," 나는 말한다. "여기는 이제 누구 거야?"

"아직 우리 둘. 내일까지는 아무런 사인 안 해도 돼."

그녀는 예수를 깐닥깐닥하다 말고 나를 쳐다본다. 그녀가 슬슬 입을 연다. "너도 애크런 좋아할 거야. 아유, 엄마가 장담하는데 마시네 막내딸이 너 엄청 보고 싶어 할걸. 개도 돌만 보면 습관적으로 줍는 애거든. 거기다 니 아버지가 너 농장 운영할 만큼 크면 거기로 이사 가자고 항상 말했어."

나는 그녀가 그렇게 말해야만 한다는 걸 안다. 나는 그냥 입을 다문다. 비가 내려 함석지붕을 울린다. 나는 강풍이 나무에서 가지 꺾

---

*   챙이 없고 배 모양으로 생긴 미군 모자.

는 모습을 지켜본다. 엷은 빛 조각들이 먼 산 뒤에 내리꽂힌다. 우리는 이 폭풍에 속수무책이다.

지니의 스포츠카가 경적을 울리면서 도로를 쌩하고 지나가지만 나는 그녀가 돌아올 걸 안다.

"지 엄마랑 똑같네," 엄마가 말한다. "맥줏집까지 죽기살기로 달리는 꼴이."

"쟤는 자기 엄마를 전혀 몰랐잖아," 나는 말한다. 나는 접시를 바닥에 내려놓는다. 지니가 경적 울릴 생각을 해줘서 기쁘다.

"엄마가 가스정에서 일하는 어느 십장이랑 도망가면 어떡할 거야?"

"엄마 안 그럴 거잖아."

"안 그러지," 그녀가 말하고는 자동차가 지나가는 걸 지켜본다. "시카고에서 쟤 엄마를 쐈대. 저도 쏘고."

나는 산과 시간의 저편을 본다. 베개에 드리운 붉은 머리카락, 산탄으로 후드득 튄 피. 침대 발치에 혼란스럽게 쓰러져 있는 또 한 구의 따뜻한 시체.

"마을 사람들이 그러는데 여자가 자기랑 결혼을 안 해줘서 그랬대. 사내놈 주머니에서 결혼반지가 두 개 발견됐다나. 안달복달하는 조그만 이태리 놈이었다는데."

조막만 한 방에 모여든 경찰과 기자들이 보인다. 중얼중얼하는 소리가 복도로 새나지만 죽은 여자의 얼굴을 제대로 쳐다보는 사람은 아무도 없다.

"있잖아," 엄마가 말한다. "그래도 두 사람이 최소한 옷은 걸치고 있었대."

비는 약해지고 나는 도로 옆에서 흔들리는 파란 치커리를 앉아서 한참 바라다본다. 나는 이 산지를 뜬, 내가 아는 모든 사람에 관해 생각한다. 오직 아빠랑 짐만 시골로 돌아와 그 일을 했다.

"버드나무 숲 좀 봐," 엄마가 산을 가리킨다.

똑똑 떨어지는 비가 땅에 스며들어 바닥을 식히자 안개가 피어오른다. 안개가 작은 유령처럼 나뭇가지와 도랑 속을 파고든다. 태양이 체를 통과하듯 이 안개를 통과하려 하지만 그저 분홍빛 하늘에 낀 바랜 갈색 얼룩으로 그치고 만다. 안개가 낀 곳은 어디나 햇빛이 반질반질한 오렌지색이다.

"아빠가 저걸 뭐라고 불렀더라," 나는 말한다.

색깔들이 변하고 거래에 흥이 돋는다.

"아빠가 웃긴 이름을 좀 잘 지었는데. 수컷 고양이를 수작 고양이라고 불렀잖아."

나는 생각해낸다. "시리얼은 시부럴이고 닭은 병닭이었지."

우리는 웃음이 터진다.

"있잖니," 그녀가 말한다. "아빠는 언제나 우리랑 함께할 거야."

의자 팔걸이에 묻은 어두운 페인트가 내 손톱 밑에 잔뜩 낀다. 나는 엄마가 어째서 다 된 밥에 재를 빠뜨리는지 모르겠다고 생각한다.

지니가 주도로에서 또 한 번 경적을 울린다. 나는 일어나 실내로 들어가려다 문짝을 붙들고 뭔가 할 말을 찾는다.

"나는 애크런에서 안 살아," 나는 말한다.

"그럼 어디서 사시게요, 도련님?"

"나야 모르지."

그녀는 부채질을 다시 시작한다.

"나 지니랑 한바탕 달리고 올게," 나는 말한다.

엄마는 나를 쳐다보려 하지 않는다. "일찍 들어와. 트렌트 씨는 맥주 퍼마시다 늦는 사람 안 기다려주니까."

집은 조용하고 저기 바깥에서는 그녀가 코를 훌쩍이는 소리가 들린다. 대체 나더러 뭘 어떡하라고? 나는 손에서 거북 냄새를 얼른 씻어낸다. 물이 흘러내리는 동안 나는 손발을 떤다. 나는 말대답을 했다. 말대답을 한 적은 한 번도 없었다. 나는 두렵지만 몸을 그만 떨기로 한다. 내가 떠는 모습을 지니가 봐서는 안 된다. 나는 현관을 곁눈질 한 번 안 하고 도로로 그냥 걸어 나간다.

나는 차에 오르고 지니가 내 볼에 입을 맞추게 내버려둔다. 그녀는 달라 보인다. 처음 보는 옷들, 장신구도 너무 많이 걸쳤다.

"좋아 보이네," 그녀가 말한다. "하나도 안 변했어."

우리는 유료도로를 타고 서쪽으로 달린다.

"어디 가는 거야?"

그녀가 말한다. "옛 생각 나는 데서 세우자. 화물역 어때?"

나는 말한다. "좋아." 나는 뒤로 손을 뻗어 폴스 시티* 한 캔을 집는다. "머리 길렀네."

"맘에 들어?"

"음, 어."

우리는 드라이브를 한다. 나는 변화무쌍한 색깔로 엷게 물든 안개를 쳐다본다.

그녀가 말한다. "어째 으스스한 저녁이다, 안 그래?" 모든 목소리가 그녀의 코에서 나온다.

"아빠는 저걸 항상 멍청이 불인지 뭔지라고 불렀어."

우리는 낡은 화물역 가에 차를 세운다. 그곳의 창은 대부분 판자로 막혀 있다. 우리는 맥주를 마시고 색색의 빛깔들이 하늘에서 쥐색의 황혼으로 사라져가는 모습을 바라본다.

"졸업 앨범 들여다본 적 있어?" 나는 마시던 폴스 시티를 꿀꺽꿀꺽 비운다.

그녀는 미친 듯이 웃는다. "있잖아," 그녀가 말한다. "난 그거 어디다 뒀는지도 몰라."

나는 너무 창피한 기분이 들어서 아무 말도 못 한다. 나는 큰조아재비가 파종된 철로 너머의 밭을 건너다본다. 저기 있는 가스정이 고대의 천연가스를 펌프질로 빨아올린다. 가스가 파랗게 타는 걸 보니 고대엔 태양도 파랬을지 궁금하다. 선로들이 갈색 아지랑이 속에서 점이 될 때까지 뻗어 있다. 선로 분기기에서 철컹철컹 소리가 난다. 탱크차 몇 대가 지선에서 기다린다. 저 열차들의 바퀴는 선로와 맞물려 부식되고 있다. 나는 내가 삼엽충으로 대체 뭘 하고 싶었던 건지 궁금하다.

"록캠프의 굉장한 밤이네," 나는 말한다. 나는 지니가 맥주 들이켜는 모습을 지켜본다. 그녀의 피부는 하얗다 못해 노르스름한 광이 나고 마지막 햇빛은 그녀의 붉은 머리카락에 불꽃을 틔운다.

그녀가 말한다. "아빠가 난리 치겠다. 내가 가스정에 이만큼 가까이 온 걸 알면."

"이제 너도 어른인걸. 그러지 말고 좀 걷자."

---

*   Falls City. 1905년 미국 켄터키주 루이빌에서 시작한 맥주 회사.

우리는 밖으로 나가고, 그러자 그녀는 갑자기 내 팔을 낚아챈다. 그녀의 손가락이 마치 내 손 혈관에 닿는 리본처럼 느껴진다.

"얼마나 있을 거야?" 나는 말한다.

"여기서 딱 일주일, 그런 다음 아빠랑 뉴욕에 가서 또 일주일. 빨리 돌아가고 싶어 죽겠어. 끝내주는 곳이거든."

"남자 친구는 생겼어?"

그녀는 저만의 그 웃긴 웃음을 띠고 나를 쳐다본다. "어, 생겼어. 플랑크톤 연구하는 사람이야."

말대답을 한 뒤로 나는 쭉 두려움에 질려 있었지만 이제는 다시 마음이 아프다. 우리는 탱크차에 가고, 거기서 그녀는 사다리를 잡고 올라간다.

"이래도 되겠지?" 그녀는 느닷없이 붙잡힌 사람처럼 온몸을 움츠려 우스꽝스러워 보인다. 나는 웃음을 터뜨린다.

"기관차에도 못 가보고 끝나겠네. 미끄러지면 훅 가겠는데. 그렇게 엉거주춤하면 땅에 꼬라박혀. 게다가 탱크차를 타는 사람이 어디 있다고."

그녀는 사다리를 내려오지만 내 손을 잡지는 않는다. "아저씬 너한테 모든 걸 가르쳐주셨지. 뭐 때문에 돌아가신 거야?"

"작은 포탄 조각. 전쟁 때부터 몸속에 있었어. 핏속에……." 나는 손가락을 딱 튕긴다. 나는 말하고 싶지만 그 영상은 말로 바뀌지 않을 것이다. 나는 나 자신이 산산이 부서져 온 세포가 멀리멀리 흩어지는 걸 본다. 나는 세포들을 추스른 뒤 어두운 풀밭에 무릎을 꿇고 앉는다. 나는 시신을 얼굴이 위로 향하게 돌려 두 눈을 한참 들여다본 뒤 감겨준다. "너는 엄마 얘기 한 번도 안 하더라," 나는 말한다.

그녀가 말한다. "하기 싫어," 그리고 그녀는 화물역의 열려 있는 창문 쪽으로 뛰어간다. 그녀는 안을 엿보더니 나를 돌아본다. "들어가볼까?"

"왜? 거기엔 낡은 화물용 저울밖에 없어."

"왜냐하면 으스스하고 끝내주고 내가 그러고 싶으니까." 그녀는 뛰어서 돌아와 내 볼에 입을 맞춘다. "요놈의 뚱한 표정 지겨워 죽겠네. 웃어!"

나는 단념하고 화물역으로 걸어간다. 나는 깨진 유리창 밑에 썩은 벤치를 끌어다 놓고 넘어간다. 나는 지니의 손을 붙잡아준다. 풀잎이 그녀의 팔뚝을 벤다. 자국이 얕지만 나는 티셔츠를 벗어 그 부위를 감싸준다. 피가 옷에 자주색으로 번진다.

"아파?"

"아프긴."

나는 나나니벌 한 마리가 풀잎에 앉는 모습을 지켜본다. 풀잎 가장자리로 걸어가는 녀석의 파란 금속광택 날개가 파르르 떨린다. 녀석은 풀이 그녀에게서 벗겨낸 것을 빨아 먹는다. 녀석들이 이 벽 저 벽에다 집 짓는 소리가 들린다.

지니는 맞은편 창문에 가 있고 거기서 합판 옹이구멍으로 밖을 유심히 내다본다.

나는 말한다. "두 번째 산에 저 희미한 녹색 점 보여?"

"응."

"저거 너희 집 지붕에 있는 동전이야."

그녀는 몸을 돌려 나를 말똥말똥 쳐다본다.

"나 여기 자주 와," 나는 말한다. 나는 퀴퀴한 공기를 숨 쉰다. 나는 그녀를 외면하고 창문으로 컴퍼니 힐을 내다보지만 그녀의 눈길이 느껴진다. 컴퍼니 힐은 황혼 속에서 더욱 커 보이고 나는 마을 주변의 내가 발 들인 적 없는 모든 산을 떠올린다. 내 뒤로 다가오는 지니의 걸음에 뽀드득 유리 이기는 소리가 난다. 상처 난 팔이 내 몸을 두르고는 작은 핏자국으로 내 등을 시리게 한다.

"왜 그래, 콜리? 좀 재밌게 보내면 안 될까?"

"내가 애송이 양아치였을 때 집에서 도망치려고 애를 썼어. 이 목초지를 지나서 컴퍼니 힐 반대편으로 넘어가는데 이만한 그림자가 나를 덮치고 지나가는 거야. 맹세코 난 그게 익룡인 줄 알았어. 우라질 비행기였지. 미친 듯이 얼이 빠져서 집으로 돌아와버렸어." 나는 창틀에서 페인트 껍질을 벗기고 그녀가 말하길 기다린다. 그녀는 내게 기대고 나는 그녀에게 매우 진한 키스를 한다. 그녀의 허리가 내 두 손에 잡혀 주름이 진다. 그녀의 목 피부는 저물어버린 저녁에 지나치다 싶을 만큼 하얗다. 나는 그녀가 이해하지 못하리란 걸 안다.

나는 그녀를 살며시 바닥으로 이끈다. 그녀의 향기가 내게 피어오르자 나는 나무 상자들을 밀어 공간을 만든다. 나는 망설이지 않는다. 그녀는 사랑이 아니라 몸을 나누고 있다. 괜찮아, 나는 생각한다, 괜찮아. 몸을 나눠도. 나는 그녀의 속옷을 발목까지 내리고 삽입한다. 나는 팅커의 여동생을 떠올린다. 지니는 이곳에 없다. 내 밑에는 팅커의 여동생이 있다. 파란 빛줄기가 나를 덮치고 지나간다. 나는 눈을 떠 바닥을 보고 비에 젖은 나무의 톡 쏘는 냄새를 맡는다. 검정 가죽 채찍. 그가 나를 때려야만 했던 건 그때뿐이었다.

"나도 같이 갈게," 나는 말한다. 나는 뉘우치고 싶어도 그럴 수가 없다.

"콜리, 그러지 마⋯⋯." 그녀가 나를 밀어낸다. 그녀의 머리가 페인트 조각과 유리 파편 속에서 도리질하고 있다.

나는 그녀의 두 눈을 감춘 골짜기 그늘을 한참 들여다본다. 그녀는 내가 오래전에 만난 누구다. 나는 잠시 그녀의 이름을 기억하지 못하다가 이내 이름을 다시 떠올린다. 벽에 기대앉자 등뼈가 쑤신다. 나는 나나니벌들이 집 짓는 소리를 귀담아듣고, 그런 다음 손가락 하나로 그녀의 목구멍을 죽 더듬는다.

그녀가 말한다. "나 갈래. 팔 아파." 그녀의 목소리가 가슴 깊은 곳 어디서 흘러나온다.

우리는 넘어서 밖으로 나간다. 침목들 위로 노란 불빛이 이글거리고 선로 분기기들이 철컹거린다. 멀리서 기차 소리가 들린다. 그녀는 내게 티셔츠를 돌려주고 자기 차에 오른다. 나는 그대로 서서 옷에 번진 핏자국을 본다. 내가 지독하게 늙은 기분이 든다. 고개를 들고 보니 자동차 미등이 안개 속에서 부옇고 불그스름한 빛을 내고 있다.

나는 플랫폼으로 멍하니 걸어가 벤치에 털썩 앉는다. 저녁이 내 눈꺼풀을 식힌다. 나는 비행기가 나를 덮치고 지나간 게 어째서 그때 한 번뿐이었는지 떠올린다.

나는 아버지를 떠올린다 ― 호수를 등지고 미시간의 저녁노을에 눈을 찡그리는 젊은 떠돌이 막일꾼. 그의 얼굴은 그가 용을 쓰고 들어가 살던 그 모든 나날과 장소 탓에 굳어 있는데, 그러다 불쑥 나는 그가 이곳에 돌아와 언덕에다 그 아까시나무 말뚝을 박은 게 실수였음을 깨닫는다.

"비가 그치면 왠지 파란 빛깔 벌레들만 나오는 것 같지 않아? 녹색인 녀석들은 거의 안 그러는데."

열차 다가오는 소리가 들린다. 전속력으로 달리고 있는 게 분명하다. 저 수하물차에는 부랑자가 하나도 없겠지.

"왜, 티스강은 틀림없이 큰 강이었을 거라고 하잖아. 그냥 컴퍼니 힐에 서서 저지대를 내려다보면 돼. 그럼 알게 돼."

내 살가죽이 기차의 소음으로 무겁다. 기차 불빛이 안개를 갈라 젖힌다. 정신이 올바로 박혔던 부랑자는 이런 일 무턱대고 저지를 수 없었다. 기차는 맹목적으로 달린다.

"짐이 그러는데 그 강이 서북서 방향으로 흘렀대 — 옛날 세인트 로렌스강 유역까지 쭉. 동갈치도 잡았대* — 10피트, 아니 20피트 짜리. 아직도 거기서 잡힐 거라던데."

좋은 시절 다 간 짐은 아마 저런 거짓말을 숨넘어가게 늘어놓을 것이다. 나는 요동치며 지나가는 기차를 바라본다. 닳아빠진 침목 하나가 기차의 무게를 못 이겨 진흙을 내뿜는다. 기차는 올라타기엔 너무너무 빠르다. 재고 말고 할 것도 없다.

나는 일어선다. 오늘 밤은 집에서 보내야지. 미시간은 처다보지 도 말아야지 — 아마 독일이나 중국도, 장담할 순 없지만. 나는 걸음을 내딛지만 두렵지는 않다. 나는 내 두려움이 100만 년의 시간 동안 원을 돌고 물러나는 걸 느낀다.

---

*   세인트로렌스강은 캐나다와 맞닿은 미국 북동부를 흘러 대서양으로 빠져나가는 큰 강이며 동갈치는 바닷물고기다.

골짜기
Hollow

3피트(약 91센티미터) 높이의 광석층에서 무릎을 꿇고 등을 구부린 버디는 트럭 광산 작업반의 리듬에 푹 빠져 있었다. 그의 헤드램프에 들어오는 석탄과 사암의 반짝임, 삽 찌르기와 삽 뜨기와 삽 쏟기. 이곳은 제대로 된 광산에 비하면 하등 보잘것없어서 깊숙한 갱도도 광부 운반차(mantrips)도 없이 그저 찌르기, 뜨기, 쏟기, 그저 작업반의 헤드램프에서 나오는 불빛이 전부였다. 그 흐름 속에서 그는 아버지가 자기를 물탱크에 내려보냈던 일을 공상했다. 많은 여름을 겪기 전 언젠가 그는 타일로 된 시원한 벽을 만졌고, 저 아래 물에서 피어오르는 습한 공기를 느꼈고, 저 위 파란 동그라미 안에서 끽끽거리는 도르래 소리를 들었다. 그의 앙증맞은 발 밑에서는 양동이의 양철이 찌그러졌고, 그래서 그는 울기 시작했다. 아버지는 그를 감아올렸다. "우리가 하는 일이 원래 이래," 아버지는 소리 내어 웃으며 버디를 집으로 데려갔다.

하지만 그건 모든 일이 있기 전이었다. 그들이 산등성이에서 이

사를 나오기 전, 큰 광산이 폐쇄되기 전, 생활보호를 받기 전. 늘어선 작업반 사내들이 말이 없자 버디는 동료들이 바보 같은 생각을 하고 있는 것 아닌지 궁금했다. 뭉게뭉게 먼지구름을 일으키는 3월의 바람에 잿빛으로 활짝 웃는 갱구가 그의 쪼그려 앉은 자리에서 보였다. 반 톤짜리 수레가 가득 채워지자 작업반의 마지막 사내는 그걸 폭 2인치 높이 4인치 궤도 위에서 슈트* 쪽으로 밀었다.

"휴식," 갱구에서 소리가 들리자 버디는 막삽을 옆으로 치웠고, 그러고는 친척 커티스가 갱구를 막 지나는 모습을 보았다. 그는 포플러나무 지주를 뒤에 매달고 작업반을 지나 채벽** 쪽으로 기어왔다. 버디는 커티스가 지주를 세우는 내내 지켜보았다. 지주가 턱없이 짧아서 커티스는 쐐기를 망치질로 단단히 박아 넣었다.

"꼬셨어?" 버디가 물었다.

"꼬시긴, 그래도 진짜 예쁘긴 하더라."

버디의 작업반장인 에스텝이 쿡쿡 웃음을 토했다. "이놈의 광석층 꽤나 깊이 들어가네. 여기 이 구멍은 맨 석탄인걸. 노다지 좀 캐려나?"

버디는 에스텝의 헤드램프가 자기 얼굴을 비추는 느낌이 들어 그쪽을 돌아보았다. 에스텝은 씩 웃고 있었는데 석탄가루와 땀으로 범벅인 그의 볼에서는 싸움으로 생긴 자주색 상처가 언뜻 보였다.

"담배 씹을래?" 에스텝이 쌈지를 내밀자 버디는 네 손가락으로 집었고***, 그러고 나서 그들은 서로 등을 맞대고 다리를 편 뒤 씹는 일에 열중했다.

"채벽이 꽤 높아지네," 에스텝이 말했다. 버디는 등으로 그의 목소리를 느낄 수 있었다.

"스톰 크리크에서 또 일 터졌다며," 그가 축 처진 보호구를 무릎까지 당기며 말했다.

"그리고 존슨은 또 당했지."

"커트," 버디가 소리쳤다. "이쪽 산등성이에서 코어 시료**** 언제 채취한대요?"

"우라질, 나도 모르지," 그가 또 다른 쐐기를 박느라 끙끙대며 말했다.

"60년 전이랬나," 에스텝이 말했다. "너희 할아버지가 그 인간들한테 총 갈긴 거 생각난다. 필라델피아에서 온 변호사들인 줄 알았다며."

"응," 버디가 그 이야길 떠올리며 웃음을 터뜨렸다.

작업반의 나머지 사람들이 옹기종기 모여 공기를 쐬는 개구부 가까운 쪽에서 째지는 웃음소리가 들리자 버디의 근육은 바짝 힘이 들어갔다.

"조만간 풀러 저 자식 목을 비틀어버릴 거야," 그가 달달한 담배즙을 찍 뱉으며 말했다.

"쟤가 어쨌길래 아직도 난리야?"

"그 차 타더니 어지간히 뻐기잖아."

"샐리 때문이구나, 맞지?"

---

*   chute. 석탄 등을 내려보내기 위한 미끄럼판이나 컨베이어 같은 시설.

**   광물을 캐는 암벽의 단면. 갱도의 막다른 곳.

***   씹는담배를 엄지와 검지로만 집는 건 담배 초보, 엄지부터 약지까지 네 손가락으로 집는 건 골초라는 뜻이다.

****   땅이 무너지거나 변형되지 않도록 원통을 박고 채취하는 지질 확인용 시료.

"아니, 걔 얘기는 하지 마. 쓸데없이……."

무리는 또다시 웃음을 터뜨렸고, 그러다 목소리 하나가 말했다.

"버디한테 물어봐줘."

"묻다니 뭘?" 버디는 늘어서 있는 지저분한 얼굴들을 제 불빛으로 죽 훑었다. 풀러의 얼굴에만 활짝 웃음이 피어 있었다.

"샐은 다시 몸 팔 거래?" 풀러가 웃음을 지었다.

"이런 빌어먹을 새끼가," 버디가 말을 내뱉고 일어서려 하자 에스텝이 양팔로 버디의 두 팔꿈치를 걸어 잠갔고 풀러는 버디가 버둥거리는 모습에 웃음을 터뜨렸다. 커티스가 도로 후다닥 돌아와 버디의 목덜미를 잡아끌며 말렸다.

"다들 쉴 만큼 쉬었다 이거지," 커티스가 소리를 질렀고, 그 뒤 석탄이 통에서 트럭으로 우수수 쏟아지는 소리가 들리자 다들 자기 막삽을 집어 들고 일렬로 늘어섰다.

버디는 힘을 빼고 커티스와 에스텝에게 항복했다. "오늘 밤 타이니스로 와," 그가 풀러에게 소리쳤다.

풀러는 소리 내어 웃었다.

"작작 해," 커티스가 말했다. "너랑 에스텝이 채벽 맡아."

에스텝은 팔을 풀어주었고, 그러고는 둘이서 석탄 채벽으로 기어가 자루가 짧은 저희 각삽을 각각 집어 들었다. 채벽은 어느새 4피트 높이였고, 무릎을 꿇고 몸을 쭉 펼 수 있게 된 두 사내는 반짝반짝하는 석탄 덩어리들을 한 무더기 퍼 담아 뒤쪽에 있는 작업반에게 밀어냈다.

"틀림없이 이놈의 산등성이 전체가 고지대 광석층일 거야."

"그럼 이 짓을 하루에 열 번이라도 할 만하지."

"틀림없어," 버디가 말하고는 삽질을 하면서 돈이 있다면 샐리를 붙잡아둘 수 있을지 궁금해했다. 그는 풀러가 떠올라 석탄 조각이 허공에 튀도록 채벽을 더욱 거세게 때렸다.

에스텝이 채굴을 멈추고 더러운 소매로 한쪽 눈을 문질렀다. 버디는 쌕쌕 가쁜 기침을 토하면서 석탄이 발을 붙들고 늘어지게 매질하고 있었다. "뱀 잡는 거야 뭐야 ─ 눈에 다 튀잖아."

버디는 채굴을 멈추었다. 화에 찬물을 끼얹는 에스텝의 목소리에 그는 석탄 채벽의 찬란한 빛 속에서 춥고 작아지되 에스텝이나 풀러보다는 대담하고 나은 사람인 기분이 들었다.

"미안, 딴생각하느라," 그는 콜록거렸다.

"기회는 오늘 밤에나 노려. 자, 차근차근 하자 ─ 하나, 둘⋯⋯."

그들은 함께 작업반을 원래의 리듬으로 되돌리고 속도를 높였다. 각삽의 쩽쩽 소리와 막삽의 긁는 소리가 그들의 근육에 스며들고 나면 요란하게 돌아오는 트럭 소리만이 그들을 말릴 수 있었다. 광석층은 단층이 발생할 수밖에 없는 곳에서 넓어졌고, 그래서 그들은 쪼그려 앉아 천장의 가느다란 잿빛 선을 파고들었다.

"곡괭이 좀 얻어 와봐," 버디가 씩 웃었다.

"안 돼, 지주부터 세우고."

커티스가 헤드램프 빛줄기를 먼지 속에서 위아래로 쏘며 작업반을 지나 채벽으로 슬금슬금 왔다. 그가 다 오자 두 사람은 측벽에 기대어 공간을 내주었고, 그러자 그는 휴대용 수평계를 천장에 갖다 댄 뒤 기포가 채벽 쪽으로 쏠리는 걸 눈여겨보았다.

"월요일까지만 해," 그가 말했다. "여기에 댈 나무도 없으니까."

• • •

한가득 쌓인 석탄 무더기 쪽으로 사내들이 기어 나가면서 속삭임만 한 웃음소리가 갱을 지나 채벽으로 새어 들었고, 그러자 버디는 배를 푹 접고 슬금슬금 서두를 것 없이 빠져나갔다. 조개처럼 기어 더더욱 숨이 차오른 그는 찬 공기에 땀이 식고 석탄가루가 피부에 눌어붙는 내내 슈트 옆에서 에스텝과 커티스를 기다렸다. 그는 저단 기어로 끽끽거리는 석탄 트럭 저 밑의 골짜기에서 짖어대는 개 소리를 들을 수 있었다. 그는 엉덩이를 단단히 붙이고 앉아 슈트에 기댔다.

입구에서 언덕 꼭대기까지는 시든 쇠풀 줄기가 바람에 나부끼는 20야드(18미터 남짓)의 황량한 고원이었다. 1년 안 되는 동안 석탄을 채굴하느라 과도하게 누적된 가루는 앞으로 한 달 안에 치워질 거라고 버디는 짐작했다. 그는 샐리가 기다리지 않으리란 걸, 그가 원하는 건 그녀임을 샐리가 믿지 않는다는 걸 알았다.

그는 그녀의 화장과 호사스러운 취미에 들어간 돈이면 엄마와 여동생들에게 주에서 나누어주는 연한 자주색 생필품 가방 말고도 무언가를 제공할 수 있었던 때를 떠올렸다.

에스텝이 나오자 버디는 그에게 담배를 권했고, 그러고 나서 둘은 적재물을 고르게 퍼느라 채굴 통 밑을 왔다 갔다 하는 트럭을 지켜보았다.

"완전 꿀 빠는 자식이라니까," 에스텝이 언덕 저 밑에 있는 운전사를 두고 툴툴거렸다.

"꿀이 차고 넘치지 ── 저 망할 석탄이 다 꿀 아냐." 버디는 태양이 불을 지펴 띠 모양으로 격렬히 타오르는 서쪽 능선을 바라보았다.

커티스가 그들 뒤에서 나타나 웃음을 지었다. "집에 가서 진탕 마셔야겠어."

"저도 지난번엔 그랬죠," 에스텝이 말했다. "새 여자애 끼고서. 지금은 이 쉰내 나는 또라이가 타이니스에서 깽판을 치나 안 치나 감시해야 하는 처지고요."

"나 거기 꼭 가야 돼, 진짜로," 아직도 뭔가 지킬 약속이 있다는 듯 버디가 말했다.

"월요일에 저 개구멍에 기어들려면 풀러는 그냥 내버려둬," 커티스가 작업모를 벗으면서 말했다. 버디는 석탄가루가 앉지 않은 그의 새치를 한 올 한 올 빤히 쳐다보았다.

"약속은 못 해요," 버디가 도로 쪽으로 슬슬 길을 내려가며 말했다.

"오늘 밤 8시에 데리러 갈게," 에스텝이 소리치고는 버디가 오솔길에서 도시락 통 흔드는 모습을 지켜보았다.

골짜기에서 밤이 피어오르고 먼지 낀 진입로에 이르자 버디는 기침이 날 정도로 자기를 흠뻑 적셨던 찬 공기가 느껴지지 않았다. 골짜기 위로 모여든 조각구름들은 분홍색으로 빛났다. 아스팔트 도로에 접어든 그는 걷는 동안 도시락 통을 다리에 탁탁 부딪치면서 어렸을 적에 풀러가 산골뜨기라고 불러 녀석이 싫었던 일을 떠올렸다. 골짜기에서 20년을 살고 보니 그는 풀러가 자기를 왜 싫어하는지 알았다.

그는 석탄 생각에 다시 웃음이 났다. 가을까지는 자동차와 새 트레일러를 구할 것이다—어쩌면 두 배쯤 되는 걸로. 그는 어떡해야 커티스가 개구멍이나 파는 일을 포기할지 생각해보았고, 그러고는 잠시 샐리에게 새 트레일러 구경하러 쉴리언(Chelyan)에 같이 가자고 물어볼까 싶었으나 떠날 거라던 그녀의 말이 떠올랐다.

어스름한 빛 사이로 그는 비조합원* 노동과 DPA**에 방치된 광부들이 일하던, 폐쇄 열흘을 앞두고 아버지가 압사를 당한 다 썩은 선탄장***을 알아볼 수 있었다. 선탄장은 태양의 열기가 자리를 뜨자 추위 속에서 탁탁 소리가 났고 그 옆의 기둥에서는 아직도 변압기가 윙윙거렸다. 석탄은 이제 없다고 광산 기사는 말했지만 버디는 그를 내내 비웃은 터였다 ─ 육군 공병 중대에서 복무하던 시절에도. 세일 폐기물이 버려져 쌓인 까맣게 탄 유골 더미의 아랫부분에서 에스텝의 어린 아들이 무언가를 가만히 뒤지고 있었다.

"거기서 뭐 하니, 앤디?"

"돌이요," 아이가 말했다. "돌에 그림이 있어요," 아이가 버디에게 세일 하나를 건넸다.

"화석이네. 오래전에 죽은 거야."

"모으고 있어요."

"오래전에 죽은 걸 모아서 뭐 하게?" 그가 세일을 돌려주며 말했다.

아이는 밑을 보며 어깨를 으쓱했다.

"집에 가니, 내 말 들려?" 변압기의 윙윙 소리에 자기를 버려두고 보조 도로를 따라 사라지는 앤디를 바라보며 버디가 말했다. 그는 저 아이가 왜 저리 조숙한지 궁금했다.

다시 도로를 타기 시작할 때 그는 산비탈에서 메아리로 시작돼 휑한 선탄장을 훑고 지나가는, 맛이 간 개들의 울음소리를 들을 수 있었다. 이제 구름은 짙었고 버디는 안개비의 시작을 알리는 미세한 물방울들이 먼지 틈으로 얼굴에 스며드는 게 느껴졌다. 나무가 듬성듬성해지자 그는 나사에 슨 녹 때문에 지난여름 칠한 흰 페인트에 벌써 자국이 남은 제 트레일러가 눈에 들어왔다. 개들은 막 도로에 발을 디딘 참이었는데, 그는 녀석들이 트레일러에 있는 블루틱**** 암컷 린디의 냄새를 맡고 저러나 싶었다. 샐리가 창가에 앉아 밖을 내다보며 기다리고 있었지만 그는 그것이 자기를 기다리는 게 아님을 알았다.

침실에서 통로로 이어지는 버디의 발소리에 린디가 꼬리를 흔들며 샐리를 보고 웃었다. 샐리는 문간 창에서 비켜나 접시들을 난로 옆으로 치웠다.

"8시쯤 에스텝이 들를 거야," 버디가 말하고는 저녁 먹을 냄비 뚜껑 밑의 순무와 콩을 보고 얼굴을 찌푸렸다. "고기는 없어?"

샐리는 말이 없었지만 버디가 먹을 돼지 옆구리 살*****은 남겨두고 접시에 제 몫을 덜었다. 그녀는 음식 담는 그를 지켜보다가 문득 자기가 그의 얼굴에 주근깨처럼 박힌 검은 가루를 빤히 쳐다보고 있단 걸 깨달았다. 개 짖는 소리에 그녀의 시선은 깨졌고, 그러자 그녀

---

*　　　scab. 노동조합에 가입되어 있지 않은 비정규직 노동자로 파업 시 조합원들의 자리에 대체 인력으로 들어가 파업에 방해가 되는, 따라서 조합원들의 미움을 사는 입장에 있는 노동자.

**　　Defense Production Act. 국방물자생산법. 정부가 국방, 안보 등을 이유로 민간기업체의 생산 활동을 통제할 수 있는 법안.

***　 석탄과 잡석을 분리하는 곳.

****　bluetick. 너구리 사냥용으로 개량된 푸른 회색의 미국 견종.

*****베이컨을 만드는 데 쓰는 부위로 대략 삼겹살에 해당하지만 미국에서는 저렴한 식재료.

는 식탁으로 갔다. 쿵쿵대는 개들 소리가 바닥 밑에서 들렸다.

"어지간히 신경 쓰이네," 버디가 앉자 그녀가 말했다.

"아, 애가 안에 있어서 그래. 똥개 형제들이 어딜 넘보는지." 버디
는 포크로 비계를 으깬 난장판에서 살코기를 건졌고, 그런 다음 샐
리가 먹는 모습을 지켜보았다. "돈이 좀 나올 거야, 샐."

"또 시작이다. 맨 **말**만 그렇게 하지 땡전 한 푼 구경 못 했어."

"이번엔 확실해. 에스텝이랑 나랑, 우리가 오늘 그것 때문에 씨름
했거든. D-9 불도저랑 증기 굴착기만 있으면 진짜 금방 끝나. 커트
가 땅문서니 뭐니 다 가지고 있어."

"이곳 산등성이에 처음 정착한 게 당신 가족인 줄 알았는데."

그는 장례식장에서 땡볕에 서 있던 일이 떠올랐다 —— 누구의 장
례식인지는 모르지만 아버지의 손에서 나는 바이탈리스 머릿기름
향에 그는 속이 울렁거렸고 새 신발은 발에 꽉 끼어 아팠다.

"찢어지게 가난했어, 평생. 어디 가지 마, 샐."

샐리는 포크로 제 콩 수프를 천천히 휘젓다 고개를 가로저었다.
"아니, 말로만 사는 덴 지쳤어."

"이번엔 말뿐이 아니야. 지금까진 나랑 뭣 때문에 산 건데?"

"말."

"사랑은? 사랑은 말로 하는 게 아니잖아."

"창녀는 말로 해."

그의 손이 돌연 식탁을 건너 그녀의 귀빰을 올려붙였고 그녀는 얼
굴이 붉어졌다. 그녀는 천천히 일어나 싱크대에 접시를 놓고 통로를
따라 침실로 갔다. 버디는 그녀가 TV 켜는 소리를 들었지만 그 볼륨
은 줄고 개들이 끙끙대는 소리만 남았다. 그는 제 접시가 식으면서

테두리에 기름이 굳는 걸 지켜보았다.

그는 접시를 개가 핥게 바닥에 내려놓은 다음 커피에 넣을 버번을 들고 창가로 갔다. 눈에 초롱초롱한 녹색 등불을 켠 개 떼는 저희끼리 말하고 기다리고 하면서 트레일러를 빙빙 돌았다. 그는 불을 끄고 샐리가 눈으로 좇던 걸 찾아보았지만 연한 잿빛 하늘과 도로 위의 검정에 가까운 환영만이 골짜기를 어루만지고 있었다.

그는 어둠 속에서 30-30탄환* 소총과 손전등을 찾아 쪽창을 열고 밖으로 쑥 내밀었다. 그의 빛줄기가 허우대 좋은 하운드 두 마리를 건너뛰어 누더기 같은 스피츠에게 착륙하자 그는 구슬 같은 두 개의 등불 쪽으로 격발을 했고 총성은 도랑이며 수로에 울려 퍼졌다.

개들은 마당에서 죽을 만큼 파닥거리는 스피츠를 버려두고 도로 너머 관목림으로 튀었다. 린디는 낑낑대는 애처로운 소리를 듣고 트레일러를 길게 왔다 갔다 했지만 소리가 멈추자 소파에 엎드려 버디가 이동할 때마다 꼬리를 나풀거렸다.

총격이 샐리를 비몽사몽에서 번쩍 깨웠지만 그녀는 또다시 뒤로 몸을 파묻고는 마지막 코카인 가루가 머리에 흡수되는 동안 천장 누수로 꽃이 핀 녹 자국과 대조되는 파란 TV 불빛을 쳐다보았다. 축 늘어진 그녀는 파란 빛깔의 잔물결로 자신의 몸을 감싼 바다를 둥둥 떠다니는 기분에 긴장이 풀렸다. 그녀는 자기가 선더볼 클럽의 어떤 여자애들보다, 혹은 TV에 나오는 어떤 여자애들보다 예쁘고 훨씬 유쾌한 사람임을 알았다.

"훨어얼씬," 그녀는 자꾸 소곤거렸다.

---

*   0.3인치 구경에 30그레인(약 2그램)의 화약이 들어간 탄환.

버디의 검은 윤곽은 문간에 서 있었다. "이제 안 올 거야," 그는 말했다.

"누구?" 샐리는 홑이불이 가슴에서 흘러내려도 아랑곳하지 않고 일어앉았다.

"걔들."

"어, 그래."

"너 그 일 해봐야 돈 한 푼도 못 벌어, 샐. 공짜 밝히는 놈들이 널리고 널렸다고."

"그래? 그래서 당신이 버는 푼돈으로 날 여기 묶어두겠다고?"

그는 뒤로 돌아 통로를 따라갔다.

"버디," 그녀의 부름에 그가 멈추는 소리가 들렸다. "이리 와."

그가 신발을 흔들어 벗을 때 그녀는 그의 등이 평소보다 굽었음을 알아보았지만 그녀에게 돌아와 셔츠 단추를 푼 그의 가슴은 늠름했다. 그가 선 곳에서는 통로의 불빛이 TV 불빛과 섞여, 누울 자리를 만들어주느라 물결치는 담요 속을 꼼지락거리는 그녀의 눈이 흰색과 분홍색으로 번쩍번쩍 빛났다.

그는 기어올라 차가운 손으로 그녀의 허리를 쓰다듬었고 그녀는 그의 근육에 안겨 약간의 전율을 느꼈다. 그녀는 손가락 하나로 그의 등줄기를 쓸어내려 그를 바르르 떨게 했다.

"언제 떠날 거야?"

"바로," 그녀는 그를 더 바짝 끌어당기며 말했다.

에스템이 또 한 번 경적을 울리자 린디가 문 옆에서 난리를 치며 울어댔다.

"간다 가, 제길," 버디가 셔츠를 채우며 중얼거렸다. 침실 탁상시계는 8시 10분으로 빛났다.

샐리는 침대 머리판에 베개를 받치고 또 한 대 담뱃불을 붙였다. 옷을 걸치는 버디를 지켜보면서 그녀는 턱을 꽉 다물고 불이 사그라들 때까지 담배 끝을 재로 말아 올렸다. "안녕," 그가 통로에 발을 디디려고 할 때 그녀가 말했다.

"그래. 안녕," 그는 대답을 하고 개를 안으로 들인 뒤 문을 닫았다.

바깥은 안개와 눈이 어우러졌고 스피츠는 털에 물방울이 송골송골 맺힌 채로 차갑게 누워 있었다. 버디는 개 떼에 대한 경고로 녀석을 내버려둔 채 엔진이 탈탈거리는, 와이퍼가 부드럽게 가위질하는 에스텝의 자동차 쪽으로 걸어갔다. 차 문을 열기 전 폐를 쿡 찌르는 통증이 있었지만 그는 꾹 참고 숨을 고른 다음 요란한 자동차 라디오 소리로 그것을 잊으려고 애썼다.

"어이구, 또라이 아냐?" 버디가 콜록거리며 올라타자 에스텝이 말했다.

"이거 대답해봐 ─ 커트가 지주를 원하는 이유가 뭘까?"

"그래야 망할 채벽을 받치니까 그렇지, 멍청아."

"그래야 저 망할 개구멍도 파고. 그는 구식 광부야. 구식으로 하는 거면 아주 사족을 못 써."

"하고 싶은 말이 뭔데?"

"월요일에 내가 불을 댕기면 파업에 몇 사람이나 낄 거 같아?"

"버디, 가서 선동하지 마. 나한텐 가족이 있어."

"어허 ─ 몇 사람?"

"대부분이겠지," 에스텝이 말했다. "풀러는 빠질 테고."

버디는 고개를 끄덕였다. "내 생각도 그래."

"근데 이상한 소릴 하네. 커트랑 친척이잖아 —— 친척한테 무슨 파업을 해."

"나도 커트가 많이 좋아," 버디가 콜록거렸다. "하지만 정말로 석탄을 쉽게 캘 방법이 있다니까."

"소용없어, 버디. 그런 식으로 작업하면 다들 일터에서 쫓겨나. 게다가 그렇게 밀어버리고 나면 땅도 아무짝에도 쓸모없어지고."

"저 땅," 그는 말을 막았다. "저 땅은 티끌만큼도 쓸모없어, 그러니까 우리가 저런 일을 할 수 있었지. 우리 구멍 속에서 우리가 서로 등이나 쳐 먹는 일. 스톰 크리크에서도 그렇잖아. 저 별 볼일 없는 존슨네서도. 공정해야 된다고. 저게 얼마짜릴 것 같아?"

"줄 서는 녀석들 다 주면 남는 것도 없겠네."

"5만에 하자. 그거면 괜찮지?" 그는 에스텝의 팔을 탁 쳤다. "자, 어때?"

"장비는 어디서 구하고?"

"탄광에서 빌려야지. 땅문서는 커트한테 있어 —— 아주 머릿속에 새로운 생각을 싹 심어줘야지. 같이할 거지?"

"아마도."

그들은 차를 타고 가면서 전조등 쪽으로 휘어드는 눈발이 와이퍼가 때리기도 전에 앞 유리에서 녹는 모습을 지켜보았다. 버디는 나무들 사이로 타이니스 바의 출입문과 창문 상단에 달린 백열전구의 노란 빛줄기를 볼 수 있었다.

"존슨이 자기네 석탄 훔친 놈이 누군지 알아냈어," 에스텝이 차를 천천히 몰며 말했다. "콕스 영감이래."

"뭘 보고서?"

"술 퍼마시고서 석탄에 410탄환을 끼워놨다잖아. 화약 넣고 아교로 봉한 것을."

"빌어먹을 하느님 맙소사."

"에이그, 다치진 않았어. 그냥 겁만 준 거지," 에스텝이 주차장의 움푹 파인 곳들 사이로 차를 가져다 대며 말했다.

버디는 차 문을 열었다. "영감이 살았구나, 거 안됐네," 그가 중얼거렸다.

타이니스 바 안에서 버디는 담배 연기와 웃음소리를 헤치고 친구들에게 고개를 끄덕이며 손을 흔들었지만 풀러는 보이지 않았다. 타이니에게 묻자 귀가 하나뿐인 그 사내는 어깨를 으쓱했고 버디가 값을 치르자 맥주 두 병을 차렸다. 버디는 당구대로 걸어가서 1쿼트* 짜리 맥주를 다른 네 개 옆에 올려놓고 돌아와 에스텝과 바에 기댔다.

"반칙," 버디가 존슨의 샷 중 하나에 대고 외쳤다.

"반칙 같은 소리," 존슨이 웃음을 지었다. "맥주 네 개야 순식간에 따먹어주지."

풀러가 들어와 바 쪽으로 걸어오더니 타이니가 나타나자 턱짓으로 아는체했다.

"올 시간 됐다 했지," 버디가 말했다.

"샐이 저기 바깥에 있더라. 너한테 할 말 있대."

---

* 1갤런의 4분의 1로 약 950시시.

"무슨 수작인데? 졸때기들 잔뜩 데려왔어?"

"네가 직접 봐봐." 풀러는 창 쪽으로 손을 흔들었다. 샐리가 풀러의 차 앞자리에 린디랑 앉아 있었다. 버디는 풀러를 따라 나가 샐리에게 창문 좀 내려보라고 손짓했지만 그녀는 차 문을 열고 린디를 내보냈다.

"당분간 당신이 봐줘," 그녀는 말했다.

풀러는 차를 출발시키면서 웃음을 터뜨렸다.

버디는 목줄을 채우려고 몸을 숙였지만 린디는 그의 곁을 지키고 있었다. 몸을 반듯이 세운 버디는 차의 후미에서 눈을 떼지 못한 채 뒷자리에서 들썩대는 자신의 TV를 바라보았다.

"자," 에스텝이 그의 뒤에서 말했다. "쭉 마시고 당구나 한판 치자."

"도전을 받아주지," 버디가 바 쪽으로 개를 끌고 가며 말했다.

버디는 트레일러의 카펫에 누워 조그만 레이온 섬유 공을 콧구멍에 대고 흥흥 불면서 자기가 어쩌다 이 지경이 됐는지 떠올려보려 했지만 샐리의 웃음이 생각나 머릿속이 뒤죽박죽이었다. 그는 에스텝이 자기를 뒤로 떠민 일, 자기가 주차장에 고꾸라진 일, 그리고 자기가 프레드 존슨을 갈긴 일이 떠올랐지만 왜인지는 알지 못했다.

그는 일어서서 몸을 부들부들 떨고 통로를 따라 쓰러지듯 욕실로 갔다. 머리에서는 피가 흐르고 쨍한 불빛에 공간은 일시 보라색으로 보여 그는 샤워기 물로 머리를 적시고 장막을 씻어냈다. 거울을 들여다보니 그의 볼에는 카펫 문양이 찍혀 있었고 눈 밑에는 독이 올라 있었다. 그는 토하고 싶었지만 그러지 못했다.

"오래전에 죽은 것," 그는 웅얼거리더니 건조한 한숨을 쉬었다.

서랍장 위에 반쯤 비운 버번 코크가 놓여 있어 그는 그것을 꿀꺽 들이켜고는 그것이 속에서 잘 내려가든가 다시 치밀든가 하기를 기다렸다. 벽에 기댄 그는 개가 생각나 이름을 불렀지만 개는 오지 않았다. 그는 손목시계를 보았다. 5시 반이었다.

그는 거실로 가 문을 열었다 ── 축축한 눈이 여기저기 뭉치고 있었다. 린디를 부르자 녀석이 제 뒤에 하운드 한 놈을 달고 트레일러 뒤쪽에서 그에게로 왔다. 그는 문을 닫아 두 녀석 사이를 갈라놓은 뒤 소파에 앉았다. 린디가 그의 곁으로 풀쩍 뛰어올랐다. "불쌍한 늙은 것," 녀석의 젖은 부위를 쓰다듬으며 그가 말했다. "널 이제 어떡할지 논의 중이야." 그의 주먹은 갈라졌고 손가락에서는 피딱지가 떨어졌지만 어떤 화끈거림도 느껴지지 않았다.

"샐은 갔어, 그래, 간 거야. 그래, 갔어. 몇 달만 참아, 그럼 우리가 그녀 앞에 나타날 거니까, 그래 우리가." 그는 찰스턴에 있는, 클럽에 있는 자신의 모습, 그리고 샐리를 새 차에 태워…… 집으로 돌아오는 모습이 그려졌다.

"배고파, 할멈? 이리 와, 배 채워줄게."

그는 부엌에서 녀석에게 먹일 신선한 고기를 찾아보았고 아무것도 없어서 정어리 통조림을 몇 개 뜯었다. 녀석이 다 핥아 먹는 걸 지켜보는 동안 그는 배 속에 버번을 들이부은 뒤 한결 나아진 기분으로 조리대에 기댔다. 콩 수프가 말라붙은 샐리의 접시가 싱크대에 놓여 있어서 그는 잠시 그녀가 그리웠다. 그는 혼자 소리 내어 웃었다. 그는 그녀 앞에 나타날 터였다.

린디가 식탁 밑을 걷다가 컥컥 정어리를 토했다.

"뭐라고 안 할 테니까 걱정 마," 말은 그렇게 했지만 그는 질퍽한 정어리와 침 속에서 그걸 치우는 자신의 모습을 보았고 그 냄새가 언제까지나 거기 배어 있으리란 걸 알았다. 그걸 치워야 할 이유, 그가 고기든 뭐든 원하는 걸 먹지 못해야 할 이유가 없었다. 그는 소총을 놓아둔 곳에 기대어 그것을 집어 들었고 린디는 그의 뒤꿈치 주변에서 짖어댔다. "그만해," 그는 문을 닫을 때까지 소리를 질러가면서 녀석의 목줄을 집게손가락으로 들어 올리고 있었다.

바깥은 자욱한 눈발이 더욱 거세져 축축한 눈 뭉치들이 어둠 속에다 무늬들을 만들고 있었다. 트레일러 뒤쪽 산등성이까지 언덕을 오르는 일은 피가 날 만큼 폐를 자극했고, 그래서 그는 걸음을 멈추어 침을 뱉고 숨을 골랐다. 기운을 차린 그는 낙엽 위에 쌓인 눈을 뽀드득뽀드득 잔잔한 리듬으로 밟으며 다시 나아갔다.

오솔길 옆 관목림에서는 눈과 엷은 안개 속에 몸을 웅크린 스라소니가 근육을 바짝 긴장한 채 사람이 저벅저벅 지나가기를 기다렸다. 발톱을 쑥 뽑은 녀석은 그가 오솔길 저 위로 눈과 귀에서 멀어질 때까지 그의 발자국 소리에 꼼짝을 않다시피 했다. 스라소니는 그가 남긴 피 섞인 침을 킁킁거릴 때에만 걸음을 멈추며 오솔길을 내려갔다.

산마루를 밟을 때쯤 버디는 트레일러의 온기가 머리를 빠져나가는 것이 고통스러워, 지난가을 헤집어놓은 소금 덩어리들*까지는 미처 가보지 못하고 멈추었다. 그는 헐떡임을 가라앉히느라 숨을 들이쉬었고, 그러다 헐떡임이 멎자 자신의 옛 그루터기에 앉아 갈색으로 이글대는 온화한 첫 하늘빛을 바라보았다. 그는 총을 장전하고 관목림 속의 낮은 오솔길을, 유령 같은 빛 속에서 날리는 눈발의 윤곽 사이로 보이는 그 길을 주시했다. 개들의 컹컹 소리가 골짜기에서 산등성이로 실려 왔다. 오솔길은 텅 비어 있었다.

그의 뒤로 무언가 나뭇잎 속에서 사각거렸고, 그러자 그는 뚝뚝 제 목에서 나는 뼈 소리를 들으며 고개를 천천히 돌렸다. 갈색 빛 속에서 그는 가족이 땅을 팔고 골짜기로 이사하기 전 뛰어놀던 낡은 통나무 헛간의 썩은 갈빗대를 알아보았다. 무언가 그것을 지나 그에게서 총총 달아나더니 능선을 올랐다. 저 밑에서 개들이 으르렁대는 것으로 보아 여우라고 그는 확신했다.

구름과 산맥 사이에 걸린 태양이 좇을 수 있을 만큼의 빠르기로 이동하면서 나뭇가지들에 쌓인 눈을 반짝거리게 만들었다. 태양으로부터 고개를 돌리자 그는 노란 리본 같은 햇빛을 등지고 선 어느 사슴의 차분한 그림자에 눈이 갔다.

그는 느린 동작으로 총을 얼굴까지 들어 올려 그림자를 겨냥했고 총성이 골짜기를 채 찢기 전에 번갯불 같은 잽싼 움직임을 보았다. 그는 사슴이 서 있던 곳으로 달려갔으나 거기에 피는 없었다. 발자국을 더듬어보니 녀석은 겨우 10야드 바깥에 쓰러져 있었다. 암컷이었고 어깨 근처에 분홍색 총구멍이 나 있었지만 피는 없었다.

그는 부랴부랴 작업을 서둘러 두 뒷다리의 아킬레스건을 째고 거 길 노끈으로 꿴 다음 하나가 된 다리를 들어 올렸다. 목을 따니 피가 뚝뚝 떨어져 눈밭에 번졌는데 그가 복부 위쪽을 칼로 긋자 사체 안에서 무언가 몸부림치며 칼끝에 반응했다. 그는 아랑곳없이 갈랐고, 그러자 내장과 함께 꿈틀꿈틀하는 덩어리가 그의 발밑에 쏟아졌다.

---

*   근처에 돈 안 되는 소금층이 있음을 암시한다.

그는 태어나지 않은 새끼 사슴을 발로 차서 옆으로 치워둔 다음 암사슴의 내장을 분리하고 뒷몸을 썰어낸 뒤 남은 사체는 청소부 짐승들이 찾아 먹게 버려두었다. 그는 간을 삼등분으로 내리쳐 눈밭에 놓고 식혔다.

훈훈한 사슴 피는 그의 갈라진 주먹을 데웠고, 그래서 눈으로 피를 씻어내던 그는 자기가 왜 프레드 존슨을 갈겼는지 떠올랐다 —— 콕스 영감 석탄을 못 쓰게 만들었으니까. 그는 웃음이 터지기 시작했다. 그는 죽어라 비명을 질러대는 콕스 영감의 모습이 눈에 선했다. "빌어먹을," 그는 고개를 절레절레하며 소리 내어 웃었다.

그는 식은 생간 조각을 물어뜯고는 이 사이에서 즙이 도는 동안 김이 모락모락 나는 눈밭에서 최후의 고통을 겪는 새끼 사슴을 지켜보았다. 그는 내일 탄광에 불을 댕기고 싶어 안달이 났고 커티스의 표정을 상상하자 웃음이 터졌다. "파업," 그는 몇 번이고 중얼거렸다.

산등성이의 어느 둔덕, 개들한테 거기로 쫓긴 스라소니는 사람이 떠나길 기다리느라 눈을 떼지 못했다.

영원한 방
A Room Forever

나는 새해 전날이라 8달러짜리 큰 방을 잡는다. 하지만 방은 전보다 작아 보인다. 창가에 앉아 빗속 마을을 내다보니 기다림이 나를 다시 초조하게 만든다는 걸 알겠다. 내 예인선이 들어오기 전에는 이 작은 강변 마을에 아예 나타나질 말아야 한다 —— 하지만 나는 번번이 일찍 와 기다리면서 거리의 사람들을 구경한다. 저기 밖에서는 보라색으로 깜빡거리는 증기 램프가 인도에 부딪쳐 튀어 오른 제 빛으로 온갖 것의 색깔을 왜곡한다. 몇 사람이 보슬비 속을 걷지만 싸구려 가게의 진열창을 들여다보려고 걸음을 멈추는 사람은 없다.

거리들을 지날 때면 언제나 건물들 사이로 조각조각 강이 보이는데 강가의 시커먼 절리들은 이 안개비 탓에 얼음이 끼었다. 하지만 강은 언제나 그대로다. 내일이면 강 위에서 또 한 달이 시작되고, 그러고 나면 뭍에서 또 한 달 —— 우리가 나누는 이야기만이 다른 시간 다른 이름을 걸치고 달라질 것이다. 하지만 델마*호에는 똑같은 선원들이 올라타 하루 열여덟 시간씩 똑같은 작업을 할 테고, 그러면 얼마 못 가 이야기도 사그라들 것이다. 지금은 그냥 기다리면서 바람이 유리에다 비를 휘갈겨 창을 부옇게 만드는 모습을 지켜볼 뿐이다.

나는 커피를 마시기 위해 전열기에 전원을 꽂고 뭔가 할 일이 있을까 싶어 신문을 빤히 들여다보지만 오늘 밤은 레슬링도 복싱도 없고 볼링장마저 새해 전날이라 문을 닫았다. 퍼스트 애버뉴에 있는 바에 내려가 떡이 되게 술을 마시거나 할 수도 있었지만 그래봐야 바지선 품팔이들이나 마주쳐야 하고 내일이면 축축한 칼날 위를 걸어야 한다. 밖에 나갈 생각은 접고 맥주 1파인트에 위스키를 들이마신 뒤 일찌감치 잠자리에 드는 게 낫다.

나는 커피를 너무 급하게 들이켜 입을 덴다. 뜻대로 되는 일이 하나도 없다. 나는 이걸 새해 액땜이라 여기고 — 새해가 어김없이 시작되는 것이다 — 우리가 해군에서 즐긴 파티들, 우리가 군대 말년에 벌인 별별 짓들에 관한 회상에 마냥 젖는데, 여기 앉아 파티들과 작업과 신참 시절과 닳고 닳은 고참 시절을 떠올리니 비참한 기분이 든다. 여기서 엉덩이를 끌어내고 싶다 — 실내에 너무 오래 있었다.

나는 외투와 방한모를 걸치고 방문 밖에 서서 담뱃불을 붙인다. 복도와 계단통 모두 매춘부와 노숙자를 내쫓느라 불이 켜져 있다. 복도 맞은편 방문이 열리더니 여장 남자(drag queen)가 빼꼼 내다보며 내게 윙크를 한다. "해피 뉴 이어." 그는 조용히 방문을 닫고, 나는 요란을 떨면서 그 문을 걷어차 페인트에다 내 신발 고무 밑창 자국을 남긴다. 그가 안에서 나를 비웃는 소리가, 혼자인 나를 비웃는

---

*   Delmar. 스페인어로 '바다에서'라는 뜻.

84

소리가 들린다. 계단을 다 내려가도 나는 그의 웃음소리를 들을 수 있다. 그가 옳다. 내게는 여자가 필요하다 —— 형편없는 매춘부 말고 —— 그리고 나서는 매춘부로선 겪어본 적 없을 조용한 섹스가 필요하다. 뚱뚱한 여자들과 늙은 사내들로 붐비는 로비에 이르자 나는 어째서 내 집은 이곳뿐인가 하는 생각에 젖는다. 어쩌면 나는 이 방을 영원히 사버렸는지 모른다 —— 오늘 밤이 지나면 다른 여인숙은 필요 없을 수도 있으니까.

나는 차양 밑에 서서 담배를 피우며 로비의 늙다리들을 뒤돌아본다. 내 양부모들도 늙었고 대개는 죽었을 거라는 생각이 든다. 내가 돌아가 그들의 사지를 못 쓰게 만들 수도 있으니 차라리 죽은 게 다행인지 모른다. 이제 나는 노인들의 상태를 확인해야 하는 어떤 의무에도 매여 있지 않고 채찍질을 당하기에도 너무 커버렸다.

나는 꽁초를 던져 그것이 까닥까닥 배수로의 물길을 타고 격자형 덮개를 통과하는 모습을 지켜본다. 꽁초는 아마 델마호보다 먼저 미시시피에 가 있을 것이다. 이 근방 마을들을 아홉 달이나 전전하다 보니 내가 좀 이상해졌다. 바지선을 인도하는 일과 만조 때 닻걸이를 확실히 하는 일이 마침내 나를 이곳의 여느 지긋지긋한 인간들처럼 우울하게 만들었다. 커피로 덴 내 입은 이제 얼얼하고 흠뻑 취하고 싶은 생각은 사라졌다. 거리를 걸으며 지나가는 사람들을 구경하자니 비닐 코트를 걸친 매춘부들마저 어딘가 갈 곳이 있는 발걸음처럼 보인다. 이런 늙은 호박들조차 멋져 보이기 시작하니 나도 꽤나 바닥을 친 것 같다.

나는 노숙자 하나가 나타날 때까지 두 건물의 사잇길을 걷는다. 속에서 열이 나는 그는 만반의 준비가 되었다. 나는 걸음을 멈추고

이 절름발이 주정뱅이*가 신문지를 펼쳐 잠자리 마련하는 모습을 지켜보지만 길을 지나는 잔바람은 그의 신문지를 자꾸만 이리저리 휘젓는다. 이 인간말짜가 늙은 다리로 자빠질 듯 말 듯 신문지를 쫓는 모습이 우스꽝스럽다. 그는 열이 많으므로 구호시설은 그를 받아주지 않을 것이고, 따라서 이 절름발이 주정뱅이는 오늘 밤 신문지를 쫓을 수밖에 없다. 저렇게 힘을 쓰다 보면 얼마 안 가 열을 전부 게워낼 터라 나는 가만히 서서 활짝 웃음을 띠고 일이 벌어지길 기다리지만 저 출입구에 서 있는 그녀를 보자 내 웃음은 사그라든다.

그녀는 그냥 — 열네댓 살짜리 — 여자아이지만 내가 무슨 생각을 하는지 안다는 듯, 내가 저 늙은 부랑자의 어떤 꼴을 보려고 기다리는지 안다는 듯 나를 빤히 쳐다보고는 하느님의 노여움 같은 얼굴로 내게서 눈길을 거두지 않는다. 저 노숙자에게 얼굴을 향하고 곁눈으로 그녀를 보려니 눈이 저리지만 나도 똑같이 눈길을 거두지 않는다. 나는 그녀가 매춘부가 아니란 걸 곧장 알아볼 수 있다. 그녀의 앞모습은 한때 집이 있었던 아이에 더 가깝다 — 청바지, 진짜 레인코트, 머리에 두른 화학섬유 스카프. 게다가 그녀는 이 마을에 있기엔 너무 어리다 — 법은 영계를 이곳에 받아들이지 않을 것이다. 나는 그녀가 도망친 사람일 거라고 생각은 하지만 저런 부류는 알기 어렵다. 나는 관심을 끄고 그녀를 지나쳐 도넛 가게로 몸을 숨긴다.

프린스 앨버트가 카운터에 앉아 혼잣말을 하면서 예전 같지 않은 손가락으로 머리카락과 턱수염을 쓸고 있다. 크레이머호에 승선해 40볼트짜리 장비로 뇌를 지진 탓에 그의 살은 누르스름하다. 듣기로는 훌륭한 배선공이었다지만 이제 그는 혈세 거머리에 지나지 않고 더러우며 길거리의 여느 주정뱅이 못지않은 냄새가 난다.

나는 도넛을 먹고 커피를 홀짝이며 창밖을 내다본다. 차량이 빽빽해지고 파티들이 혼잡해진다. 저 여자아이는 내가 요동치는 두 바지선 사이로 언제 추락할지 뻔히 안다는 듯한 눈길을 던지며 가게 앞을 지나간다. 이에 나는 소름이 돋아 커피를 팽개치고 위스키와 선잠에 취하러 가지만, 밖에 나오니 그녀가 퍼스트 애버뉴의 판잣집 바 밀집 구역으로 가는 길 위에 저만치 멀어져 있다. 바람이 긴 울부짖음과 함께 인도를 온통 물로 후려친다. 나는 그녀가 별개의 출입구로 들어갈 때까지 따라간다. 내 방한모는 흠뻑 젖고 빗물은 내 얼굴과 목을 타고 흐르기 시작하지만 나는 그녀의 출입구로 가 빗속에 서서 그녀를 쳐다본다.

그녀가 말한다. "저 사실래요?"

나는 한참을 거기 서서 꽃뱀은 아닌지 파악하려 애쓴다. "방 있어?" 나는 말한다.

그녀는 고개를 가로젓고 길 건너편을 보더니 그 근방을 이리저리 살핀다.

"내 방에 가면 되지만 먼저 위스키 좀 마셔야겠어."

"좋아요. 파는 데 알아요," 그녀가 말한다.

"내가 더 좋은 델 알아." 그런 속임수에는 훤하다. 그녀의 포주가 나를 덮치게 허락할 생각은 없다. 하지만 그 생각이 나를 귀찮게 한다 ── 대체 어떤 포주가 방도 없이 장사를 하는지 이해할 수가 없다. 만약 그녀가 혼자서 일한다면 경찰들과 포주들 사이에서 이틀을

---

*   원문은 jake-legger로 자메이카산 생강을 이용해 불량 제조한 술을 마시고 신체 마비 따위가 온 알코올중독자를 가리킨다.

못 버틸 것이다.

우리는 거리를 따라 주립 주류 판매점으로 넘어간다. 뜻이 맞는 사람이 있다는 건 좋은 일이지만 그녀는 머릿속이 이 일을 접으려는 생각으로 꽉 찬 사람처럼 너무 심각해 보인다. 나는 1파인트짜리 잭 대니얼스를 구입하고 농담을 던져본다. "잭하고 나는 오래 알고 지낸 사이야," 나는 말하지만 그녀는 내 말을 못 알아들은 듯이 행동한다.

호텔 로비에 들어서자 두 늙은 사내가 말을 끊고 우리를 쳐다본다. 나는 저 늙다리들이 그녀에게 꼴려 나를 부러워한다는 걸 알고 저들의 관심에 흡족해한다. 나는 문 앞에서 뭉그적뭉그적 문을 따는 동안 여장 남자가 빼꼼 내다보길 바라지만 그는 진탕 떡이 되러 외출한 참이다. 방에 들어선 뒤 나는 우리 몸을 말릴 수건을 가져오고 위스키에 섞을 커피를 끓인다.

"방 좋은데요," 그녀가 말한다.

"좋고말고. 규칙적으로 소독도 해."

그녀는 처음으로 웃음을 보이고, 그러자 나는 그녀가 잭스 놀이* 나 하러 가야 하는 것 아닌가 싶다.

"이 일에 아직 서툴러요," 그녀가 말한다. "처음에 잤던 남자들이 정말 끔찍한 상처를 줘서 항상 좀 무서워요."

"네가 거기에 적합한 사람이 아니라는 거지."

"아니요, 그냥 일정한 자리가 필요한 것뿐이에요. 떠돌아다니지 말아야 한다고요, 무슨 말인지 알죠?"

"알아." 까만 광택의 창유리에 우리의 영혼이 비친다. 그녀가 내게 팔을 두르자 나는 우리가 어쩌면 이 일을 영영 접지 못할 거라는 생각이 든다.

"왜 저한테 왔어요?" 그녀가 말한다.

"네가 날 우습다는 듯이 보길래 ─ 나한테 뭔가 지독한 일이 벌어질 것처럼 쳐다보던데."

그녀는 웃음을 터뜨린다. "저기요, 안 그랬거든요. 저는 간을 보고 있던 거예요."

"어련하실까. 나 오늘 밤 진짜 초조해. 예인선 이등항해사거든. 좀 위험한 일이야."

"이등항해사는 무슨 일을 하는데요?"

"선장이랑 일등항해사가 하지 않을 일은 다. 대단한 삶은 아니지."

"그럼 그만두지 그래요?"

"어떤 것들은 더 안 좋잖아. 그만두는 게 답은 아니야."

"그럴 수도 있겠네요."

내 목을 만지는 그녀의 손이 그녀에게 마냥 웃음을 지으라고, 그녀를 좋아하라고 나를 부추긴다. "매춘부가 되겠다는 생각은 접지그래? 너는 그런 끼가 없어. 그보다 나은 사람이야."

"그렇게 생각해주니 고맙네요," 그녀가 말한다.

나는 그녀를 쳐다보면서 그녀에게 한두 번 운이 따라주었다면 그녀가 무엇이 되었을지 생각한다. 하지만 여기서는 그녀에게 운이 따르지 않을 것이다. 여기서는 누구에게도 운이 따르지 않는다. 나는 내 양부모들과 복지 사무소 아가씨들에 관해, 그리고 그들이 나를 버스에 태워 다른 마을로 보낼 때 짓던 표정들에 관해 그녀에게 이

---

* 공기놀이와 유사한 놀이.

야기할 수 있지만 그녀에게는 전혀 이해되지 않을 것이다. 나는 불을 끄고 함께 옷을 벗고 침대로 들어간다.

어둠이 상책이다. 표정도 대화도 사라지고 오직 따뜻한 살만이, 가깝고 친절하며 푹 빠져들 수 있는 무엇만이 존재한다. 하지만 그녀를 품으니 방금 내가 누린 게 무엇인지 알겠다 ─ 쾌락 혹은 찌듦에서 벗어나지 못할 어린 여자아이의 몸, 창녀를 흉내 내는 아이, 그래서 나는 그녀에게, 그녀 때문에 불쾌감을 느낀다. 나는 여느 놈과 다를 바 없이 내 몸을 그녀에게 억지로 밀어 넣는다. 내가 그녀에게 상처를 내고 있다는 걸 알지만 그녀에게는 아무런 운이 따르지 않을 것이다. 그녀가 흐느끼자 내 몸은 발작 속에서 활 모양으로 굽고, 그 뒤 그녀가 내게서 떨어져 몸을 공처럼 말자 나는 그녀를 만진다. 그녀는 멍하다.

나는 말한다. "이번 달은 여기서 지내도 돼. 그러니까 네가 원하면 있지, 내가 방값을 낼 테니까 제대로 된 일을 잡고 나중에 갚아도 된다고."

그녀는 그냥 거기에 누워만 있다.

"아마 외곽에 있는 시어스나 페니스*에서 일을 구할 수 있을 거야."

"그 망할 입 좀 다물지그래요." 그녀는 침대를 뛰쳐나간다. "돈이나 내죠, 네?"

나는 일어나 내 바지를 찾고 꼼지락꼼지락 20달러를 꺼내 그녀에게 건넨다. 그녀는 얼만지 보지도 않고 제 코트를 낚아채더니 문밖으로 나가버린다.

침대에 걸터앉아 담뱃불을 붙이자 저 여자아이의 몸에 벌어졌을 만한 일을 내 살가죽이 스멀스멀 떠올리기 시작한다. 그러고 나는 시간이랑 돈만 버렸다고 되뇐다. 나는 제인에게 구애하던 고등학교 때를 회상한다. 그녀의 부모님은 우리를 달랑 거실에 놔두고 나갔고 그녀의 푸들은 내 다리에 끊임없이 왕복운동을 했다. 거기서 우리는 이야기를 나누고 있었는데 그녀의 개는 내 다리에 마냥 삽질을 해댔다. 차를 구해 돌아가서 그 개를 찾고 싶은 생각이 들지만 그래봐야 늘 그런 식이다 —— 시간 낭비 돈 낭비.

나는 피우던 담배를 끄고 전등을 켜둔 채로 침대에 드러누워, 턱수염에 도넛 부스러기를 달고 셔츠에 커피 얼룩이 진 프린스 앨버트를 떠올린다. 마을들을 모두 더하면 삼각주까지 가는 길에 그런 부류의 인간이 틀림없이 열 명은 나올 거라고, 그리고 그런 식으로 끝장날 확률은 틀림없이 매우 낮을 거라고 나는 생각한다. 무언가 일이 틀어져 잘못된 줄을 부여잡으면 꼼짝없이 멍청한 짓을 하게 된다. 하지만 일이 잘못되지 않으면, 그러면 한 달은 배를 타고 한 달은 뭍에 내리게 되고, 그렇게 운이 따라준다면 여생 내내 그런 나날을 보낼 수 있다.

나는 옷을 걸치고 다시 방을 나선다. 비는 아직 내리는 중이고 차가운 포장길은 살얼음으로 빛난다. 건물들 사이에서는 버러지들이 저희가 쌓은 쓰레기 더미 속에서 잠들어 있고, 그래서 나는 주정뱅이들의 목을 딴 캘리포니아의 어떤 미친놈을 떠올리지만 그중 몇 퍼센트나 죽었는지는 알 수 없다. 노숙자들은 프린스 앨버트와 마찬가지로 운을 다 써버려서 바닥을 쳤다.

---

*   시어스(Sears)와 페니스(Penney's) 모두 대형 유통 체인점.

나는 퍼스트 애버뉴에 들어서서 사람들로 붐비는 주식점들을 느린 걸음으로 줄줄이 지나고, 새해 전야로 들뜬 온갖 운 좋은 사람들을 창문으로 들여다본다. 그러다 나는 어느 뒷문 근처 테이블에 앉아 있는 그녀를 본다. 나는 들어가서 바 의자에 올라앉아 위스키를 주문하고 점잔을 뺀다. 담배 연기가 묵직하기는 해도 바 안쪽 거울에는 그녀의 모습이 비쳐 보인다. 입이 축 늘어진 걸로 보아 그녀는 진탕 취했다. 술로는 여기서 벗어날 수 없다는 걸 그녀는 모르는 것 같다.

나는 주위를 둘러본다. 이들은 하나같이 자기가 갈 만한 파티가 없어서 여인숙 방을 내려온 사람들이다. 이들은 당구나 핀볼을 하는 둥 마는 둥 하며 위스키나 깨작거리는 이방인이다. 이들은 한 해 내내 이를 악물고 산다 ── 기름을 주입하고 서빙을 하고 매춘부와 뒹굴고 동성애자를 꾀고, 하나같이 저희도 좋아하지 않는 일이지만 이들은 그럴 수 있는 것도 운이 좋아서라는 걸 안다.

나는 거울로 그녀를 찾아보지만 그녀는 이미 사라지고 없다. 앞문으로 나갔다면 보였을 테니 나는 뒷문으로 나가 그녀를 찾아본다. 그녀는 빗속에서 차갑게 의식을 잃은 채 건물에 기대앉아 있다. 그녀를 흔들 때 나는 그녀의 양 손목이 힘줄 깊이까지 그어져 있는 것을 보지만 찬비가 피를 응고시킨 덕에 그녀를 움직여도 흘러나오는 피는 적다. 나는 다시 실내로 들어간다.

"뒷문 밖에서 어떤 여자애가 자살 시도 했어요."

바에 있던 네 명의 사내가 그녀에게 뛰쳐나가 안으로 옮겨다 놓는다. 바텐더는 전화기를 낚아챈다. 그가 나에게 말한다. "저 여자랑 알아요?"

나는 말한다. "아니요. 그냥 바람 쐬러 나갔다가 봤어요." 나는 그 대로 문을 나선다.

바텐더가 소리친다. "어이, 형씨, 경찰들이 당신 보자고 할 텐데. 이봐요, 형씨……."

나는 똥은 언제나 가라앉기 마련이며 이곳은 온 마을이 강에다 똥을 투척해 삼각주까지 떠내려 보낸다는 생각에 잠겨 대로를 걷는다. 그러다 나는 골목에 앉아 있던, 저만의 수렁에 앉아 있던 그 여자아이를 떠올리고는 고개를 절레절레 흔든다. 나는 그 정도로 바닥은 아니야.

버스 정류장 앞에서 걸음을 멈춘 나는 버스를 기다리는 사람들을 기웃거리다 그들이 가려는 곳을 하나하나 떠올려본다. 하지만 나는 그들이 그곳에서 달아나거나 술로 벗어나거나 죽어도 그곳을 지워버릴 수 없음을 안다. 그곳은 언제나 그 자리에 있어서, 당신이 누군가를 무심코 쳐다보면 그들은 하느님의 노여움 같은 눈길을 당신에게 보낸다. 나는 부두 쪽으로 방향을 돌려 혹시 델마호가 일찍 들어왔나 보러 걸어 내려간다.

여우 사냥꾼들
Fox Hunters

다 저문 가을밤은 파킨스로 이어지는 보조 도로의 땜질된 아스팔트에 아무런 흔적도 남기지 않았다. 잿빛으로 스며 나오는 빛은 골짜기에 솟은 동쪽 산들의 정상을 밟더니 서로 어깨동무를 한 참나무 가지들의 시커먼 속을 조사하기 시작했다. 가벼운 바람이 몸을 떨자 단풍나무 잎들은 포장길 건너까지 재잘거리다 둑길의 짙디짙은 녹색 오리새*에 이르러 수다를 멈추었다.

주머니쥐는 도로변에 말없이 엎드려 있었다. 녀석은 겨울나기 거처로 삼을 죽은 가축을 찾지 못한 처지였다. 비어 있는 괜찮은 굴도 하나 없었다. 녀석은 새끼를 주머니에 넣고 도로를 건너 다른 주머니쥐가 가죽뿐인 사체로 누워 있는 낙엽 속으로 들어갔다. 녀석은 잠시 멈추어 쿵쿵대지도 감상에 빠지지도 않았다.

조준. 녀석은 걸음을 멈추었다. 발사. 겁을 바짝 집어먹은 녀석은

---

* 볏과의 여러해살이풀.

제 새끼를 뱃가죽에 찰싹 붙이고 땅바닥에 웅크렸다. 박자가 엇나간 미약한 쿵쾅거림이 피를 흥분시켜 녀석은 더 바짝 낮아졌다. 낮의 기운과 위험이 고조될수록 속에서 두려움이 시뻘겋게 달아오르는 바람에 녀석은 좀 더 높은 관목림으로 살금살금 물러났다. 몸을 숨긴 녀석은 아스팔트에서 난동 중인 거대한 적의 모습과 지난밤의 잔해 속에서 환하게 퍼지는 붉은빛을 주시했다.

보는 이때가 하루 중 최고의 순간이라고 느꼈다 ── 나머지 세상이 모두 잠들러 갔거나 아직 깨지 않은 이런 드문, 외톨이 같은 순간. 그는 혼자였고 혼자라는 것의 힘을 알았지만 혼자임이 겁나기도 했다. 불안감이 그의 핏속을 거꾸로 흘러 그를 다시 무력하게 만들었다. 얼마 안 가 그는 대화를 시작해 빛이 도로에 한층 가까워진 듯이 굴었다.

"커피 마셔, 보," 그는 제게 말했다.

"좋지, 루시, 자기도 마셔," 그는 대답했다.

"아무개 씨*도."

"좋지," 그러고 그는 기차 흉내처럼 속도를 높였다.

"아무개 씨, 아무개 씨, 아무개 씨, 아무개 씨, 우아."

주머니쥐는 더 낮게 웅크렸다. 태어나기는 했으나 준비가 덜 된 새끼는 어미의 배에 매달려 젖을 물리라고 콕콕 찔렀다.

그의 걸음은 다시 느려졌다. 루시는 어쩌면 걸레일지 모르지만 그가 무슨 수로 알까? 그는 그녀가 석쇠를 굽어보느라 슬립과 가터벨트를 드러내는 모습이, 그런 줄 알면서도 당황한 듯 안 한 듯 모호하게 행동하는 모습이 좋았다. 그는 그녀가 오른쪽으로 갸우뚱해진 고개를 진지하게 끄덕이면서 생각에 젖어 눈썹을 찡그리는 모습이 좋았는데, 그가 TV에서 본 도시들에 관해 이야기할 때가 바로 이런 표정이었다. 혹은 탄광의 가스를 너무 많이 마셔서 온몸이 청바지처럼 파래진 탓에 관 뚜껑을 닫고 묻어야 했던 아버지에 관한 이야기를 할 때라든가. 보는 무모하고 말뿐인 미래를 루시와 현실로 만들 생각이었다. 그녀는 귀담아들어주었다. 가끔은 조언을 해주었다. 일단 그는 뉴욕으로 도망가 교육을 받을 생각이었다. 싹 다 팽개치고, 어머니를 버려두고 뉴욕에서 교육을 받을 생각이었다. 그는 루시가 고등학교부터 마치라고 말했을 때 창피하고 멍청한 기분이 들었다. 그럴 때면 그는 루시는 걸레다 확신하며 간이식당을 나왔다.

　도로 저쪽에서 이녁의 요란한 트럭 소리가 들려왔다. 그는 본능처럼 둑비탈로 몸을 날려 덤불 속을 미끄러진 다음 쪼그려 앉았다. 덤불 속에서 삭삭 소리가 났다. 보는 몸을 돌려 옆쪽 안개 속에서 회색백의 형체를 보았다. 눈썹 달린 자이언트 쥐처럼 보였다. 둘은 서로 아무런 간섭도 바라지 않은 채 눈을 고정했다 ── 주머니쥐는 죽은 척할지 달아날지 고민하느라 꼼짝을 않았고 보는 전조등이 가까워질수록 몸을 더 낮게 웅크렸다. 파킨스까지는 고작 2마일이었지만 이녁이 보를 발견한다면 차를 세울 터였다. 그러면 보는 사장의 차를 타느니 차라리 걷는다는 이유로 정비소에서 또 한 주 내내 "정신 나간 녀석" 소리를 들을 터였다.

　트럭은 분홍색 견인 장치를 흔들면서, 갈고리와 줄로 된 괴상한

─────────────────────

*　　'아무개 씨'의 원문은 putintane으로 puddintane의 사투리 혹은 잘못. puddintane은 이름을 밝히고 싶지 않을 때 둘러대는 말로 아이들의 말장난에 많이 활용된다. 이와 비슷한 puddintang은 속어로 여성의 성기를 가리킨다.

추를 도르래에 걸고서 덜컹덜컹 지나갔다.

보는 바지 지퍼를 내리더니 꼼짝 않고 구경하는 주머니쥐의 눈에다 오줌을 갈겼다. 오줌 웅덩이에서 피어오른 김이 푸르스름한 안개와 섞이는 사이 그는 몸을 부르르 떨었다. 그는 낙엽을 헤치며 둑비탈을 오르기 시작했다.

그가 둑길의 오리새를 밟을 즈음 또 다른 트럭 소리가 도로 저쪽에서 들려와 그는 다시 비탈을 미끄러져 내리고 싶은 충동과 싸웠다. 그는 이제 걸어가고 싶은 이유는 고사하고 걸어가고 싶은 마음이 확실한지도 설명할 수 없었다. 그는 지치는 기분으로 포장길에 올라섰고, 몇 걸음 못 가 그의 길까지 흘러넘친 전조등 불빛이 국도에 피어오르는 김을 훤히 비추는 바람에 땅바닥에서는 작은 유령들이 태어나는 듯했다.

트럭은 뒤에서 우레 같은 굉음을 울렸고, 그러다 끽끽끽 세 차례의 찢어지는 소리로 아침 도로 위의 영혼들을 갈랐다. 보는 트럭이 서길 기다렸다. 트럭이 서자 웬 목소리가 불렀다. "탈 거야 말 거야."

보는 뒤로 돌아 운전사를 봤으나 자신의 두 눈이 전조등의 새하얀 무의식에 빠져들었다는 걸 깨달았다. 불빛 속에서 붉은색과 자주색 망점이 눈앞에 아른거리는 동안 그가 할 수 있는 말은 "빌?"이 전부였다.

"그럼 누구게. 눈이라도 멀었어?"

보는 불빛에서 시선을 거두고자 잿빛의 산들을 쳐다보았고, 그러고는 머릿속에서 와르르 무너진 루시의 세세한 몸뚱이 하나하나를 천천히 추슬렀다. 맙소사, 불빛에서 바보같이 한참을 저러고 서 있더라니까? 빌은 보 홀리가 완전 정신이 나가 있더라고 동네방네 떠들 터였다. 그는 붉은 망점이 아른거리는 눈을 두 손으로 비비고 트럭을 더듬었다.

"타 얼른," 빌은 한때 머리 둘 달린 송아지의 각 머리에 있는 바늘땀을 요모조모 살펴보던 것과 똑같은 주의력으로 보를 자세히 훑으며 말했다. 보가 트럭 보조석에 오르며 옅은 한숨을 내쉬자 빌은 냅다 질문을 던졌다. "너 어디 아프냐?"

"아직 잠이 덜 깨서요," 보는 거짓말로 둘러댔다. 그는 스스로 거짓말엔 선수라 느꼈고 일단 시작하면 멈추질 않았다. "엄마가 늦잠을 잤어요. 일어나서 커피도 못 마시고 옷만 대충 걸치고 나온 거예요. 출근 늦었다고 하고요. 몇 시예요, 빌?" 질문들 그리고 복잡한 문장들이 거짓말쟁이의 방패라는 게 보가 터득한 바였다. 빌은 제 손목시계를 유심히 들여다본 다음 마치 『블랙 드래프트 천문력The Black Draught Almanac』이 예정된 일출 시각을 이틀이나 틀렸다는 듯 하늘에 대고 비웃었다.

"7시 10분," 그가 한심하다는 투로 말하면서 한 손으로 핸들을 팡팡 두드렸다.

"제길," 보는 소리치더니 빌이 살짝 움찔하는 모습을 지켜보았다. "하지만 이녁은 아직 도착하지 않았을걸요. 항상 늦거든요. 지난주 토요일에는 11시까지도 안 왔어요."

"그게 **나**랑 무슨 상관인데," 빌이 퉁명스럽게 말했다. "맹세하는데, 나는 내 일 신경 쓰기도 **바빠**." 하지만 보는 빌이 지루해하는 마누라한테 갖다 바칠 선물로 이 험담을 기억하리란 걸 알았다.

"내가 래리한테 유니언 홀에 가자고 꼬시고 있는데 말이야," 빌이 쑥스러운 듯이 보를 떠봤다. "걔가 그러는데 니가 젤 좋아하는 노래가 그 망할 '로킹 리버'라며."

"'롤링 온 더 리버'요?" 질문은 감정을 상하게 하지 않는다, 게다가 노래 제목도 사실 "프라우드 메리(Proud Mary)"다 하고 보는 생각했다.*

"멍청한 노래야, 보. 더 배우고 와."

보는 아무런 대꾸도 하지 않았다.

"그런 노래는 강변 마을을 위한 거지. 파킨스엔 강도 없구먼."

"업셔(Upshur)에 엘크강이 있잖아요. 저기 구덩이 조심하세요."

트럭이 두 차례 덜컹거렸다. "구덩이가 길을 전부 파먹었나." 빌은 얘기가 어디서 끊겼는지 생각나지 않아 기억을 더듬어야 했다. 엘크였던가?

"엘크 노래를 해서 뭐 하게," 그가 낄낄거렸다. "됐고, 멀 해거드** 한테 가서 한 수……."

"왜요, 빌, 웨스트버지니아 사람인 거 자랑스럽지 않으세요?"

"자랑이야 스럽지, 제기랄, 하지만 그런 노래는 개나 소나 오만 데서 듣는 거잖아. 넌 좋은 건 안 듣는구나, 그렇지?"

보는 의자에 등을 묻고 히터 밑에 발을 갖다 댔고 냉기가 분간될 만큼 온기가 돌자 자기가 루시를 왜 좋아하는지 결론을 내렸다. 그녀는 진심인 사람이었다.

정적 속에서 몸이 풀린 주머니쥐는 비탈을 쪼르르 조심스럽게 올라 한때 코앞까지 다가왔던 위험의 꽁무니를 킁킁거렸다. 녀석은 단풍나무 낙엽과 축축한 오리새 위에 잠시 섰다가 종종걸음으로 아스팔트를 건너고는 자기가 온 길을 되짚어 숲으로 돌아갔다. 거의 아침이었다.

···

빌의 트럭이 파킨스로 가는 마지막 고개를 넘었을 때 햇빛은 이미 서쪽 산들에 반사되기 시작한 참이었고 동쪽 산들은 잿빛 그늘을 마을에 드리웠다. 고개에 오른 보는 집집마다 네모난 노란색 불빛의 상태로 누가 깼고 누가 깨지 않았는지 알 수 있었다. 루시는 제 하숙집 부엌에 있었고 그녀의 세입자들은 욕실에 있었다. 직업이 없는 두 덩컨 자매는 일찍부터 일어나 저희 과업을 시작했다. 그들은 이웃, 주로 루시에 관한 험담을 나누었다. 루시는 그러거나 말거나 신경 쓰지 않았다. 보는 그녀가 뒷말 듣는 걸 좋아하나 싶었다.

브라우니 로스는 철도 근처에 있는 잡화점 문을 열고 있었다. 불켜기, 블라인드 올리기, 난로에 석탄 퍼 넣기. 보는 브라우니가 문을 왜 저리 일찍 여는지 의아했다 —— 이닉이 일찍 여는 것도 의아했다. 브라우니는 오전 중에 반의 반 자루만큼의 못보다 큰 매출을 올리는 일이 없었고 혹시 차가 퍼지더라도 전화를 걸려면 파킨스까지 걸어가야 했다.

빌은 철도에서 —— 역 관리인으로 —— 일하고 루시는 재개된 광산에서 필요로 하는 일꾼 몇 사람의 하숙을 치므로 둘 다 아침 6시까지는 일어나서 와야 했다. 이닉은 브라우니가 문을 일찍 여니까 일찍 열었는데 브라우니는 그냥 늙어서 그런 거였다. 파킨스의 아침은 매일같이 별다를 게 없었다.

---

*　밴드 CCR의 곡으로 "rollin' on the river"는 노랫말이다.

**　Merle Haggard. 컨트리음악 가수로 빈민층 집안에서 태어나 어릴 때부터 소년원을 들락거리다 자수성가해 교도소 공연 등을 다니는 등 폭넓은 대중을 위로했다.

"하숙집에서 내려주세요, 빌. 커피 마시게요."

"그게 **나**랑 무슨 상관인데," 빌이 말하고는 노란 곰이 웃고 있는 '브레이크와 휠 정렬' 간판 옆에 트럭을 세웠다. 트럭에서 내린 보는 뒤돌아서 운전사에게 고맙다고 말했지만 그에게서 돌아온 대꾸는 "**니** 일이나 신경 써"였다. 트럭은 앞으로 튀어 나갔고 보는 그 반동으로 문이 닫히게 놔두었다. 그는 창고 문으로 가 창으로 안을 슬쩍 들여다보았다. 노란 야간등은 아직도 환했고 작업대며 공구와 부품들은 지난밤 그대로 여기저기 널브러져 있었다. 녹색 도지*는 온데간데없었다.

차를 끌고 간 걸 보니 일이 잘 풀렸나 보군, 그는 생각했다.

이녁도 견인차도 안 보였다. 빌의 말이 뒤늦게 비수처럼 와닿았다. 이녁은 또 속임수를 썼고, 그러면서 자기들끼리는 알고 있었던 것이다. "하늘에 계신 천사라도 이녁의 출근 시간을 어찌 알랴." 보는 붉은 진흙과 윤활유와 휘발유가 뒤섞인 숨이 턱 막히는 냄새를 헤치고 들어서며 웃음을 터뜨렸다. 그는 공구대를 정리하고 구석구석 닦은 뒤 문을 잠그고 루시네로 향했다.

하숙집은 볼품없었다. 그것은 우묵하게 파인 판판한 분지에 쑥 솟은 3층짜리 건물로 보가 TV 서부극에서 본 거대한 바위만큼 육중하고 밋밋했다. 벽에서는 시원찮은 수도 시설과 하숙인들의 말다툼 등 소음이 울렸다. 건물 뒤쪽에는 간이식당으로 개조된 달개집이 달려 있었다.

안에 들어간 보는 아침밥 냄새가 새삼 향긋했다. 광부 열 명이 밥을 먹고 있었다. 루시는 덮개가 아치형인 양철통에다 그들의 점심밥을 싸고 있었다. 보는 주크박스로 건들건들 걸어가 빌에 대한 반항인 양 F-6 버튼을 탁 누르고 바 자리로 설렁설렁 걸어갔다. 하지만 다들 주목할 거라는 그의 생각과 달리 그에게 눈을 두는 사람은 하나도 없었다. 아이크 터너의 낮은 목소리가 리듬을 되풀이했다. 티나가 소곤소곤 끼어들었다.**

커피 마실 거냐고 루시가 도도하게 물었다. 그는 대답하지 않았지만 어쨌든 커피는 나왔다. 광부들이 나가고 십장이 내려왔다. 과업과 안전에 관해 은밀한 얘기를 수군거리는 아랫사람들과 달리 십장은 혼자서 말없이 먹었다.

보는 물러나서 그들을 눈여겨보았다. 그는 그들이 듣는 음악, 그들의 카드 게임, 그들의 여우 사냥을 참아주어 그들과 한패가 되지 못할 게 뭐냐고 자문했지만 그가 아는 사람 중에는 친목을 멀리했던 무관심한 비조합원이 한 사람 있었다.

십장이 나가자 루시가 보의 잔을 다시 채워주었다. 그녀의 머리카락은 염색을 너무 많이 한 탓에 녹슨 브릴로 철수세미랑 똑같은 붉은색이었다. 그녀는 겨우 티가 난다 싶을 정도의 녹색 눈 화장을 했고 피부는 색이며 질감이며 독버섯 같았다. 양쪽 손에는 다이아몬드 약혼반지를 끼고 있었다. 그까짓 거 빼버리게 해줄게, 보는 생각했다.

"별일 없지, 보?" 그녀는 진심이었고 그것이 마음을 끌었다.

"잘 모르겠어요, 루시. 좀 지겨운 거 같아요."

"내일은 다른 노래 틀어봐."

---

*   Dodge. 흔히 '닷지'라고 불리는 크라이슬러의 자동차 브랜드.

**   아이크 터너와 티나 터너는 함께 〈Proud Mary〉를 리메이크했다.

"내일은 일요일인데. 그리고 저는 제가 듣는 노래 안 질려요."

"몇 살이랬더라?"

"열여섯이요, 마지막으로 셌을 때."

"16년 만에 지겨워진 거야?"

"한참 늦었죠."

루시가 웃음을 터뜨렸다. 보는 그녀의 일그러진 얼굴을 보고 자기에게 웃는 건지 자기를 비웃는 건지 궁금해하다가 그러니 다른 남자들이 걸레라고 부르지 하고 결론 내고는 웃음을 지었다.

"너 진짜 밑바닥 인생 같다. 불안한 일이라도 있어? 엄마가 아프거나 그래?"

"아무도 저랑 말하길 싫어해요, 루시."

"커피에 눈물 떨어지겠다. 눈물 젖은 술맛을 알 나이는 아직 멀었잖아."

"뭐, 그래도 사실인데요."

"여자 친구는 있고?"

"지난여름에 하나 있었죠. 걔네 아빠가 로건으로 떴어요. 둘이서 편지를 주고받았는데 결국엔 학교가 다시 시작되니까 소식이 없네요."

루시는 자기가 클 때를 떠올렸다. "괜찮아. 그냥 성장통이야."

"제가 들을 필요도 없는 말만 해서 그런가 봐요."

"보, 듣는 건 듣는 사람이 걱정할 문제야."

그는 나중에 잊지 않고 의미를 따져볼 생각이었다. 그는 대화를 어디로 돌릴까 궁리했지만 루시는 너무 재빨랐다.

"외로운 게 문제구나, 그렇지?"

"맞아요."

"네 최고의 말 상대가 걸레라서 안됐다 얘."

보는 부끄러워서 고개를 숙이고 천장이라도 무너지길 바랐다. 그런 일이 벌어지지 않자 그는 천천히 말을 이었다.

"걸레 아니에요," 그는 멍청해 보이지 않게 최대한 진지한 얼굴로 말했다.

루시는 손 놀릴 곳을 찾았고, 그러다 석쇠를 뒤집고 커피 자국을 닦으며 10초를 때웠다. "좋다…… 네가 그렇게 말해주니까. 그렇게 믿어주는 건 너 혼자야. 장하다고 해야 하나. 위험할 수도 있는데. 어디 가서 말하고 다니지는 마, 알았지?"

보는 어깨를 으쓱했다. "그럼요, 루시," 그는 말하고서 제 커피와 그 비조합원 생각으로 물러났다. 그는 허리를 굽힐 때마다 언뜻언뜻 가터벨트를 내보이면서 십장이 먹은 식탁을 치우는 그녀를 지켜보았다. 그는 손가락으로 빈 잔의 테두리를 빙빙 문질렀다.

"한 잔 더 줄 수 있어요, 루시?" 그녀가 식탁 끄트머리까지 뻗느라 허리를 쭉 굽히는 사이 그가 부탁했다. 그녀는 치마를 엉덩이 아래로 끌어내리면서 모호하고 나른한 방식으로 웃었다.

"물론이지, 보," 그녀는 대답하더니 카운터 뒤로 커피포트를 가지러 가면서 말을 더했다. "일할 시간 지났네," 그리고 그녀는 잔을 채워주었다. "고양이가 도망갈 땐……."

"수놈은 내내 저 혼자 놀았는걸요."

"그러니?"

보는 루시에게 10센트 동전을 건네더니 잔 받침 밑에 25센트를 놓아두었다. 루시에게 팁을 주는 사람이 아무도 없어서 보는 더더욱 그러지 않을 수 없었다. 팁은 둘 사이의 게임이자 비밀이었다. 보는 35센트로 거기 있는 커피를 전부 마실 수 있었다.

그가 바 의자에서 슥 내려갈 때 루시가 물었다. "갑자기 어딜 가? 얘기하다 지친 거야?"

"폐품 더미 좀 뒤져봐야겠어요. 제 차에 쓸 부품 때문에요. 좀 있으면 쌩쌩 날아다닐 거예요."

"나도 데려가."

"당연한 말씀을," 그는 상황에 걸맞게 말하고는 느릿느릿 기어가는 아침 그늘 속으로 발을 내디뎠다. 웬일인지 그는 전에 없던 얼굴, 다 안다는 얼굴을 하고서 기분이 끝내준다는 생각에 젖었다.

이녁이 들어온 건 9시가 다 되어서였다. 정비용 수레에 누워 벡풀러의 폰티악 밑에 들어가 있던 보는 크랭크실의 오물을 빼는 한편 사마귀 나듯 튄 진흙들을 제거하느라 지저분한 걸레로 윤활유 꼭지 주변을 비틀어 닦고 있었다.

"꼴을 보니 리프트로 들어 올리면 더 쉽겠다," 이녁이 성에 안 차 말했다. 보는 한 귀로 흘렸다. 그는 리프트를 사용하지 못하게 되어 있었다.

그는 정비용 수레를 당겨 불빛 속으로 냉큼 나오더니 쪽모자를 뒤로 확 젖히고는 이녁을 조목조목 살폈다. 그의 모습은 온 무게중심이 낮아질 대로 낮아져 있었다. 턱은 축 늘어져 바짝 깎은 머리카락 속의 두피를 팽팽하게 잡아당기고 있었다. 그와 다를 바 없이 배는 얼마 안 되는 어깨 근력에 맞서 축 내려가 있었다. 이 모든 게 바짓단을 발목께로 가늘게 말아 올린 그의 카키색 바지에 수렴했다.

"일은 알아서 할게요. 하는 일마다 참견이셔. 어디 다녀오셨어
요?"

이넉은 담뱃불을 붙였다. "사고 난 거 보고 왔어. 돈 리드랑 앤 데
이비스가 저기 프렌치 크리크 교회에서 길을 이탈했더라고. 차가 하
천으로 굴렀어. 둘 다 오늘 아침에 죽은 채로 발견됐더라." 그는 보
를 보고 웃음을 지었지만 보는 마주 웃지 않았다. "둘 다 네 또래 아
니었나?" 그는 침을 튀겨가며 말했다.

보는 일어나 청바지를 털었다. "제길, 네. 걔네랑 같이 학교 다녀
요. 음주였어요?"

"아직 몰라. 둘 다 물에 땡땡하게 불었더라고. 깜둥이같이 더러운
걸 다 뒤집어쓰고서. 있지, 그 여자애 차가 임팔라야. 주 경찰이 싹
조사할 때까지 우리 집에 모셔다 놨어. 부품은 내가 헐값에 넘길게.
네 거랑 연식은 달라도 아마 —"

"고맙지만 됐어요." 보는 배가 죄어들고 코와 귀와 손이 차가워졌
다. 이넉은 의아함에 고개를 갸우뚱한 채 담배를 또 한 모금 빨더니
돌아섰다.

"너 정신 나갔구나," 그가 다시 돌아서서 말했다. "순 바보잖아. 걔
들은-다-죽었어. 알아들어? 이젠 차가 필요 없다고." 그는 분을 삭이
려고 또 돌아섰다. 보는 폰티악의 먼지에다 손가락으로 직직 사람
모양의 낙서를 남겼다가 도로 문질러 지웠다. 또 일장 연설이네, 그
는 생각했다.

"내가 오늘 아침에 그 광부의 도지를 출고하느라 여기 들렀는데
말이야," 이넉이 말했다. "공구가 죄 널브러져 있던걸. 넌 코빼기도
안 보이고. 자고 있었지? 더 자고 일하지 그랬냐. 내가 철도역에 간

사이에 몰래 들어와서 치우기는. 네가 저 걸레네 집에 있다고 빌이 말 안 했을까 봐?"

"그런 여자 아니에요," 보는 속삭이는 소리로 말하면서 이넉에게 집어 던질 만한 걸 찾아보았다.

"아니라고, 어? 어이구, 저 여자가 저 하숙집을 어떻게 차렸을 거 같아? 바트럼이 그냥 준 게 아니야 — 저 여자가 찰스턴에서 여러 놈한테 써먹었던 수법대로 협박을 했던 거라고. 저 여자랑 깨끗하게 지내, 보, 저 여자가 널 망칠 테니까."

"이래라저래라 하지 마세요," 보가 소리 질렀다.

"나도 걸린 일이라 지켜봐야겠어. 너는 내 직원이고, 그러니까 저 집에 얼씬거리지 마."

"그만둘래요!" 그는 목이 아플 정도로 크게 소리를 질렀다. 그는 걸레를 통에다 보란 듯이 내던지며 말을 보탰다. "그동안 아저씨랑 지긋지긋하게 엮여서 일 안 해도 먹고살 수 있어요." 문을 반쯤 나서자 그는 그 거짓말에 겁이 났다. 그는 뒤돌아서 루시 탓을 하고 이곳에서 영영 뜰 기회를 잡고 싶었다. 네가 다 망쳤어, 무언가 속삭이는 소리가 들렸지만 자존심은 밖으로 나가는 길을 가리켰다.

안에서 이넉은 걱정이 되었다. 보는 거짓말 중일 터였다. 하지만 보가 나랑 사내놈들이랑 돈(Dawn)에 관해 알게 되면 어쩌지? 그는 도로를 올려다보았지만 보는 걸어서 따라잡기 어려울 만큼 빨리 걷고 있었다. 이넉은 견인차에 시동을 걸고 출발해 도로를 내달렸다.

견인차가 다가와 서자 보는 말없이 턱을 앙다물었다. 그가 이넉을 쳐다보자 축 늘어진 턱이 말했다. "얼른 타, 보, 얘기 좀 하자." 보를 일단 태운 뒤 이넉은 협박이라는 주제는 묻어둔 채 하던 설교를 계속했다.

"나는 네 아빠랑 알고 지냈어. 그래서 너한테 이 일자리도 준 거야. 너는 훌륭한 정비사지만 나를 떠나서는 아무것도 아니란 게 증명됐잖아. 나는 너한테 잘하려고 노력했다. 네 차 만드는 데 내 공구도 쓰게 해줬잖아, 심지어 정비사가 되는 법도 가르쳐줬고……. 하지만 남자가 되는 법은 가르치질 못하겠다."

"저를 남자로 대하시면 돼요," 보가 골이 나서 말했다.

"좋아. 너 일하고 싶지? 널 아까처럼 그렇게 행동하게 놔두면 네 아빠도 날 원망할 거야. 아빠를 들먹거려서 미안한데, 받아줄 테니까 돌아와."

보는 쇠풀이 자란 언덕을 멀리 내다보았다. "왝," 그는 아빠의 유령이 대답한 거라고 맹세할 수 있었다.

"그래야지," 이넉이 말했다. "오늘 밤에 여우 사냥 같이 가자. 내 생각엔 네 아빠도 지금쯤이면 널 데려갔을 거야."

보는 여우 사냥이 싫었지만 고개를 끄덕이고 웃음을 지었다. 그는 일자리를 원했다. 밑천이 필요했다.

벡의 자동차 수리를 끝낸 보는 손을 씻고 담뱃불을 붙인 뒤 허기가 지길 기다렸다. 이넉이 돌아오겠다고 말하기는 했지만 보는 혼자인 게 좋았다.

돈과 앤이 죽었다. 그의 머릿속에서 그들에 관한 기억이 들끓었다. 돈은 가슴이 크고 인기가 많았다. 그녀는 머리가 둔했지만 똑똑한 척할 줄 알 만큼은 똑똑했다. 보는 그녀를 존중했고 그녀에게 말도 걸었다. 앤은 체구가 너무 작게 태어나서 언제나 하얀 블라우스를 입는 바람에 브래지어를 했는지 안 했는지, 따라서 떠받칠 만한 게 있는지 없는지 구경꾼들은 다 알았다. 그녀의 유일한 친구는 돈이었고 유일한 매력은 눈에 있었다. 그 눈으로 남편 잡을 일은 없으니까 어쩌면 이보다 잘된 일도 없겠다고 보는 생각했다. 돈은 그와 살을 스친 적이 많았는데, 항상 그랬던 게 아니라서 더 티가 났겠지만 어쨌든 보가 그녀의 의도를 궁금해할 만큼은 있는 일이었다.

보는 붉은 배터리 충전기에 머리를 기대고 돈과의 기억에 잠겨 눈을 감았지만 그러는 동안 머릿속에서는 루시의 모습이 아른거렸다.

그는 날씨 때문에 은색으로 바래 이제는 태양에 반짝반짝 빛나는 물막이판잣집이 보였다. 그는 머리에 쏟아지는 침입자 같은 태양과 자기가 사랑하는 그 힘이 자기를 그 집의 시원한 그림자 쪽으로 가라고 구슬리는 게 느껴졌다. 그는 푸르스름하게 이끼가 낀 사암 계단을 올라 홈이 파인 현관 바닥을 가로지르고 방충문을 통과하는 움직임이 보였다. 리놀륨 바닥을 깐 거실의 시원한 습기 속에 그의 친척 샐리가 서 있었다. 텁수룩한 앞머리는 이마에 착 붙었고 그 밖의 머리카락은 뒤로 넘겨 핀으로 느슨하게 고정한 모습. 작은 오점에 발목이 잡혀 땀으로 찌든 초커를 목에 걸어야 했지만 그에게 다가와 손을 잡을 때 그녀는 멋지고 딴 세상 사람 같았다. "난 널 사랑하지 않아," 그는 매정하게 말했다. 이미지들은 이내 살색으로 뒤섞였고, 그러자 그는 잠에서 깼다.

그 꿈은 간혹 현관에 들이치는 8월의 찬비가 지루한 더위를 깨고 그의 피를 반갑게 식히던 것처럼 그를 흥분시켰다. 그는 어쩌다 그런 꿈을 꾸게 되었는지 짚어보았다. 내 상상이겠지, 그는 생각했다. 어쩌면 실제 있었던 일일 수도 있고.

허기는 이녁의 율법을 어기도록 그를 부추겼고, 그래서 그는 간이 식당으로 잽싸게 달려갔다. 문이 잠겨 있어서 그는 브라우니의 가게로 몸을 질질 끌고 가 치즈, 크래커, 돼지 껍데기 스낵, 빅 오렌지 음료 두 병을 샀다.

"일 딸라 사십." 보는 노인에게 돈을 건네고 치즈와 빅 오렌지에 덤벼들었다. "여기서는 먹지 말어," 브라우니가 점심거리를 담으며 덧붙였다.

보는 정비소 바깥의 차가운 햇볕에 앉아 먹었다. 그는 덩컨 자매가 저희 집 창가에 앉아 실눈을 뜨고 자길 지켜보는 모습을 주시했다. 빅 오렌지를 마저 쭉 들이켠 그는 속에서 심술이 치미는 걸 느껴 덩컨네 집에 빈병을 던지고는 그들이 커튼 뒤로 후퇴하는 모습에 웃음을 지었다.

2시 20분에 돌아온 이넉은 보가 배터리 충전기에 기대 잠들어 있는 걸 발견했다. 보를 자르라고 커피가 제안했었고 지금이 적기였지만 커피는 근처에 없었고 이넉은 사람을 자를 위인이 못 되었다.

"일어나, 보, 제기랄 거, 정신 차려."

"네?"

"잘 들어, 난 걔들 데리러 갈 거야. 너는 3시에 문 잘 잠그고 6시까지 너희 집 앞 도로에 나와 있어. 그리로 태우러 갈 테니까."

"또 누가 와요?" 보는 쩍 하품을 했다.

"커피랑 빌이랑 버그 쿠퍼."

"커피랑 빌은 저를 싫어하는데요," 그는 주의를 주었다.

"건방만 안 떨면 좋아해. 따뜻하게 입어, 알았지?"

개새끼, 하고 생각하며 보는 고개를 끄덕였다.

그는 이녁의 견인차가 비탈에 검은 윤곽을 남기다가 고개를 다 넘을 때까지 기다렸고, 그러고 나서 문단속을 하고 루시네 식당으로 향했다. 그녀는 홀로 앉아 잡지를 읽고 있었고 평상복 차림이었다. 남자를 물었나 하는 생각이 들었지만 어쨌든 보는 그녀가 다시 재능을 발휘하게 만들었다. 그는 제 메스꺼움과 혐오와 혼란의 소용돌이를 커피에다 쏟아냈다. 얼마 안 돼 두 사람은 사냥을 가느냐 마느냐로 옥신각신하고 있었다.

"보, 본때를 보여주고 돌아서면 되잖아. 사냥하러 가──그 사람들은 그냥 너한테 잘해주려고 그러는 거야."

그는 단호한 얼굴로 올려다보았다. "개 엉덩이를 걷어차고서 뼈다귀를 던져주진 않죠."

그러더니 느닷없는 열정. "아빠가 쓰던 45구경 자동 권총 가져갈까 봐요."

"여우는 쏘면 안 된다, 보," 그녀가 주의를 주었다. "쫓을 애가 남아나질 않잖니."

"당연한 말씀을," 그가 사냥의 명수처럼 말했다. "저는 그냥 저도 쏠 수 있단 걸 보여주고 싶어요. 뭐, 깡통 쏘는 거나 그거나."

"깡통은 다리가 없다는 걸 알아둬," 그녀는 방긋 웃음을 지었다.

그는 커피를 꿀꺽 들이켜더니 서둘러 나가느라 팁을 남기는 것도 잊었다.

보조 도로에서 산허리에 있는 보의 집까지 이어진 흙길은 가운데가 붉고 반반하게 다져져 있었고 양쪽 가장자리는 딱지처럼 누렇게 굳어 있었다. 그는 그 길을 따라 영구한 땅거미와 소나무 숲의 달콤한 한기 속으로 들어갔다. 거기서 길은 갈라져 하나는 허섭스레기를 쌓아둔 쪽으로, 하나는 지붕널 대신 지붕널을 흉내 낸 타르지를 이고 있는 집이 자리한 빈터로 이어졌다.

빈터에는 대왕참나무 잎과 사탕단풍 잎이 관리 안 한 잡풀 속에 어지럽게 흩어져 있었다. 사탕단풍은 제 색깔들을 혼합해 그의 어머니가 현관 근처에 심은 시들지 않는 수선화 조화들을 감추었다.

보는 현관 계단에서 살무사의 허물을 보고 식겁했고, 그러더니 그 먼지 앉은 것이 암시하는 바를 비웃고 그것을 쿵쿵 대담하게 짓밟은 뒤 현관을 걸어 올라갔다. 그가 끽끽거리는 방충문을, 뻑뻑한 나무 문을 텅 열어젖히자 어머니의 기척이 들렸다. "너니, 보?" 그는 그녀가 종종 "하나밖에 없는 보"라고 부르던 기억이 났다. 아이였을 때 그는 그 말이 좋았다. 지금은 그 말에 몸서리가 쳐졌다. 하지만 대수롭지는 않았다. 그녀는 이제 그를 그런 식으로 부르지 않았다.

"어, 엄마."

싱크대에서 손을 씻는 동안 그는 부엌 창문으로 뒷마당에 쌓인 더미를 내다보았다. 그것은 1966년형 임팔라의 모습을 느릿느릿 되찾고 있었다. "쌩쌩 날아다닐 거예요," 루시에게 그 말을 한 뒤 그는 자신에게 물은 터였다. "언제?" 비누 거품 묻은 손으로 주의를 돌리자 물음은 사그라졌지만 다른 물음이 그 자리에서 튀어 올랐다. 돈의 차를 부품 백화점으로 이용할까?

그는 요리를 하면서 안정을 찾으려고 했지만 감자와 양파를 냄비에 썰어 넣자 어머니가 침실에서 뒤척이는 소리가 들려왔다. 돼지기름 향이 코에 이르자 그녀는 소리쳤다. "냄새 좋네." 보는 대답을 하는 대신 통짜로 된 돼지 엉덩이 살을 덜어 깍둑깍둑 써는 일에 몰두

했다. 그는 고기에서 배어난 피가 냄비에서 회색으로 익을 때까지 기다려가며 마저 요리를 했다.

그의 어머니는 보폭이 짧은 불편한 걸음으로 살그머니 부엌에 와 식탁 옆 쿠션 의자에 털썩 앉았다. 그녀는 쭉 휴식을 취하고 있었다. 8년 전 그녀의 남편이 죽었을 때 의사가 그녀에게 휴식을 취하라고 말했다. 휴식을 하다 기운이 쭉쭉 빨릴 때까지 광부 보험이 휴식할 돈을 대주었다.

그녀는 희끗희끗하긴 해도 여전히 갈색인 지친 머리를 벽에 기대고 두 눈꺼풀을 만족스러운 듯이 축 늘어뜨렸다. 그녀는 낡염된 면 드레스를 두 벌 입었다 —— 한 벌 위에 또 한 벌 겹쳐서. 가을에 두 벌이면 겨울에는 세 벌 더하기 코트란 얘기지, 보는 생각했다.

보가 식탁에 음식을 놓고 돼지고기를 떠서 입에 가져가려니까 어머니가 약을 갖다 달라고 부탁했다. "싱크대 위 창턱에 있어."

"8년째야," 보는 의자를 탁 밀치고 일어나 말했다. 색색의 알약이 담긴 통들을 한데 모으는 동안 그의 눈길은 또 한 번 차에 가 닿았다. 공기가 빠져 타이어가 납작해져 있었다.

"엄마가 약이 필요해서 그래," 그의 어머니가 말하고는 포크로 건더기를 곤죽에다 으깼다. 그녀는 입에 한입 가득 물고 말했다. "저기에 엄마 태워서 언제 내다 버리게?"

"버리긴 누가 버려," 그가 약통들과 제 몸뚱이를 식탁에 내려놓으며 말했다. "저기에 죽어라 매달려야 돼. 이넉이⋯⋯." 그는 저녁 자리에서 사고 얘기는 꺼내고 싶지 않았다.

"이넉이 뭐?"

"부품을 좀 구했다는데 아직 모자라."

"내년 봄엔 뱀 좀 돌아다니겠더라."

"뱀이야 맨 돌아다니는 거고 내가 맨 쫓아내잖아. 이제 내 차에 관심 좀 꺼줄래?"

"오늘 밤에 TV에서 괜찮은 영화 하는 거 같던데," 그녀는 속죄하듯 말했다.

"헬베티아에서 댄스파티가 있는데 거기 놀러 가야 돼."

저녁 먹은 그릇 설거지를 끝내자 보는 어머니가 침실로 돌아가 쉬는 동안 서둘러 옷을 입었다. 옷을 다 걸치자마자 보는 통로 벽장으로 살금살금 가 모자 상자에서 45구경 권총을 꺼냈다. 그는 탄창을 확인했다. 탄창은 환하게 기름칠된 황동 탄피들로 장전되어 있었다. 총은 심지어 냄새도 좋았다. 그는 무기를 주머니에 찔러 넣은 뒤 "좋은 밤 보내, 엄마" 하고 외쳤고, 그러고는 문을 닫고 잠그는 동안 어머니의 징징거리는 당부를 들었다.

태양은 채 저물지 않았지만 눈에 보이지도 않았다. 태양은 서산 뒤에 숨고 오직 그 암시만이 치솟아, 능선은 푸른 불길이 타올랐고 골짜기의 모든 건 맑고 차가운 그늘 속에 남겨졌다. 보는 한파가 오고 있음을 알았다. 눈도 내리지 않을 만큼 추웠다. 그는 이제 가야 할 터였다.

보는 이녁이 매팅리와 무어, 제 두 마리 블루틱에 관해 떠드는 소리를 반쯤 흘러들으면서 지나가는 나무들과 집들을 바라보았다.

"있잖아, 맷 저 녀석이 제대로 뛰기는 하는데, 여우가 꽁지 빠지게 튀었는지 안 튀었는지 그리고 어딜 가야 녀석을 찾을지 아는 건 무어란 말이지."

보는 생각했다. '집에 남아서 그 영화 봐야 되는데. 스팽커가 도망치지 않았으면 좋겠다. 어디 속박되는 건 견디기 어렵겠지만.'

집들과 이야기들이 떠내려갔다. 보는 다리를 비틀거리며 메스껍다는 몸짓을 하는 맷과 무어를 돌아보았다.

"내가 너보다 어릴 때 우리 아빠가 처음으로 사냥에 데려갔어." 이녁이 저단으로 바꾸자 변속기가 체인이 든 양동이처럼 철꺽거렸다. "밀주 두 스푼하고 씹는담배 반 개로 취했었지. 아이고. 그땐 그랬네. 푹 퍼져서…… 그 늙은 괴짜들 얘기에 귀를 기울이다가 또 푹 퍼졌지. 나는 빨리 컸어. 살아남아야 했으니까. 너 우리 아빠 본 적 있던가?"

"아니요," 보는 그 영화가 어떨지 속으로 궁금해하며 말했다.

"네 아빠 우리 아빨 알았지. 뿔난 뱀보다 짓궂었어. 여덟 살 때 내 총각 딱지도 떼줬다니까. 클라크스버그에 있는 어떤 집에 데려가서 말이야 — 나이 든 언니가 나는 입장 금지라고 말하더라고 — 그랬더니 아빠가 나를 차에 놔두고서 웬 타이어 공구를 들고 돌아오는 거야 — 그러더니 나를 데려가서 그 나이 든 언니랑 기둥서방이 바닥에 뻗어 있는 걸 보여주더라."

"좀 신났겠는데요," 트럭이 지나갈 때 나무가 하늘에 새기는 문양들을 쳐다보며 보가 말했다.

"그럼, 근데 그게 다가 아니야. 아빠가 나를 데리고 그 방에 들이닥쳐서는 그 언니더러 내가 일을 다 치를 동안 꼼짝 말고 누워 있으라는 거야. 끝나고 나서 아빠가 달랑 50센트를 주니까 그 언니가 아빠한테 개새끼라고 하지, 그랬더니 아빠가 그 언니 이빨을 털어버렸어."

이녁은 거칠게 웃었지만 보는 그저 웃음기만 내비쳤다. 아버지 이녁은 죽었지만 시궁창에서 건진 무덤 속 낯선 이들에 관한 소문은 아직도 자라고 있었다.

"넌 언제 총각 딱지 뗐니?"

보는 오후의 꿈을 사실인 양 이야기하되 "그 달콤한 애인의 아버지가 16구경 엽총을 들고 죽일 듯이 쫓는 걸" 사정거리 밖으로 겨우 몇 인치 달아났다는 말까지 보태며 거기에 색깔과 특징을 부여했다.

"망할, 그 여자가 누구길래?"

"제가 말한 걸 아저씨가 가서 일러바치면 저는 죽게요?"

"네가 그런 부류인 줄 생각도 못 했다. 그동안 널 잘못 봤나 봐." 이녁은 심사숙고하여 덧붙였다. "아주 멋진 녀석이잖아."

언덕바지에 오르고 나니 칼 같은 작은 불빛들이 나무들 사이로 새어 들었다. 전조등 없이도 토끼들과 찻길이 보일 정도였다. 보는 제 총 얘기를 막 꺼내려고 했지만 차가 급하게 임지(林地) 길을 벗어나는 통에 까먹고 말았다. 트럭은 숲속의 작은 터로 덜컹덜컹 들어섰다. 나무로 벽을 두른 데다 불을 때고 식은 재가 한 구덩이 가득 쌓인, 망가진 카 시트를 가구로 가져다 놓은 곳이었다. 이제야, 트럭에서 내린 보는 길을 오르면서 생각했다. 이제야 해방이다. 혼자다. 공기에서 힘의 냄새를 맡아봐 —— 잘 제련된 금속 같은 냄새. 돈은 두 번 다시 나랑 살을 스칠 일이 없겠구나. 혼자네.

"장작 좀 가져와," 이녁이 명령했다.

보는 건들거렸다. "있잖아요, 저는 저기 출근해서 퇴근할 때까지만 아저씨 직원이에요. 오늘 밤에 뭔가 특별한 걸 원하시면 친구처럼 부탁하시는 게 좋을 거예요."

"건방진 거 같지 않니?"

"틀린 말 아니잖아요."

"넌 남자답게 행동하질 않는구나."

"저를 남자로 대하셔야 말이죠."

보와 이녁은 자투리 나무와 버려진 목재를 찾아 어질러진 언덕을 구석구석 뒤졌다.

2마일 너머에서 부엉이 한 마리가 죽은 히커리 가지에 앉아 초원을 내려다보았다. 여우는 덤불에 숨어 초원과 부엉이를 주시했다. 둘 다 시들어가는 엉겅퀴와 미역취 사이를 노니는 토끼를 보았고 둘 다 토끼를 습격할 최적의 때를 기다렸다. 때가 되자 부엉이는 여우가 발을 떼기도 전에 이미 날고 있었다.

바람이 바뀌었고 여우는 만찬 중인 부엉이에게 바짝 눈을 고정한 채 엄폐물을 바꾸었다. 여우는 살금살금 기어가 가장 가까운 엄폐물까지의 거리를 가늠하더니 한 차례 고함과 함께 부엉이에게 달려들었다. 깜짝 놀란 새는 수직으로 날아오르더니 도둑을 겨냥하고는 쑥 하강했으나 엉겅퀴와 땅바닥에 발톱만 파묻고 말았다. 여우와 먹이는 도둑맞은 굶주린 새를 은빛의 어스름 속에 덩그러니 남겨두고 잠적했다.

이녁이 개들을 돌보는 동안 보는 불을 지폈다. 매팅리와 무어는 멀미가 차츰 낫자 공기를 쿵쿵거렸다. 저희 발바닥에 돌이 박히거나 베인 데가 없는지 이녁이 살피자 녀석들은 껑충껑충 뛰며 사슬을 물어댔다. 모닥불이 활기를 띠자 보는 속에서 저열한 감정이 부푸는 걸 느꼈고, 즉 자기가 개를 가진 저 남자보다 숲을 더 잘 안다고 느꼈고, 그래서 당장 저 어둠 속으로 뛰어들고 싶었다.

빌이 언덕 기슭에서 경적을 울리기 시작하더니 언덕길을 올라오는 내내 소란을 멈추지 않았다. 개들은 그 소리가 귀에 거슬려 짖어댔다. "벌써 취했잖아," 이넉이 소리치고는 껄껄 웃었다. 감나무 덤불 밑의 여우는 멈칫멈칫 귀를 기울여가며 토끼의 뼈와 남은 고기를 물어뜯었다.

트럭이 야영지로 돌진했다. 커피가 뛰어내렸고 다른 사내들은 거품 문 개들을 트럭 짐칸에 묶어두고 커피의 뒤를 비틀비틀 걸었다.

"얘가 여기엔 웬일이야?" 커피가 보를 가리키며 말했다.

"내가 초대했어," 이넉이 말했다.

"어이, 이넉," 버그가 남자와 개를 번갈아 보고 소리쳤다. "너랑 맷이랑 닮기 시작하는데."

커피가 모닥불로 어슬렁어슬렁 와 보의 맞은편에 앉았고, 그러자 두 사람은 서로 역겹다는 눈길을 주고받았다.

"미련퉁이가 여기서 뭘 하시나?" 그가 조롱을 했다.

"여기 있는 거 원래 좋아하는데요," 보가 받아쳤다.

"너무 빠져들진 마라."

보는 커피를 버려두고 무리에 가서 끼었다.

"맙소사, 설마 저 개가 뜀박질을 한다는 건 아니겠지," 이넉이 빌에게 야단을 떨었다.

"벤더야말로 최고의 주자지. 장담하는데 제일 먼저 짖는 것도 저놈이고 **심지어** 무리를 이끄는 것도 저놈이야," 빌이 대답했다.

"저는 무어가 제일 먼저 짖는다는 데 걸게요," 보가 말했다. "이끄는 건 벤더고요."

"그래도 정신이 **반**은 멀쩡하군," 빌이 말했다.

"얼마 거실래요?" 보가 물었다.

"1달러."

"좋아요," 보가 말했다. 이닉은 빌과의 내기에서 자기 개한테 걸었고, 그러고 나서 개를 풀기 전에 다들 서로서로 악수를 나누었다.

사내들은 버번을 꺼냈고 이닉은 보에게 특별한 선물을 주었다 ── 밀폐 용기에 든 밀주였다. 그러더니 그들은 모닥불로 물러나 여우의 자취가 싹 사라질 때까지 이런저런 이야기를 교환했다.

킁킁 수색을 진행하는 소리가 관목림 속 제 주둔지에 있는 여우에게도 들렸다. 녀석은 기선을 잡고자 토끼 피로 흥건한 발을 총총 놀려 비탈 너머 골짜기 쪽으로 쏜살같이 나아갔다. 여우의 자취를 제일 먼저 찾은 건 빌의 얼룩무늬 하운드 퀸이었다. 녀석은 주인을 부르는 대신 능선을 넘어, 자취가 희미한 것으로 보아 여우가 지나가기 쉽겠다 싶은 곳에 가서 길목을 차단했다. 무어는 킁킁 여우 냄새와 토끼 냄새를 구별하더니 낮은 소리로 짖었다.

"무어다," 이닉이 외쳤다. "소리만 들어도 알지."

"저놈의 개가 주둥이 하난 타고났어," 버그가 말했다.

빌은 각각의 사내에게 물어야 할 돈을 물었다.

"애한테 실수를 했더라고," 이닉이 보를 당혹스럽게 만들며 너스레를 떨었다. "사람들한테 네 첫 여자 얘기 좀 해봐, 보." 사내들은 보를 쳐다보며 몸을 기울였다.

"직접 들려주세요, 이닉 아저씨가요, 저는 아직 술이 덜 올랐으니까요."

이닉의 재탕을 보가 중간중간 바로잡는 동안 청중은 흡족한 듯 폭소를 터뜨렸다.

"프레드가 자기는 사냥을 나갈 수 없다던걸," 커피가 떠보듯이 보를 똑바로 보고 말했다. "집 나간 동안 누가 지 마누라한테 집적댄 모양이야." 보는 커피를 빤히 쳐다봐 눈을 피하게 만들고는 용기에 든 술을 한입 가득 들이켰다.

"프레드 배후에 있던 그 히피인지도 모르지," 버그가 의혹을 제기했다.

"히피는 동물들하고나 뒹굴잖아," 커피가 말했다.

"아니면 다른 히피들이랑 뒹굴든가," 이넉이 덧붙였다.

"그게 다 프레드의 계략이에요," 보는 설명했고, 그러자 다들 왁자지껄 웃음을 터뜨리기 시작했다.

빌의 이야기가 끝나갈 무렵 마지막 장작이 타고 있었다. 개들은 잊힌 터였다.

"말했듯이, 다들 전부 취했는데 커피랑 톰이 그놈의 돼지 두 마리 무게가 얼마나 되는지 실랑이가 붙었어…… 죄다 세척하고 도축하고 포장까지 한 거를. 두 망할 놈이 트럭에 전부 싣더라고 ─ 내장이니 뭐니 다 ─ 그러더니 무게를 재러 서턴에 가져가는 거야. 내장은 온통 뒤죽박죽에, 어느 놈 머리가 어느 놈한테 가서 붙은 건지."

"내장을 제거할 땐 거 돼지한테 무덤덤해야 돼," 커피가 옛일을 추억했다.

"돼지들이 니 머릴 내리쳤으면 발광을 했을 거면서," 버그가 거침없이 말했다. 사내들은 또 한 번 웃음을 뿜었다.

여우는 보금자리를 잡으러 산길을 오르고 있었고 무리는 뒤를 밟고 있었다. 퀸은 자취가 희미한 것으로 보아 여우가 이곳을 반드시 지나갈 거라 확신하고 사내들 근처 관목림에서 기다렸다. 여우는 나무들을 빙 에돌았는데 그것은 뒤쫓는 무리를 따돌리려는 여우의 마지막 계략이었다.

엷은 불빛에 푹 젖어든 보는 술기운에 정신이 나갔다가 술을 한 모금 했다가 오락가락했다. 그는 간간이 대화를 따라잡다 움푹한 잠 속으로 의식이 떠내려갔고, 그러자 목소리들이 그를 다시 흔들어 깨웠다.

"쟤 눌러앉은 꼴이 천국이 따로 없네," 보의 어둠 속에서 빌의 목소리가 말했다. 보는 눈이 감긴 채였다.

"사고 한번 지독하게 났더라," 이닉이 말했다. "내가 볼 땐 있잖아, 그 여자애 익사했어."

"어땠길래?" 버그가 물었다.

"온몸이 쭈글쭈글하더라니까 —— 왜, 더러운 거 다 뒤집어쓰고서."

"하늘이 우리 손에 작대기를 내려준 거니까 우린 뭐 빠지게 일해서 구원이나 받자고," 커피가 고했다.

"진짜 괜찮은 여자애였는데, 참." 이닉의 목소리가 흩어져 날렸다.

"젠장," 버그가 말했다. "난 항상 꼴등이었지."

"먼저 간 사람이 먼저 봉사 받는 게 당연하지," 빌이 말했다.

"작작 해," 커피가 말했다. "나 또 흥분되잖아."

"젠장, 누군 안 그러게," 버그가 말했다. "무덤에서 파내기라도 할까 봐."

"아직은 따뜻하겠네," 커피가 덧붙였다. 사내들은 콜록콜록 기침이 나오도록 낄낄거렸다.

"내가 그 여자애 아버지한테 걔가 직업 구했다고 말했는데," 이녁이 웃음을 터뜨렸다.

"그 애가 그리워," 버그가 한숨을 지었다.

"난 아냐," 커피가 큰 소리로 말했다. "누구든 개랑 결혼 안 해줬으면 우릴 전부 목매달았을걸. 어림없는 소리, 난 걔가 죽어서 기뻐."

보는 주머니 속에서 45구경 권총을 주물럭거렸다.

하지만 사내들은 보가 진실과 거짓을 구별할 수 없을 때까지 진실 섞인 거짓말을 늘어놓으며 시간을 죽인 참이었다. 그도 이런저런 말을 했다. 진실도 거짓도 말하지 않을 수 없었다. 그것들은 이제 확정되었다. 진실과 거짓은 남김없이 말해졌다.

여우는 빈터를 돌파하다 모닥불과 사람을 보고 멈칫했다. 당황한 여우가 뒷걸음치는 순간 퀸이 그쪽에서 불쑥 튀어나와 덮쳤다. 컹하고 한 차례 소리가 났고, 여우는 눈으로 보면서 뒤쫓는 퀸을 달고 골짜기로 맹렬히 달아났다.

"저게 다 말아먹네," 빌이 소리쳤다. 술에 취한 보는 코트 주머니에서 45구경을 번쩍 꺼내더니 퀸을 겨냥해 쏘았고 빗맞혔다. 총소리가 캄캄한 서쪽 산등성이에서 울려 퍼지자 커피가 비명을 질렀다. 퀸은 잠시 멈추어 보를 쳐다보다가 산길로 돌아갔다. 버그가 훅 뛰어올라 보가 퀸 총을 발로 차냈다.

"여우를 구하려고 그랬어요," 보가 어눌한 발음으로 말했다.

"이 멍청한 개새끼," 커피가 말하자 보는 그를 죽이려고 권총을 찾았지만 그것은 낙엽과 어둠 속으로 실종된 상태였다. 보는 지끈거리는 머리로 사내들을 멍하니 쳐다보았다.

"쟨 그냥 놔둬," 이넉이 말했다. "가르칠 사람이 누가 있었겠어."

보는 비틀비틀 일어나 버그에게 말했다. "미안한데요, 저는 여우를 구하려고 그런 거예요."

커피가 보의 신발에 침을 뱉었지만 보는 그러든 말든 무시하고 덤불로 가 먹은 걸 게웠다.

"다들 오줌으로 불 꺼," 이넉이 말했다. "걔들은 내가 불러 모을 테니까."

보는 일요일 오후의 부옇고 낯선 잿빛 안개 속을 헤매다 하마터면 빈터를 못 찾을 뻔했다. 그의 머리 위에서는 마른 참나무 잎이 생기 없는 가지에 걸려 소곤거렸고 줄기에는 만개한 가을꽃이 반역죄로 서리를 입고 힘없이 매달려 있었다.

지난밤의 잔해는 활기 잃은 유령처럼 낙엽 바닥에 여기저기 흩어져 있었다. 밀폐 용기는 비었지만 그의 머리는 맑았다 ── 추위가 드는 듯한 변화의 통증뿐이었다. 공기에서 식은 재와 구토 냄새가 나기는 했지만 그렇게 용해되어 있던 냄새는 바람에 밀려, 아니 아마도 바람에 실려 사라졌다.

그는 젖은 낙엽 때문에 녹이 슬어 줄무늬 장식이 생긴 아버지의 권총을 찾아 코트 주머니에 찔러 넣었다. 보조 도로로 향하는 임지의 진창길을 비틀비틀 내려오면서 그는 봄이면 임팔라가 굴러갈 준비가 되어 있을지 궁금해했다.

번번이
Time and Again

위크스 씨가 오늘 밤 또 불러내는 바람에 나는 내 집 복도를 돌아다본다. 부엌 등은 환하게 켜두었다. 아내가 죽은 뒤 이곳은 텅 비고 낡은 집이 되었다. 위크스 씨가 불러내지 않을 때 나는 내가 아는 온 갖 사람에게 아들에 관한 편지를 적는다. 내가 쓴 몇몇 편지는 늘 반송되고 답장을 쓴 사람들은 그 아이가 어디로 떠났는지 아무도 모른다고 말한다. 내가 죽는 날 밤엔 그 아이가 돌아오겠지 하고 생각하는 것밖에 도리가 없으므로 나는 부엌 등을 놔둔 채 문을 나선다.

찬 공기는 여전하고 싸라기눈은 내 야구 모자를 때리며 목깃 속을 파고든다. 내 돼지들이 저희한테 밥을 주러 오는 줄 알고 축사에서 꿀꿀거리는 소리가 들린다. 저 끔찍한 잔반보다는 나은 걸 먹여야 하지만 내 아들이 무사한지 확인하기 전에는 그럴 수가 없다. 나는 가서 들여다보지 말라고, 내가 생전 죽이질 않으니까 돼지들이 마냥 꽥꽥거린다고 아들한테 말했었다. 녀석들이 늘 꽥꽥거리는 건 복에 겨워서인데도 아들은 그걸 가서 들여다보았다. 그러더니 어디론가

급히 도망갔다.

나는 내 제설차 앞 유리에 쌓인 눈을 쓸어내고 올라탄다. 비닐 재질의 좌석은 차갑지만 나는 그게 좋다. 매끄럽고 청소하기가 쉽다. 상자 스패너는 늘 있던 대로 내 자리 옆에 있다. 나는 손으로 그 무게를 재보고 제자리에 돌려놓는다. 나는 소금 살포기를 켜고 삽날을 낮춘 다음 산간 도로를 치우러 출발한다.

눈이 법면에 벽처럼 쌓인다. 차들이 꼼짝을 못 한다. 저들은 갓길에서 오도 가도 못 하는데, 내가 눈을 헤집어 뒤에 가지런한 줄을 만들고 지나가도 저들은 늘 뒤처지고 만다. 저들은 소금이 제 역할을 할 때까지 얼마나 걸리는지 모른다. 저들은 흔히 널린 바보들이다. 이런 날씨에 싸돌아다니다 끝내 죽음을 맞는다. 저들은 소금이 제 역할을 하도록 잠자코 앉아 기다리는 법이 없다.

이 일을 계속하자니 내가 너무 늙는 것 같다. 쉬면서 돼지들이 늙어 죽는 모습이나 봤으면 좋겠다. 마지막 녀석의 죽음이 가까워지면 나는 녀석에게 최고의 식사를 먹이고 축사 문을 열어둘 것이다. 하지만 그런 일이 생길 것 같지는 않은데, 왜냐하면 나는 앤스테드에서 골리까지 이대로 쭉 뻗은 60번 국도를 잘 알고 일도 곧잘 하기 때문이다. 위크스 씨는 내가 일 하난 정말 제대로 한다고 매번 요란을 떨고, 그러므로 나는 이 도로의 오르막 방향을 타고 마주 오는 다른 제설차를 만나면 경적을 울릴 것이다. 골리에서 오는 위크스 씨일 것이기 때문이다. 위크스 씨를 제설차가 아니라 일상에서 만났다면 어땠을까 생각해본다. 나는 가끔 슈얼산(Sewel Mountain)을 내다보며 눈구름이 다가오는지 확인한 다음 위크스 씨에게 전화를 건다. 하지만 우리는 친구가 아니다. 우리는 한 번을 같이 나다니질 않는다. 그에게 가족이 있는지 없는지도 나는 모른다.

호크스네스트 휴게소를 지나자 새로운 바보 무리가 내 뒤에 줄을 짓지만 얼마 못 가 나는 또 혼자가 된다. 침니코너스 쪽으로 눈을 밀고 비탈을 내려가는 동안은 내 불빛이 도로에서 유일한 불빛으로, 눈은 노랗게 회전하는 내 경광등과 하얗게 휜 전조등 불빛을 집어삼킨다. 그 예쁘장한 모습에 웃음이 나기는 해도 나는 지친 터라 집이 었으면 하는 마음뿐이다. 돼지가 걱정스럽다. 내가 잔반을 더 줬어야 하지만, 그래도 일단 죽는 녀석이 나오면 다른 녀석들은 그놈을 순식간에 먹어치울 것이다.

침니코너스에서 크게 방향을 꺾자 히치하이커 하나가 거기 서 있는 게 보인다. 모습이 깨끗한 데다 얼어 죽기 직전이라 나는 차를 세워 그를 태운다.

그가 말한다. "와, 고맙습니다, 선생님."

"어디까지 가요?"

"찰스턴이요."

"가족이 거기 있나?" 나는 말한다.

"잘 있죠."

"나는 골리 다리까지만 가는데, 그러고 다시 돌려야 하고."

"그거면 충분하죠," 그가 말한다. 예의 바른 남자아이다.

뒤에서 바보들의 운행이 멎고 저단 기어인 내 차는 그들에게서 끽끽거리며 멀어진다. 저것들이 산에서 추락을 하든가 말든가.

"도로에서 헤매기엔 좋은 날씨가 아닌데," 나는 말한다.

"확실히 아니죠, 그래도 집에는 가야지 어쩌겠어요."

"버스는 어쩌고?"

"아으, 버스는 냄새가 나서요," 그가 말한다. 내 아들도 늘 저렇게 말했다.

"어디서 왔나?"

"로어노크요. 어떤 분 밑에서 1년 내내 일했죠. 그분이 크리스마스 연휴랑 휴가비를 두둑이 주셨어요."

"좋은 분인가 보군."

"좋다마다요. 그분이 마을 외곽에 농장을 갖고 계세요 — 말 농장이요 — 그런 말들은 본 적이 없으실걸요. 내년에는 저더러 말을 관리하라고 하시더라고요."

"나도 농장이 하나 있는데 겨우 돼지만 몇 마리 남았지."

"돼지도 괜찮은 사업이죠," 그가 말한다.

나는 그를 쳐다본다. "돼지 죽는 거 본 적 있나?" 나는 다시 도로에 쌓인 눈으로 눈길을 돌린다.

"그럼요."

"돼지는 여간해선 안 죽지. 내가 본 바로는 돼지가 도살당하는 것보다 전쟁에서 사람 죽기가 더 쉬워."

"전혀 몰랐어요. 저희는 순식간에 총으로 쏴 죽이고 찔러 죽이고 했거든요. 직후에는 펄펄 날뛰긴 해도 그때쯤이면 죽은 거나 마찬가지죠."

"그럴 테지."

"도살을 안 하면 돼지로 뭘 하세요? 파세요?"

"내 돼지들은 늙은 놈들이야. 뭘 할 수가 없어. 그냥 죽게 내버려두는 거지. 돈은 겨울마다 요 도로에서 벌고. 많이는 필요 없으니까."

그가 말한다. "자식은 있으시고요?"

"내 아내가 죽으니까 아들놈이 냉큼 도망가더군. 그것도 꽤 지난 일이지만."

그는 한참을 말이 없다. 나는 도로가 땜질된 곳에서 삽날을 들어 올린 다음 더 많은 소금이 뒤에 뿌려지도록 속력을 늦춘다. 내 뒤에 슬금슬금 다가붙는 자동차들의 불빛이 백미러로 보인다.

그 순간 히치하이커가 느닷없이 말한다. "아드님은 지금 뭐 하세요?"

"도망갈 땐 벽돌공 일을 배우고 있었지."

"짭짤하겠는데요."

"글쎄. 그땐 아들놈이 지게꾼이었으니까."

그가 휘파람을 분다. "저도 지난여름에 보름 동안 그 일을 했어요. 그렇게 지독한 건 처음이었죠."

"힘든 일이지," 나는 말한다. 내 생각에 이 아이는 지게를 지면 힘 좀 쓸 것 같다.

위크스 씨의 제설차 불빛이 이쪽으로 다가오는 게 보인다. 나는 기어를 1단으로 넣는다. 급할 게 없다. "바짝 수그려," 나는 말한다. "자넬 태운 걸 알면 곤란해지니까."

아이는 의자 밑으로 웅크리고 위크스 씨의 제설차 불빛은 내 운전석을 비춘다. 나는 보이지도 않는 위크스 씨를 향해 불빛에다 손을 흔들고, 그러고는 서로 스칠 때 둘 다 경적을 울린다. 이제 나는 도로 중앙에 더 바짝 다가붙는다. 나는 눈을 전부 걷어내 일을 잘 처리하고 싶지만 위크스 씨가 달고 가는 차량 행렬이 내 쪽으로 넘어올 때면 똥끝이 탄다. 나는 어떤 사고도 내고 싶지 않다. 아이는 일어앉아 다시 말하기 시작하는데 그게 날 초조하게 만든다.

"페이엣 카운티를 뚫고 오는데 겁이 다 나던걸요," 그가 말한다.

"아하," 나는 말한다. 나는 다른 차를 긁지 않으려고 노력한다.

"제길, 그런데 여기서는 툭하면 히치하이커가 살해된다잖아요."

한 남자가 지나가면서 경적을 세게 때리지만 나는 위크스 씨가 남긴 걸 치워야 하고, 그래서 도로 중앙에 바짝 다가붙어 내내 벗어나질 않는다.

아이가 말한다. "그 군인 뼈요 ── 맙소사, 거 암만해도 섬뜩한 일이에요."

마지막 차가 살살 지나가지만 나는 등이며 어깨며 살이 떨리고 땀이 흐른다.

"그 군인이요," 그가 말한다. "그 얘기 모르세요?"

"글쎄."

"연인의 낭떠러지(Lovers' Leap) 밑에서 그 사람 더플백이 발견됐대요. 그가 누군지 알 만한 건 다 거기 들어 있었는데, 뼈도 있더래요."

"기억나는군. 거참 안됐지." 전조등에 비친 눈이 아주 그럴싸한 그림을 만들고 그걸 바라보는 나를 안정시킨다.

"어떤 덩치 큰 저능아도 여기서 살해됐대요. 살덩이가 온전하게 붙어서 발견된 건 그 사람 하나라던데요. 그 밖에는 다 뼈만 발견됐고요."

"근 몇 년 동안은 하나도 못 찾았다던데," 나는 말한다. 이번 눈은 프랑스를 떠올리게 한다. 프랑스 상공에서 그들이 우리를 떨어뜨리던 때에도 이런 눈이 내리고 있었다. 나는 하품을 한다.

"글쎄요," 그가 말한다. "어쩌면 그 짓을 저지른 놈이 죽었을지도 모르죠."

"내 생각도 그래," 나는 말한다.

산은 천천히 완만해지고 우리는 뉴강(New River)을 낀 구간을 치우며 골리까지 순탄하게 나아간다. 아이는 담배를 피우며 눈에 심취해 있다.

"1944년 겨울에 프랑스에서도 이런 눈이 내렸지," 내가 말한다. "낙하산부대에 있었는데, 독일 놈들이 우글우글한 데다 우릴 떨구던 걸. 우리 소대는 총 한 발 안 쏘고 농가를 점령했어."

"맙소사," 그가 말한다. "전부 칼로 처리하신 거예요?"

"목을 땄지," 나는 말하고, 그러자 우리 대원 하나가 돼지우리 안으로 곤두박질치는 모습이 아른거린다. 사람은 너무 쉽게 죽는다.

우리는 다른 제설차들이 이미 도로 청소를 마친 골리에 다다른다. 내가 갓길에 차를 대자 차량 행렬이 따라잡더니 흙탕물을 튀기며 옆을 지나간다. 나는 상자 스패너를 움켜쥔다.

"자리 밑에 내 손전등 있는지 좀 봐줘, 젊은이."

그는 의자 밑을 잡고 허리를 쭉 수그린 다음 내게서 고개를 돌린다. 하지만 나는 지금 너무너무 피곤하고 의자를 치우고 싶지도 않다.

"여기엔 없네요, 선생님."

"흠," 나는 말한다. 나는 차들의 불빛을 바라본다. 바보 같은 녀석들.

"다시 한 번 고맙습니다," 그가 말한다. 그는 땅으로 폴짝 뛰어내리고 나는 뒤쪽으로 걸어가며 엄지를 세우는 그를 지켜본다. 너무 피곤해서 집까지 차를 몰고 갈 기운이나 있을까 싶다. 나는 이대로 앉아, 차 한 대가 와서 설 때까지 뒤쪽으로 걸어가는 저 아이에게서 눈을 떼지 않는다. 내 생각에 그는 예의가 바를 뿐 아니라 이 밤에 차를 잡아탈 정도로 운이 좋은 아이다.

산중의 오르막길을 달리는 내내 나는 프랑스에서의 대원들 숫자를 헤아리고, 그러다 멈출 수밖에 없어 다시 한 번 헤아린다. 숫자는 눈이 내리던 그날 밤에서 더 나아가질 않는다. 위크스 씨가 나를 지나가면서 경적을 울리지만 나는 울리지 않는다. 번번이 나는 숫자를 헤아리려고 애만 쓰다 실패한다.

나는 내 집 옆에 차를 세운다. 내 돼지들이 뒤꼍의 저희 집에서 뛰쳐나와 내 쪽에 대고 꿀꿀거린다. 나는 제설차 옆에 서서 눈 덮인 나뭇가지들 사이로 슈얼산에 감도는 고리 모양의 새벽빛을 본다. 차들이 깨끗한 도로를 쌩쌩 지나간다. 부엌 등은 여전히 환하지만 나는 집이 비었음을 안다. 돼지들은 나를 빤히 쳐다보며 먹이통 옆에서 콧김을 내뿜는다. 녀석들은 내가 밥을 주길 기다리고 있고, 그러므로 나는 녀석들의 우리로 걸어간다.

티
The Mark

박람회 날 아침 그 냄새는 진한 커피 향과 알탕 냄새를 가르고 부엌에 있던 레바에게 풍겼다. 그녀는 접시를 놔둔 채 커피 잔을 들고 터널처럼 빛이 스며드는 통로를 쭉 따라서 액자에 가지런히 정리된 오빠의 화살촉들을 지나, 목탄으로 그려진 할아버지의 초상화를 지나 서늘한 어둠 너머 현관으로 나갔다. 땅과 강은 태양에 한 겹 한 겹 껍질을 벗는 진갈색 안개 밑에 숨어 있었다. 안개에서 광석 냄새와 흙냄새가 났고, 그래서 레바는 앉아서 그 안개를 들이마시며 양손 뼈마디에 밴 권태를 비비적거렸다. 그녀는 고작 8년 전 부모님을 앗아 간 바로 그 강에서 한때 일했던 오빠 걱정에 답답한 기분이 들었다. 그 걱정은 그녀가 발작을 겪는 이유 중 하나였고, 그래서 그녀는 잊어버리자고 스스로에게 다짐했다.

마당에서는 소작인인 바보 재키가 품평회에서 입상한 적 있는 타일러의 황소를 빗질하면서 웬 바보스러운 노래를 조용히 흥얼거렸다. 황소는 재키의 빗이 검은 털에 일으키는 부자연스러운 파문에 몸서리를 치며 제 육중한 자세를 이리저리 바꾸었다. '자존심을 걸고 약속한 커터의 귀환'이 일찍 일어난 파리들을 쫓느라 밧줄 같은 꼬리를 휘두를 때마다 레바는 "쉬이이쉬이이" 하고 놀리고는 커피를 홀짝였다. 황소는 다시 자세를 바꾸었다.

"가만 좀 있어, 이놈아," 재키가 노래를 하다 말고 툴툴거렸다.

쉬쉬, 레바는 저 혼자 빙긋 웃었다. 얼간이 쉬쉬는 어린 암소들한테 쉬야를 한대요. 쉬이이쉬이이.

그녀의 남편 타일러가 녹색 격자무늬 셔츠와 파란 바지를 입고 현관으로 나왔다.

"이 옷 괜찮아?" 그가 묻고는 몸을 펼쳐 한 바퀴 돌았다.

"쇼에 나갈 거라면, 응," 그녀가 웃음을 터뜨렸다.

"내가 이렇다니까," 그가 자신의 색맹에 무안해하며 말했다.

"연한 색 바지를 찾아봐요, 다 큰 T 도련님," 바지가 황갈색인 걸 알고서 그녀는 말했고, 그러고는 두 번의 겨울을 함께 난 남편이 아니라 어린 사내아이처럼 발을 끌며 복도를 걸어가는 그를 지켜보았다.

그녀는 태아가 있어야 할 곳을 느끼며 눈을 감았고 토끼의 혈관에 흐를 자신의 피를 상상해보았다.* 그것은 토끼의 난소에 주입될 것이고 임신이 맞는다면 난소가 부풀 거라고 의사는 말했다. 그들은 토끼를 죽여 그 장기에서 그녀의 비밀을 캐낼 예정이었지만 그녀의 배가 내려앉는 느낌은 너무 격렬하고 무섭게, 그녀의 최악의 달처럼 너무 아프게 진행되었다. 그녀는 그들이 토끼의 난소에서 아무런 자백도 받아내지 못할 거라고 되뇌었다.

잔디깎이가 뒤에서 죽어가는 소리로 윙윙거리는 동안 그녀는 오빠인 클린턴이 한배의 토끼 새끼들을 맨가슴에 바짝 끌어안던 기억을 떠올렸다. 그녀가 그를 원하기 시작하던 해 여름이던가?

그녀는 도로에서 걷힌 안개가 강변 저지대에 자란 수 에이커의 담배를 가로지르면서 이슬로 반짝반짝 코팅하는 모습을 바라보았다. 클린턴은 떠나기 전만 해도 그들을 도와 거름을 주며 경작물 사이를 꿈지럭꿈지럭 누비던 참이라 그녀는 오빠의 강인한 몸을 끌어안을, 할아버지에게서 나던 그 연기 냄새를 맡을 걸레 년이 누구일지 가는 눈을 뜨고 떠올렸다. 다음 주면 뱀들이 숨어서 허물을 벗는 메마른 그루터기와 타닥타닥 건조 작업 중인 헛간에서 풍기는 푸석한 냄새만 가득할 것이다.

타일러는 레바가 잊고 있던 연한 청바지를 입고 돌아왔다. 그녀는 8월의 열기를 훅 들이마셨다.

"재키는 대체 왜 저러고 있어?" 소작인을 지켜보며 그가 물었다.

레바는 대꾸하지 않았다. 메뚜기 한 마리가 난간에 뛰어올랐고 레바는 녀석의 갑옷 같은 턱이 무는 거품 즙을 지켜보았다. 언젠가 꼭 저 자리에서 할아버지는 뱃사공 시절의 이야기와 뱃노래를 들려준 적이 있었고 그녀와 오빠는 어두운 비밀을 나눈 적이 있었다.

"그만 가서 트럭에 싣지그래요, 재키," 타일러가 외치고 나서 불평을 했다. "망할 무지렁이가 박람회에 가서도 저러고 있을 작정인가. 그래도 챔피언다워 보이긴 하네, 그렇지? 재키가 심지어 코뚜레도 광을 내놨어."

"그게 뭐 대수라고," 그녀가 바지를 직접 가지러 가며 말했다.

---

*   암컷 토끼에 사람 호르몬인 hCG를 주입하는 임신 판별법이 오래전에 있었다.

"정말이지," 타일러가 황소에게 말했다. "너 완전 우아해 보인다."

통로를 걸어 나오는 길에 레바는 할아버지의 시선과 눈이 맞았지만 그의 젊은 얼굴이 낯설어 그대로 현관으로 나섰다.

"빌하고 칼린 오기 전에 이거 입어," 그녀가 타일러에게 바지를 건네며 말했다.

"당신이 도와주게?" 그가 팔을 그녀의 허리에 두르고 씩 웃더니 그녀의 목에 키스하면서 말했다. 그는 아쿠아 벨바 향이 났지만 볼은 까칠까칠했다.

"거긴 아니야," 그녀가 손으로 그의 얼굴을 부드러이 쓸다가 밀어냈다. 그는 실내로 들어갔다.

재키는 '자존심을 걸고 약속한 커터의 귀환'을 평상 트럭에 싣느라 실랑이를 한 뒤 녀석을 묶고는 문을 걸어 잠갔다. 레바는 그가 저 혼자 고개를 떨구고 낄낄거리며 안짱걸음으로 헛간까지 뛰어가는 모습을 지켜보았다. 그녀는 그가 거기에 술병을 숨겨둔 것 아닌지 의심스러웠다.

안개가 싹 걷히자 그녀는 강 저쪽의 산들을 볼 수 있었다 —— 얼마 못 가 오하이오의 평원들에 자리를 내주는 산들이었다. 동쪽 강기슭에는 할아버지가 한때 일했던, 나무로 쪽매붙임한 관리소가 덩굴식물과 잡풀 속에 숨듯이 자리하고 있었다. 어릴 적부터 쭉 비어 있어서 그녀의 소꿉놀이 집이나 클린턴의 요새로 쓰이던 곳이었다. 그들은 할아버지가 아이였을 때 강에서 낚았다는 시체의 뼈를 찾아 콘크리트 기반 옆을 파보았으나 뼈는 한 조각도 발견되지 않았다. 강변에는 상류와 하류 모두 까만 흙길이 반질반질하게 다져져 있었다. 뿌리로 수문의 다릿기둥을 망가뜨린 은단풍의 연한 잿빛 껍질에는 다리가 무너진 12월의 추운 금요일에 클린턴이 새긴 엄마아빠 이름 머리글자가 있었다.

잔잔한 먼지바람이 현관을 횡으로 가로질렀고, 그러자 레바는 눈물이 날 만큼 오래 응시했던 눈을 감고 먼지바람의 열기 속에서 몸을 떨었다. 약간의 통증이 등을 비집고 들어오자 그녀는 여기에 혼자 남겨졌다는 사실을 싫어해보려고 했다. 그녀는 클린턴, 엄마와 아빠, 심지어 강을 탓하려고도 해보았지만 결국 눈을 뜨고는 작고 하얀 제 주먹만 내려다보았다.

황소는 트럭 평상에서 무심히 발을 구르고 이른 태양은 메뚜기가 울도록 몸을 데웠지만 상쾌한 공기는 안개와 함께 가버리고 없었다. 빌의 새 뷰익이 길을 꺾어 국도를 벗어나는 게 보이자 그녀는 무겁게 일어나 안으로 들어갔다.

*

"온종일 어딜 그렇게 빤히 내다보는지," 황소를 지켜보던 타일러가 제 동생의 대답을 기다리며 말했다.

동생은 난간에 조금 높이 걸터앉아 담배를 피웠다. 메뚜기 울음은 공기를 무겁게 만들 뿐이었고 은단풍 산의 먼지 낀 잎들은 바람에 나부끼는 흔적 한 번 없이 녹색으로 흐물흐물 매달려 있었다. 빌은 쩍 하품을 했다.

타일러는 고개를 들어 동생을 쳐다보았다. "그녀한테 아기를 선물하면 클린턴한테서 마음을 뗄 줄 알았어. 아이고, 그가 떠나던 날엔 그녀도 굉장히 물이 올랐었지. 지금이야 그가 하던 음탕한 얘길 그리워나 하는 처지지만."

빌이 여전히 말이 없자 타일러는 일어나 제 동생 옆에 섰다. 빌은 타일러의 근심을 박박 찢었다.

"이런 제길, T, 할머니 같은 걱정 그만해. 농장이 있잖아. 그거나 걱정해."

"당연히 그래야지. 저기 저 담배 아니었으면 난 빌어먹을 만큼 곤란해졌을 거야."

레바는 통로에 서서 집게손가락으로 장밋빛 화살촉의 깔쭉깔쭉한 가장자리를 더듬었다. 클린턴은 그걸 쇼니족*의 주력 무기라고 불렀는데 그가 그걸 유독 영예로 여긴 건 그녀가 가장 마음에 들어하는 것이었기 때문이다. 위층에서 변기 물이 내려지더니 동서가 치장을 하며 흥얼대는 소리가 그녀에게 들려왔다. 그녀는 밖으로 나갔다.

"준비됐어?" 타일러가 계단을 풀쩍 뛰어내리며 말했다.

"칼린은?" 빌이 물었다.

"화장실, 무슨 일인지 알겠네," 그녀는 손가방을 착 닫으면서 말했다.

"마누라가 입으로 열라 해줬거든," 빌이 제 형에게 말했다.

"저기 봐," 두더지가 굴을 파고 있는 마당을 가리키며 레바가 말했다. 타일러가 걸어 나가 들썩들썩하는 땅 위에다 뒷굽을 들어 올리고 균형을 잡았다.

"타일러, 그 두더지가 귀찮게 한 것도 아니잖아," 남편의 함박웃음에 짜증이 난 그녀가 말했다.

"누가 모르나," 그가 말하고는 불룩 솟은 땅에 발을 팍 떨어뜨렸다. "지 무덤 지가 판 거야."

"복더위에는 만사가 다 짜증인 법이지," 빌이 말했다.

레바는 못마땅한 얼굴로 그를 쏘아보았다.

"짜증이라니 뭐가?" 칼린이 현관으로 나오면서 말했다.

"아무것도 아니야." 레바는 머리를 뒤로 빗더니 계단을 내려가 뷰익 쪽으로 걸어갔다.

재키는 트럭에 기대어 제 커다란 머리를 측판에 축 얹고 있었다. "멋진 날이네요," 레바가 지나가자 그는 말했고 재키에겐 멋지지 않은 날이 없다는 걸 아는 레바는 웃으면서 고개를 끄덕였다. 찜통인 차 안에서 기다리고 있으니 이마 쪽 지끈거림이 두 귀 사이로 번졌다. 그녀는 강기슭에 주르르 자란 플라타너스와 은단풍을 지긋이 바라보았다. 아무도 못 알아볼 상징물들이 엄마아빠의 혼이 깃든 나무한테 주는 선물로 거기 매달려 있었다. 레바는 목걸이, 클린턴은 마법의 개뼈다귀, 겨울 햇살에 나무를 반짝거리게 만드는, 낚싯줄에 걸린 유리 조각. 머리가 맑아진 그녀는 다른 사람들이 소곤소곤 차로 다가오는 소리를 들었다. 그중 타일러의 목소리만이 몸속에서 저음으로 우러나왔다. "……하지만 그분들은 한참 전에 죽었잖아."

정적이 도는 차내, 칼린은 동서의 발작이 안쓰럽게 느껴졌다. 그녀는 찢긴 금속 주둥이로 물을 토하고 올라오는 차들을 커터 할아버지가 강가에서 몇 주나 찬 바람 맞아가며 지켜보던 일이 떠올랐다. 그는 포드 트럭이 나왔다는 얘기가 들릴 때나 더 바짝 다가가 들여다보았다. 아들의 차가 끝내 빈 채로 발견되자 그는 뒤틀린 철판을

---

*   Shawnee. 미국 동부 삼림지대에서 살던 인디언.

빤히 쳐다보면서 마지못해 손주들이 앉아 있는 트럭으로 걸어갔다.

매끈했던 아스팔트 길은 느닷없이 나타난 4마일의 콘크리트 판 구간 때문에 끊어졌다. 콘크리트 판을 하나하나 지날 때마다 차가 덜컹덜컹 흔들리는 바람에 타일러는 속력을 줄이고 재키더러 꼬리에서 좀 더 물러나라는 몸짓을 했다.

"망할 바보," 그는 말하더니 뒷자리에 앉은 빌을 거울로 힐끗 들여다보았다. "레이먼네 황소 '랭군' 봤어?"

"병명에나 어울릴 이름이네," 빌이 낄낄거렸다.

"아마 베트남에서 데려왔을걸."

"이름을 아니면 병을?" 레바가 씩 짓궂게 웃었다. 아무도 웃지 않았다.

"문서도 확실히 있는 거야," 타일러가 이어서 말했다. "주름 하나 없이 잘생긴 놈이라니까."

"그럴 리가," 빌이 느릿느릿 말했다. "레이먼은 그렇게 똑똑하지 않은데."

칼린은 레바 쪽으로 몸을 수그렸다. "의사한테 소식 들으려다 세월 다 가겠다. 겁나?"

"정신이 없을 뿐이야," 그녀는 타일러의 귀에 들리도록 말했다.

"아들이 좋아 딸이 좋아?" 질문을 하면서 칼린의 파란 눈은 크게 뜨였다.

"상관없어. 그냥 확실해질 때까지 있어봐."

타일러는 그녀의 손을 잡았고 그녀는 그의 차가운 손가락에서 근심을 느낄 수 있었다. 차를 타고 있자니 멀미가 났고, 그러자 그녀는 아기가 태어나도 클린턴은 결코 돌아오지 않을 거라는 생각을 하면서 눈을 감았다.

"카운티에 뉴 앵거스종이 있어," 그녀는 빌의 말소리가 들렸고 타일러의 손가락에 힘이 들어가는 걸 느꼈다.

"누구네 손데?"

"조던인지 저건인지 하는 친구 — 이름을 까먹었는데, 아무튼 소는 '제국의 태양'이라는 놈이야 — 태-애-양. 순수 버지니아 놈이지."

"견적은 괜찮고?"

"형은 그 돈 감당 안 됐을걸."

칼린은 다시 몸을 쭉 수그렸다. "아기는 뭐라고 부를 거야?"

"제국의 태양," 레바의 목소리는 공허했다.

"그럴 수야 없지," 타일러가 농담을 던지려 했다. "할아버지 성함을 따서 제프 D. 커터라고 부를 거야. 안 그래, 레바?"

"물론이지요, 다 큰 T 도련님."

"작년 우승이 누구더라?" 타일러는 거울에 비친 빌의 상을 쳐다보고 나서 뒤에 있는 재키에게 또 한 번 손을 흔들었다.

"글쎄," 빌이 말했다. "기억이 잘 안 나네."

*

레바에게 햄 샌드위치를 건네던 FFA* 소년은 담배 씹는 위치를

147

바꾸고는 즙이 입 밖으로 새지 않게 앙다문 미소를 지었다. 오후의 햇살에 찡그려진 그의 눈을 보자 그녀는 오빠가 떠올라 돈을 지불하면서 웃음을 지어 보였다.

"그런 쓰레기를 어떻게 먹는지 난 죽었다 깨도 모르겠다," 칼린이 경멸하듯 말했다.

소년의 웃음이 떠오른 레바는 샌드위치를 크게 한입 물고 햄 조각을 뜯었다. 칼린 앞에서 햄을 혀처럼 대롱거리는 그녀의 눈은 살짝 생기가 돌았다. "맛만 좋네," 레바가 햄을 입속에 채워 넣으며 말했다.

톱밥이 깔린 박람회장 놀이 구역은 악취 나는 가축우리와는 달리 먼지 냄새와 인파와 재밌거리로 가득했다. 어슬렁어슬렁 돌아다니면서 그들은 멍한 표정으로 저희를 빤히 구경하는 사람들의 얼굴을 구경했다. 아이들은 꺅꺅 웃음을 터뜨리며 서로를 쫓아다녔다. 빨간 머리 남자아이는 머리에 엉겨 붙은 솜사탕을 떼어내고 있었고 그러는 동안 걔 누나는 동생에게 솜사탕을 또 한 번 찰싹 붙이고는 웃었다. 벤치에서는 그 아이들의 엄마가 숲처럼 빽빽한 사람들의 얼굴을 멀뚱멀뚱 쳐다보았다.

레바는 제 결혼식이 끝나고 클린턴이 놀렸던 기억이 났다. "썩은 메기처럼 패대기칠걸," 그는 웃으며 말했다. 이후 그는 그녀를 메기라 부르면서 타일러의 침대에 기어들기 전에 소고기 미끼와 갈고리를 조심하라고 일렀다.

그들은 다시 한 번 속이 뒤집어지는 놀이기구들을 하나하나 탔는데, 그러고도 칼린은 범퍼카 쪽으로 조금씩 이동하고 있었다. "얼른 와," 그녀가 말했다.

"싫어, 난 오늘 겪을 만큼 겪었어."

"거참, 누군 안 그러나," 칼린이 실망해서 말했다.

"쇼랑 동물도 못 봤잖아."

"그딴 걸?" 칼린은 얼굴을 찌푸리며 가시 돋치게 말하면서도 레바를 따라 놀이 구역을 걸어 공연을 보러 갔다.

호객꾼들이 있어도 쇼 구역은 조용한 듯했는데, 어른들의 쑥덕쑥덕 단조로운 소리가 호객꾼들의 외침을 떠받치고 있었다. 그들은 쇼가 끝나면 속삭임에서 떠드는 소리로 발전하는 주변의 소음에 귀를 기울이며 캘커타의 괴물과 살아 있는 횃불 천막을 지났다. 스트리퍼 천막은 따로 호객꾼이 없었고 딱히 필요도 없었다.

"빌이 그러는데 저 여자가 자기 거시기로 시가를 피운대," 칼린이 속닥거렸다.

"그게 마술인가 보네," 레바는 대답했다. 그 생각에 그녀의 얼굴은 환해졌다. 그녀의 오빠는 뱃사공 복장이 아니라 포포나무* 굴에 은신한 인디언처럼 헐벗은 채 상류로 올라오곤 했다. 관리소에서 그녀는 그에게 저 마술을 보여주곤 했다. 어떤 걸레 년이 그에게 벌써 마술을 보여주고도 남았겠다 생각하니 그녀는 도로 기분이 처졌다.

"저 봐, 뱀이야," 레바가 숨죽여 외쳤다.

"슱하게 본 걸 뭘 애까지 써가며 봐."

"아이, 그러지 말고 칼린," 레바가 호객꾼한테 25센트짜리 동전 몇 개를 건네며 말했다. 칼린은 캔버스 천으로 둘러막은 공연장 가에 꾸역꾸역 자리를 튼 레바를 쫓아 군중을 밀쳐가며 내키지 않는

---

*   Pawpaw. 파파야와 비슷한 열매를 맺는 북미산 나무.

걸음을 옮겼다. 공연장 안에는 독 없는 뱀들 가운데에 맨발의 노인이 앉아 있었는데 그의 목소리는 전문가답게, 하지만 따분한 기색을 띠고 끝도 없이 이어졌다.

"여러분 모두 지금 이 녀석이 살아 있단 걸 아시겠죠," 그가 작은 뱀을 집어 들고 말했다. 그러더니 그는 뱀을 목구멍으로 툭 떨어뜨렸다. 칼린은 기겁을 했고 군중은 수군거렸다.

"거기 선생님," 그는 멜빵바지 작업복을 입은 남자를 가리키며 말을 계속했다. "뱀이 숨은 게 보이십니까?" 그러더니 그는 이가 다 빠진 턱을 쩍 벌렸다. 작업복 남자는 차마 들여다보지 못하고 수줍게 고개만 가로저었다. 뱀 먹는 사람은 삼켰던 뱀을 두 손에 토해내더니 다른 녀석들과 기어 다니게 놓아주었다. 천막 여기저기서 웅성거림이 일었지만 레바는 칼린을 따라 밖으로 나왔다. 그녀는 타일러와 두더지를 죽인 그의 발에 유감스러운 감정이 들었지만 그와는 늘 그런 식이리란 걸 알았다.

"난 다시 장내에나 가봐야겠다," 칼린이 말했다. "여기서 이러고 있으려니까 메스껍네."

"앗, 저기 봐." 레바는 거미원숭이 두 마리가 교미를 하느라 녹초가 된 철망 안을 가리켰다. 지붕 근처 선반에서는 또 한 녀석이 몸을 고르고 누워 제 차례를 기다리고 있었다.

"저러다 애 밴 티를 내던 여잘 내가 알지."

레바는 원숭이들한테서 거둔 눈을 칼린의 파란 눈에 경멸을 담아 단단히 고정했다.

"있지," 칼린은 매몰차게도 말을 이었다. "다 우리 엄마한테 들은 얘기야. 7개월 가까이 된 여잔데도 그 여자 남편이 마누라를 저런 원숭이 같은 놈들한테서 떼어낼 수 없을 지경이었대."

레바는 새로운 녀석의 차례를 기다리는 암컷 원숭이를 쳐다보았다. 암컷이 공허한 얼굴로 눈을 껌뻑거리며 레바를 돌아볼 때 선반에 있던 수컷이 제 지분을 행사하러 내려왔다.

"쟤는 생긴 게 딱 원숭이스럽다," 칼린이 레바와 철망 사이로 몸을 들이대며 말했다. "엄마는 그게 짐승티를 내는 거라고 악담을 퍼붓지만, 그런 얘기에 워낙 편파적이라야 말이지."

"지금은 어떻게 됐는데?" 레바가 밝혀내고 말겠다는 듯이 물었다.

"죽었을걸."

두 수컷 다 사육장 바닥에서 있는 힘껏 기지개를 켜며 쉬었고, 그러는 동안 암컷은 구석에 옹그리고 앉아 적개심 어린 눈으로 노려보았다. 바람이 녀석들의 악취를 실어 갔다. 이제 레바는 관리소에 가서 엉덩이와 어깨로 싸늘한 바닥을 느끼고 싶었다.

그녀의 복통은 격하고 낯익었다. 아픔은 그녀를 지치고 공허한 상태로 만들었다. "나 배 아파," 그녀는 칼린에게 말했다.

"그놈의 샌드위치. 내가 뭐랬어."

타일러가 팔짱을 껴 그녀를 놀래주었다. "당신들 찾다 죽는 줄 알았어. 아파 보이는데," 그녀의 볼에 창백하게 찬기가 도는 걸 보고 그가 말했다.

"늙은 쉬쉬는 어떻게 될 거 같아?" 그녀는 경련을 억누르고 태연히 물었다.

타일러는 고개를 가로저었다.

"유감이야, T," 그녀는 그의 볼을 쓰다듬으며 말했다. 벌써 거칠거칠했다.

"당신 괜찮아?" 그가 물었다.

그녀는 그의 가슴에 머리를 기대고는 그가 꼭 끌어안게 두었다. 그에게서 나는 땀내는 좋았지만 그의 살에는 알탕과 가축 냄새가 들러붙어 있었다.

"괜찮아, T," 생리혈이 흐르는 걸 느끼며 그녀가 말했다. 그녀는 헛되게 죽은 토끼가 안쓰러웠다.

*

계단을 내려갈 때 레바는 짓이겨진 두더지 굴을 굳이 쳐다보지 않았다. 그러는 대신 그녀는 달이 어둠을 바닥에서 몰아내는 동안 구름 같은 각다귀 떼를 헤치고 강 쪽으로 나아갔다. 그녀는 뱀들이 깨어나는 깊숙한 풀밭부터 하늘까지 작은 반점을 수놓는 반딧불이들을 보고 마른공기 속에서 무언가 촉촉한 향을 맡은 기분이었다.

타일러는 강 건너로 솟는 달을 잎으로 잡아맨 단풍나무가 강기슭에 드리운 그늘 밑을 아내가 지나는 내내 현관에서 지켜보았다. 그는 상금과 아이를 같은 날 놓쳤는데 그녀의 발작에 비통함은 더욱 컸다. "어이, 재키," 그가 부르고는 소작인이 발을 끌며 마당으로 나오길 기다렸다.

"왜요?" 소작인은 거의 제 판잣집 문가부터 소리를 질렀다.

"이리 와서 한잔해요."

미끌미끌하게 이끼가 낀 자물쇠들 옆에서 레바는 두 개의 달을,

하나는 오하이오 하늘에 말없이 걸렸고 하나는 강물의 느린 흐름 속에서 부서지는 달을 바라보았다. 모기들이 귓가에서 윙윙거리고 연한 두 피 속에서 피를 빨아올려도 그녀는 꿈쩍하지 않았다. 상류에서 사슴의 발굽이 부드러운 진흙에 푹 잠겨도 레바는 헤엄치는 달에서 눈을 떼지 않았다 ── 클린턴이 신시내티 출신 걸레 년과 바라보고 있을 게 뻔한 그 달. 그녀는 있지도 않았던 아기가 머문 제 배를 만져보고는 그게 없던 일이길, 아예 잊혀버리길 바라다시피 했다.

강 건너에서는 작은 고기잡이 횃불이 춤을 추었는데 그녀는 연기 냄새도 맡을 수 있겠다는 생각이 문득 들었다. 그녀는 이슬 속에 한참을 앉아 있던 탓에 뚝뚝 소리가 나는 무릎으로 일어나 나무에 새겨진 것을 차가운 손가락으로 더듬었다. 그녀의 가족에게서 남은 모든 게 느껴졌다. L. C. N. C. 1967.

재키는 두 잔 만에 웃음을 짓고 있었다. 타일러는 재키의 바보 같은 함박웃음에 웃음을 터뜨리며 저희 둘을 더더욱 호기롭게 만들었다.

"애는 뭐라고 부를 거예요?" 소작인이 물었다.

"애는 없을 거예요," 타일러는 대답했다.

"하지만 내 생각엔 ── "

"생각은 안 해도 돼요. 애는 없을 테니까."

재키는 바보 같은 표정으로 타일러를 쳐다보았다. 농부는 이마를 문지르며 할 말을 찾았다.

"아내가 식었어요," 재키가 이해하길 바라며 마침내 타일러가 말했다.

그들은 현관 쪽에서 들려오는 낮고 선웃음 같은 흐느낌에 밖으로 나가보았다. 레바가 계단에 앉아 제 몸에 팔을 두르고 흔들흔들하면서 울고 있었다.

"이런 빌어먹을," 타일러가 저 멀리 관리소에서 오렌지색으로 나부끼는 불길을 보고 말했다.

"내가 그랬어요," 레바가 자기 앞쪽 계단에 선 재키에게 말했다. 그녀는 현관에 서 있는 남편을 올려다보았다. "내가 끔찍한 짓을 저질렀어, T."

"에구, 얼른 일어나요," 재키가 말하고는 팔을 붙들어 그녀를 일으켰다. 그의 커다란 머리는 달을 가렸고, 그녀가 그를 마주하고 울음을 터뜨릴 땐 불을 가렸다. 그에게서 석탄과 위스키 비슷한 냄새가 났다.

씨움닭
The Scrapper

스키비는 어둠과 빛 사이의 고요 속에서 메스꺼운 꿈에 잠이 깼다. 그는 머리에 난 혹을 더듬으며 돌아누웠다. 고작 몇 대였지만 의자로 얻어맞은 삭신은 쑤셨고 주먹은 피투성이로 침대 시트에 달라붙어 있었다. 물탱크처럼 어둡고 텅 빈 판잣집, 그는 제 목소리를 들었다. "번드."

꿈은 번드와 진짜 시합을 치른 듯 너무 현실적이었고, 지나치게 실감이 났고, 그래서 그는 자기가 제일 친한 친구를 정말로 죽이려고 했는지 의아했다. 펀치드렁크인 번드를 병원에서 집으로 데려올 때 그의 어머니는 그에게 복싱을 그만두라고 애원했었다. "혹시 싸워야 되면 싸워야지," 스키비의 눈가에 붙은 붕대를 어루만지며 어머니는 말했었다. "하지만 두 번 다시 붕대 붙이는 일은 없는 거다. 다시는 아무도 다치게 하지도 말고."

트루디는 꿈속에서 나직이 웅얼거리고 있었고, 그래서 그는 스프링이 끽끽대지 않게 살그머니 이불을 빠져나왔다. 그는 그녀에게 말해봐야 무슨 의미가 있나 싶어 그녀가 깼을 때 거기 있고 싶지 않았다. 그는 옷을 걸치고 살금살금 냉장고로 갔다. 토끼 고기만 조금 남아 있었다. 또 수렵 고기였지만 그는 그걸 먹어야만 했다.

밖에서는 동쪽의 붉은빛이 안개에 투과돼 산등성이를 분홍색으로 물들이고 있었다. 스키비는 저 산 너머가 퍼서빌이란 걸 알았지만 그가 알기에 저 붉은빛은 그들의 전등에서 나올 수 없는 빛이었다. 그는 허리케인 시에서, 번드에게서 멀어졌으면 하는 마음으로 클레이턴을 향해 서쪽 산을 오르기 시작했다.

첫 둔덕의 마루에 오르자 그는 트루디가 아직 잠들어 있을 게 뻔한 골짜기와 번드가 걸프 주유소 앞 코카콜라 상자에 걸터앉아 혀를 늘어뜨린 채 잔돈을 구걸하고 있으리라 생각되는 지평선 너머 먼 곳을 돌아보았다. 그는 제 뱃가죽을 쓰다듬고는 그냥 설사병에 걸렸을 뿐이라고 생각했다.

노천광에 이른 스키비는 바위에 앉아 클레이턴 마을의 지붕들을 내려다보면서 식은 토끼 고기를 먹었다. 회사 매점, 회사 교회, 회사 주택, 온 함석지붕이 안개에 젖어 빛났다. 스키비는 자기가 주중 일을 하는 매점에서 기다란 체인을 훔치는 어느 광부를 보고 위에 보고해야겠다 마음먹었지만 몇 초 되지 않아 홀랑 잊어버렸다. 주택들 주위로는 부인들이 심어놓은 꽃들이 보였는데 그것들은 끊임없이 쏟아지는 석탄가루 때문에 하나같이 죽었거나 죽어가는 중이었다.

프리 윌 교회에서 쇄석 길을 건너 마을을 벗어나면 최후의 벌목이 끝나고 덩그러니 남겨진 바퀴 없는 식당차 더 카(The Car)가 바로 근처였다. 일요일의 햇빛 속에서 그 선체는 홍합 껍데기처럼 희미하게 빛났다.

스키비는 개들이 찾게끔 토끼 뼈를 관목에다 던지고 청바지에 손을 문지른 다음 더 카를 향해 산을 내려갔다. 병뚜껑이 널브러진 고객 주차장의 포장길을 가로지를 때 그는 자기가 아까 앉았던 자리를 뒤돌아보았다. 높은 태양 밑에서 산은 먹고 남은 사과 심처럼 보였다.

안에 들어가니 식당은 아직도 전날 밤의 싸움으로 인한 피와 땀 냄새가 풍겼다. 그는 쪽창을 쑥 밀어 열고는 더 카가 넓으면 얼마나 넓다고 건장한 사내 열 명이 싸움질을 했는지 의아해했다. 그는 제 주먹을 어루만지며 웃음을 지었다. 그는 커피 머신을 기다리는 동안 출입구에서 크게 하품을 했고, 그러다 안개 사이로 트루디의 노란 바지 정장이 도로를 걸어 내려오는 모습을 보았다.

"어디 있었어?" 그가 물었다.

"농담 마, 스키비 켈리." 그녀는 웃음을 지으며 주차장을 가로지른 다음 그에게 팔짱을 꼈다. "나를 영 존중할 줄 모르네. 일어나자마자 모닝 키스도 안 하고 가다니."

"내가 얼마나 많이 존중하는데. 네가 걷지도 못할 만큼 존중했잖아."

"또 농담. 오늘 뭐 하고 싶어?"

"주류 밀매."

"농담 그만하고."

"농담 아니야, 트루디. 코리 일 거들어야지," 그녀의 뽀로통한 입술을 보며 그가 말했다.

"그놈의 낡은 닭싸움은……."

"저기, 여기서 엘런 흄 좀 보고 가."

"지난번에도 그러다가 햄버거 냄새만 잔뜩 뱄거든." 스키비는 웃음을 터뜨렸고 그녀는 그를 안아주었다. "가서 목사님인지 뭔지 좀 만나봐야겠어."

"그 '뭔지' 하는 사람이 생각과는 다를 테니까 주의해," 그는 리치를 재듯 팔을 쭉 뻗고 말했다. 그녀는 그의 손을 탁 쳐서 내리더니 도로 쪽으로 걸어 나갔고, 그러자 그는 안개 속에서 왕복운동하는 노란 정장 바지를 겨우 어렴풋이 알아볼 수 있었다. 그는 그녀가 좋았지만 그녀 때문에 살찌고 게을러지는 느낌이었다.

"저기, 트루디," 그가 소리쳤다.

"왜?" 안개 낀 도로에서 소리가 들려왔다.

"존중 많이 받아," 그가 말하고는 엷은 안개 속에서 흘러나오는 한탄을 들었다. "제발 그랬으면 좋······."

술 취한 먼지투성이 광부 두 명이 길 건너 교회의 나무 계단을 내려와 주택들 쪽으로 길을 유유히 걸어 오르는 동안 교회 건물 안에서는 소란스러운 소리가 들려왔다.

스키비는 선반에서 잔 두 개를 꺼내 커피를 따른 뒤 교회로 건너갔다. 색칠된 창문으로 옅은 빛이 새고 있었다. 늙은 집사는 조용히 혼잣말을 하며 신도석 사이에서 나온 병들을 치우고 있었고, 그러는 동안 유리병은 쨍쨍 의미 없는 건배를 했다.

"여기요, 세퍼스." 그는 묵직한 머그잔을 내밀었다. "이거 없이 시작하면 섭하죠."

깡마른 노인은 스키비가 무거워진 머그잔을 신도석에 내려둘 때까지 허드렛일을 멈추지 않았다.

"아주 난장판을 만들고 갔네요," 스키비가 다시 한 번 잔을 내밀었다.

"못써, 교회에서 뭘 마시면." 노인은 일하다 말고 흐릿한 빛을 받은 갈색 눈으로 올려다보았다. 그는 커피를 받아 들고 빗자루에 기댔다. "몇 명이나 됐어?" 커피에서 나는 김을 호 불며 그가 물었다.

"꽤 됐어요. 한쪽에 대략 스물다섯 명."

"우아," 노인이 낮은 탄성을 뽑았다. "여기서 나가지. 사탄의 꼬드김에 감탄했다고 주님이 괴롭히실라."

밖에 나와서야 스키비는 노인이 허리를 펴려고 얼마나 애를 쓰는지, 요통 때문에 얼마나 오만상을 찡그리는지 알아보았다.

"어디가 이겼어?" 세퍼스가 물었다.

"클레이턴이요, 제가 알기로는요. 와보세요, 구경거리가 있어요."

그들은 아스팔트 길을 건너 식당차 옆의 버려진 공장 지하실로 갔다. 짐 깁슨의 픽업트럭이 거기서 바퀴를 허공에 들고 누워 있었다.

"클레이턴 쪽 다섯이 저기다 저렇게 뒤집어놨어요."

세퍼스가 뱉을 수 있는 말은 "망할"이 전부였다.

"안에 탄 사람은 없었지만 차가 아주 발악을 했죠."

"그런 거 같네." 그는 스키비의 주먹을 쳐다보았다.

스키비는 두 손을 청바지에 문질렀다. "어유, 두 놈이 성가시게 하길래 제가 손 좀 봐줬어요. 걔들 싸움 한번 진지하게 하던데요."

"나도 한땐 그랬지," 세퍼스가 살해당한 트럭을 뒤돌아보며 말했다.

스키비는 서쪽 산들에 자란 황색 소나무(yellow pine)를 바라보았다. 소나무에 빛이 드는 모습을 보니 번드와 들꿩 사냥을 나갔던 기억, 반나절 근무일에 얼기설기한 나뭇가지 밑에서 짝짓기를 했던 기억, 새들이 날아가기 전에 사람같이 내는 우스꽝스러운 소리에 대한 기억, 그리고 새를 집어 들면 목이 참 쉽게도 꺾이던 기억이 떠올랐다.

"오늘도 주스 심부름 하나?" 세퍼스는 자꾸 트럭을 쳐다보았다.

"물론이죠. 닭싸움은 어디서 있어요?"

"보아하니 어디 다른 데서 만날 것 같던데," 그가 스키비한테 '고마워요'라고 적힌 머그잔을 건네고 슬슬 교회로 돌아가며 말했다. 스키비는 노인의 자세가 구부정해지는지 곁눈으로 슬쩍 살폈으나 그런 일은 없었다.

그는 식당차로 돌아와 히트곡 주크박스에 전원을 넣은 뒤 제 그림자에다 주먹을 몇 차례 날렸다. 그는 피로가 몰려와 아침 식사용으로 치즈버거 하나를 겨우 구울 수 있었다.

여자의 등이 자기를 향하는 까닭에 스키비는 끝이 국자처럼 말린 부드러운 갈색 머리에 자꾸만 눈이 갔다. 머리카락은 청결했다. 그녀와 앉은 남자는 스키비가 이야기를 엿듣고 있지 않나 싶어 가끔씩 힐끗거렸다. 외지인인 그들은 커피를 사이에 두고 조용조용 소리를 질렀다.

톰 코리와 엘런 코리가 트럭을 세웠다. 엘런은 고개를 젖히고 웃고 있었다. 그들은 들어오기 전에 이웃 지하실에 뒤집혀 있는 트럭을 꼼꼼히 살펴보았다. 엘런은 단신인 남편을 향해 계속 웃으면서 식당차로 들어와 손님들을 뒤로하고 카운터 출입구 쪽으로 쭉 직행했다.

"젭 심킨네 헛간," 톰 코리가 속삭였다. "1시 정각."

"오케이."

"그 친구 떠날 때 어땠어?" 코리가 물었다.

"누구요?"

스키비는 엘런이 옆에서 입을 가리고 침을 튀기며 지껄이는 동안 정색하는 표정을 유지했다. 외지인들은 귀를 기울이고 있었다.

"깁슨이지 누구야. 내가 그놈을 얼마나 심하게 손봤던 거야?"

"아주 심하게요. 골프채 드셨어요, 기억 안 나세요?"

"이런, 제길."

"그러게요," 엘런이 폭소를 터뜨리는 사이 스키비가 말했다.

스키비는 열쇠를 가지고 코리 부부의 트럭으로 갔다. 길 건너편에서는 아이들, 여자들, 노인들이 느릿느릿 교회로 향하고 있었다. 잭슨 목사와 집사가 입구에서 악수로 그들을 맞았다. 세퍼스는 스키비에게 어설픈 경례를 날렸고 스키비는 운전석에 올라타며 손가락으로 오케이 사인을 했다. 그는 세퍼스가 닭싸움을 볼 시력이나 되는지 의심스러웠다.

트럭이 아스팔트 길을 요란하게 내려가는 동안 핸들 앞에서 뒤로 푹 기대고 눈꺼풀이 내려앉게 허락한 스키비는 트럭이 덜컹거릴 때마다 배가 출렁이는 게 느껴졌다. 그는 의자 밑에서 리볼버를 꺼낸 다음 쏠 만한 마멋을 찾느라 도로변을 눈여겨보았다. 식당차에서 석탄가루가 내려앉은 코리네 집 진입로까지 가는 길에 그의 눈에는 아무것도 띄지 않았다.

그는 코리네 집 지하실에서 파인트들이 잭 대니얼스와 올드 크로 상자를 가져다 트럭에 실었다. 한 병에 4달러짜리지만 투계장에서는 8달러에 팔리곤 했다. 클레이턴에 처음 왔을 때만 해도 그는 버 번이 싫었다. 그는 파리가 날아다니는 걸 알아차렸는데, 허리케인 시에서는 녀석들이 번드의 혀를 조용히 기어 다닐 터였다. 그는 상 자를 열고 한 병을 꺼내 절반을 쭉 비워버렸다. 화끈거림이 채 멎기 전에 그는 심킨네 헛간에 있었고 거기서 닭들이 지르는 비명을 들을 수 있었다.

스키비가 반병을 마저 비우고 있을 때 클레이턴 쪽 투계꾼 워츠 홀이 낯선 사람과 헛간에서 나와 그에게 알은체를 했다.

"남은 거 있어?" 워츠가 물었다. 그의 얼굴에는 조그만 암 덩어리 같은 반점들이 나 있었다.*

"감당 안 될 만큼 있죠," 상자 덮은 담요를 뒤로 홱 걷으며 스키비 가 말했다. 워츠는 올드 크로 두 병을 집고 스키비에게 20달러를 건 넸다.

"좀 비싸지 않아?" 낯선 사람이 거스름돈을 보고 물었다.

"여기는 퍼서빌에서 온 펑크족 베니야."

"퍼시**요?" 스키비가 되물었다.

베니는 달려들 것처럼 쳐다보았다.

"음," 스키비가 이어서 말했다. "값은 내가 안 매겨요."

펑크족은 병에 붙은 라벨을 읽는 척했다.

깁슨이 헛간에서 나왔고, 그러자 스키비는 리볼버가 숨겨진 운전 석으로 게걸음을 했다.

"내 것도 하나 있나, 스키브?" 깁슨이 물었다.

"그럼요," 스키비가 트럭 짐칸 쪽으로 이동하며 말했다. "제가 담 배를 깜빡한 거 같아서요."

깁슨은 제 담뱃갑에서 한 개비를 꺼내어 주었고 스키비는 그걸 받아 들더니 현금을 주머니에 넣고 술병을 건넸다. 그는 깁슨 눈가의 누런 동그라미며 골프채가 만난 관자놀이를 알아보았다. 깁슨이 서서 술을 들이켜는 동안 스키비는 상자 수를 세면서 헷갈려 하는 척했다.

"그 아일랜드 놈은 어디 있어?" 깁슨이 물었다.***

스키비는 돌아서서 웃음을 지었다. "저도 모르겠어요."

"그 자식 보거든 내가 찾더라고 전해."

"그러죠."

펑크족은 깁슨을 따라 싸움닭들이 울어대는 헛간에 도로 들어갔다.

솟는 바람이 구름을 머리 위 높이 골짜기 밖으로 밀어 올리고 있었다. 젭의 딸 캘리가 농가의 높다란 앞 현관에 서 있었다. 스키비는 자기를 쳐다보는 그녀를 보았다. 그는 일터에서 젭이 그녀에 관해 한 말을 들어 그녀가 헌팅턴 소재 대학을 나왔다는 걸 알았다. 그는 트루디가 여대생들은 누구랄 것 없이 부자 녀석들만 찾아다닌다고 말했을 때 그 말을 믿었다. 그는 두툼한 나무 굽 신발을 신고 계단을 쿵쿵 내려오는 그녀를 쳐다보았고, 그녀가 둘 사이의 마당을 가로지르는 동안 그녀의 굴곡진 머리카락부터 청바지 맵시까지 모든 게 너무나 완벽함을 알아보았다. 그녀는 〈플레이보이〉에서 본 여자들

---

*　　　워츠(Warts)는 피부에 나는 무사마귀라는 뜻.

**　　퍼서빌 사람을 낮잡는 표현.

***　코리(Corey)는 아일랜드계 성이다.

같았고, 그래서 그는 그녀가 옆에 와 서더라도 그녀를 가질 수 없음을 알았다.

"켈리였던가, 맞지?" 그녀의 목소리는 그녀의 다른 부분과 더없이 어울렸다.

"응," 이름은 말할 일이 없길 바라며 그가 말했다.* 그는 그녀가 웃으리란 걸 알았다.

"엄마 말이 네가 기관총 켈리랑 관계있다던데……."

그는 누군가 그 개자식이 태어나던 날 그놈을 쏴 죽였어야 했는데 하고 바라면서 짐을 내릴 것처럼 상자 하나를 트럭 적재문 위에 끌어다 놓았다.

"내 친척이야 — 육촌 아니면 팔촌 — 다들 개를 좀 부끄러워하지. 난 걔에 대해선 하나도 몰라."

"네가 아는 게 있을 줄 알았어. 그에 관해서 심리 보고서를 쓰고 있거든."

"무슨 서?"

"심리학 보고서."

스키비는 사내들이 싸움닭을 수집하듯이 그녀가 미치광이들을 수집하는지 궁금했다. 그는 상자를 번쩍 들어 올렸다. "메인 경기 보러 올 거니?" 그가 물었다.

"징그러워."

"닭들도 내키지 않으면 안 싸워," 그가 상자를 안으로 나르며 말했다. 캘리가 출입구에 서 있는 걸 본 그는 상자를 하나 더 가지러 차로 돌아갔다. 그녀는 두툼한 신발을 끌고 그를 따랐다.

"넌 어디 살아?" 캘리가 물었다.

"퍼서빌이랑 클레이턴 사이에 있는 골짜기."

그녀는 당황한 얼굴이었다. "하지만 거기엔 아무것도 없잖아."

"전혀 없지," 그가 말하고는 그녀의 수집 목록에 오른 친척 옆자리에 자기가 추가될지 궁금해했다.

그들은 세퍼스의 트럭이 덜컹덜컹 하천을 건넌 다음 물을 뚝뚝 흘리며 헛간으로 올라오는 모습을 지켜보았다. 세퍼스는 말 한마디 없이 뛰어 들어갔고 스키비는 캘리를 멀뚱히 내버려둔 채 상자를 들고 좇아 들어갔다. 그가 나왔을 때에는 코리가 그녀를 궁지로 몰고 있었다.

"깁슨이 찾던데요," 그가 코리에게 말했다.

"캘리랑 지금까지 그 얘길 하고 있었지, 여기서 ——"

"깁슨 씨가 원하는 건 자존심을 되찾는 것뿐이에요," 그녀가 끼어들었다.

"그럼 우리가 작은 시합을 하나 마련해야겠군. 너한테 복싱 선수의 피가 흐르니까 내 기꺼이 너한테 대신 나갈 기회를 줄게. 지는 사람이 트럭값을 무는 거야 —— 그야 내가 나가도 그만이지만, 네가 절대 안 질 걸 내가 알거든."

"저 복싱 그만둔 지 5년 됐어요," 스키비가 적재문 위에 놓여 있는 체인을 만지작거리며 말했다.

"넌 날쌔잖아, 인마. 내가 다 봤어. 복싱이랄 것도 없어. 그냥 깁슨이 나가떨어지게 춤만 춰주면 돼," 코리가 웃음을 터뜨렸다. "더욱이," 그가 캘리에게 말했다. "스키비는 싸움이라면 껌뻑 죽거든."

---

*   켈리는 성. 이름인 스키비(Skeevy)는 '초라한' '더러운'이라는 뜻이다.

그녀가 키득거렸다.

"에이, 싸움하고는 달라요. 여기 이건 사업이니까 그렇죠."

캘리가 또 한 번 키득거렸다.

그는 바람에 밀려난 구름이 태양을 가렸다 말았다 하는 초원을 쳐다보았다. 그는 비탈 중턱에서 감탕나무 한 그루를 발견했다. 그의 어머니는 언제나 감탕나무를 좋아했다. 그는 어머니와 한 약속을 아무한테도 말한 적이 없었다. 그는 사람들이 웃으리란 걸 알았다.

"200달러," 그는 제 말소리가 들렸다.

코리의 눈 흰자위가 커졌다가 이내 줄어들었다. "취한 김에 수익은 반반," 그가 흥정을 했다.

"그럼 선택의 여지가 없네요," 캘리의 웃는 모습을 보며 스키비가 말했다.

"좋았어," 코리가 말했다. "캘리, 짐한테 잘 전해줘. 토요일에 붙는 거 수락하게끔."

헛간으로 들어가는 그녀를 바라보면서 스키비는 그녀가 손쓰면 짐이 모든 걸 싹 잊어줄 수도 있음을 알았다. 하지만 그는 시합이 반가웠고, 그러자 수렵 고기가 죽을 만큼 고팠다.

"점심은 어디 있어요?" 그는 코리에게 물었다.

투계장에서는 푸드덕푸드덕 피루엣*을 하며 두 개의 연한 피가 솟구쳤다. 스키비는 구경을 하지도 돈을 걸지도 않았다. 새로 훈련된 닭들은 형식이 없었고 서로 피하느라 대부분의 시간을 흘려보냈다.

"그만," 세퍼스가 외쳤다. "이래가지고 새 싸움은 무슨. 한잔하면서 쉽시다."

스키비와 코리는 10분 동안 녹초가 될 정도로 술병들을 건네고 거스름돈을 처리했다. 손님은 갑자기 끊겼는데 트럭에는 아직도 상자가 짐칸 절반만큼 남아 있었다.

"퍼시 놈들은 어젯밤 이후로 나한테 사질 않는군," 코리가 속삭였다. 둘이서 반 상자만 빼고 전부 트럭에 실은 뒤 코리는 그걸 집에 도로 가져갔다.

스키비는 남은 반 상자를 덩그러니 내버려둔 채 뒤통수에 딸기 같은 볏을 인 워츠의 까만 레그혼종 닭을 살펴보러 투계장으로 갔다. 워츠는 녀석을 메인 경기장에 들여보내 가슴이 까만 붉은 선수에게 맞세웠다. 스키비는 사내들이 새의 며느리발톱에 2인치짜리 쇠갈고리를 채우는 모습을 지켜보았다. 그의 옆에서는 펑크족이 큰 주머니칼로 손톱을 다듬고 있었다.

"어느 쪽이 드러누우면 좋겠어, 베니?"

"붉은 쪽이 지면 8에서 10달러 주지," 칼로 속살에 낀 때까지 파내며 그가 말했다.

"좋아," 스키비가 말했다. 둘 사이의 바닥에 돈을 내려둔 그들은 두 주인이 새들을 서로 맞댄 다음 각자 중앙에서 8피트씩 물러나는 모습을 지켜보았다.

"붙어!" 세퍼스가 외치자 수탉들은 상대방 쪽으로 점잔을 빼며 걷다가 느닷없이 붙어 구름처럼 깃털을 휘날렸다.

워츠의 수탉이 오른쪽 날개 밑 쇠갈고리 상처에서 어슴푸레한 핏

---

*　　발레 등의 무용에서 발끝으로 딛고 도는 기술.

빛을 발하며 뒤로 물러섰다.

"내 돈이군——" 하지만 내기꾼들이 정산을 채 마치기 전에 두 새는 공중에서 발길질을 하고 있었고, 그러다 저쪽 선수가 레그혼의 쇠갈고리에 찍힌 채로 가만있었다.

"거둬!" 심판이 말했지만 어느 쪽 주인도 꼼짝하지 않았다. 그들은 새로운 승산을 점치며 기다리는 중이었다.

"젠장, 거두라고 했잖아," 세퍼스가 못마땅해하며 말했다. 새들은 서로를 쪼다가 풀려날 때까지 내내 드잡이를 했다.

"무승부," 누군가 소리쳤다. 베니가 몸을 수그려 돈에 손을 대자 스키비가 손을 밟았다.

"뭐야!"

"그냥 놔둬."

"들었잖아. 무승부라고."

"내기하기로 했잖아, 펑크족. 끝까지 가든가 꺼지든가."

펑크족은 돈을 그대로 두었다.

새들은 거칠게 맴을 돌았고, 그러다 레그혼이 또 한 번 붉은 녀석의 등에 쇠갈고리를 심어 혼쭐을 냈다.

"거둬," 세퍼스는 지루해하고 있었다.

퍼서빌에서 온 C&O* 직원인 붉은 닭의 주인이 제 새의 부리에 물을 붓고는 피떡에 숨이 막히지 않게 녀석의 주둥이를 후 하고 불어주었다.

"퍼시 닭답네," 스키비가 씩 웃었다. 베니가 그에게 눈총을 쏘았다.

워츠가 제 새를 쓰다듬으며 너는 근성 있는 선수다 격려했으나 반

응은 없었다.

"더 볼 것도 없군," 세퍼스가 투덜거렸다.

"아직 쌩쌩해요," 손이며 셔츠며 점점이 피가 튄 C&O 직원이 소리쳤다.

"내가 그 수탉만큼 힘을 뺐으면 묘비가 필요했을 거요. 한잔하면서 쉽시다."

"감사," 스키비가 베니에게 말하고는 돈을 챙겨 반 남은 상자로 돌아갔다. 스키비는 바지 뒷주머니에 쟁일 두 병을 빼고 모두 팔아치운 다음 캘리를 찾아 슬슬 출입구 밖으로 나섰다. 깁슨이 그를 세우더니 웃음을 지었다.

"내가 지옥 같은 시합으로 만들어줄게," 그가 경고했다.

"음," 스키비가 말했다. "언제든 쫄리면 스키비 삼촌한테서 냉큼 달아나요."

"토요일에 보자고," 깁슨이 웃음을 터뜨렸다.

그는 바깥에서 캘리를 찾았지만 그녀는 근처에 없었다. 그는 농로를 따라 내려가 아스팔트 길을 건넌 다음 제 판잣집을 향해 산을 탔다. 첫 산마루에 이르자 오하이오에서 비가 몰려오는 게 보였다. 그러고서 자기가 뒤로하고 온 조그매진 사람들을 돌아보니 베니가 캘리와 서 있는 게 보였다. 그는 베니가 손톱을 다시 청소해야 할 텐데 하고 생각했다.

그가 버번을 또 한 병 들이부으며 자기가 대체 왜 노심초사 중인

---

* 체서피크 앤드 오하이오 철도(Chesapeake & Ohio Railway).

지 의아해하는 동안 트루디의 침묵은 고조되었다. 그가 불을 켜자 한 마리 불쾌한 털북숭이 겨울 파리 잔당이 불안함에 들떴다. 그는 녀석이 어디선가 다른 파리를 만나 번식을 하고 죽겠다며 기를 쓰고 방충문을 들이받는 걸 지켜보았다.

"조 프레이저랑 복싱을 하는 게 아니야……." 요리 중인 그녀를 지켜보던 그는 그녀가 요리에 저렇게 신경을 쓰는 게 얼마 만인지 가물가물했다. "맛보다가 콩 다 먹겠네, 아님 접시가 부족해서 그래?"

그녀는 금지했던 웃음을 해제했고, 그러더니 뒤로 돌아 그의 함박웃음을 보고는 돌연 발작하듯 웃음을 터뜨렸다.

"진짜로 너 때문에 내가 정말 미쳐……." 그녀는 코웃음을 치며 앉았다.

"미칠 일 되게 없네."

"싸울 일도 되게 없지."

"200달러가 눈앞인걸." 앞서 그는 비밀로 하고 돈을 번드에게 보낼까 했었다. 그는 그녀의 눈꺼풀이 벌어졌다가 다시 축 처지는 걸 얼핏 보고 그녀가 병원 청구액을 걱정하고 있단 걸 알았다. 그는 한 번 더 파리를 보러 갔다.

바깥은 더욱 거세진 비가 진흙에 꽃잎들을 피우고 있었다. 그는 우중충한 창밖 풍경에 비친 자신의 넋을 보았고 설사병 탓에 속이 꾸르륵거림을 느꼈다. 그는 창에 비친 상이 똑같이 따라 하는 걸 눈여겨보면서 눈 위의 상처를 가볍게 어루만졌다.

그는 일어나서 방충문을 열어 윙윙대는 까만 파리를 빗속으로 내보냈다. 빗방울이 만드는 깊숙한 구멍들을 보자 그는 파리가 살아남을 수 있을지 의심스러웠다.

"왜 겨울 파리는 먹질 않을까?" 그가 트루디에게 물었다.

"나는 먹는 걸로 아는데," 그녀가 난롯가에서 말했다.

"전혀 안 먹어," 설거지를 하러 싱크대로 가면서 그가 말했다.

벽에는 더 젊었을 적 8온스짜리 글러브를 끼고 범상치 않은 모습으로 서 있는 자신의 스냅사진이 테이프로 붙어 있었다. 자세 나오네, 그는 생각하면서 손가락으로 사진을 더듬었다. 비계 지방으로 얼룩이 졌으므로 그는 그러다 말았다.

트루디가 저녁 식사를 마쳤고 둘 다 자리에 앉았다.

"그 돈이면 결혼식 치를 거 같아?" 그녀가 물었다.

"그럴 거야," 그가 말했다. "같이 따져보자."

그들은 밥을 먹었다.

"나랑 번드가 선플라워 여관 작살냈던 거 내가 말했던가?"

"응."

"저런."

스키비는 스테인리스스틸 재질의 수프 통에 비친 자신의 왜곡된 상을 보았다 ── 그의 특징들을 보여주기에는 더없이 충분했으나 눈 위의 상처는 보이지 않았다. 입과 코에는 충전재로 쓴 찢어진 넝마 조각이 덕지덕지 붙어 있었고 입으로 숨을 쉬자니 목이 건조했다.

"꽉 끼어?" 코리가 스키비의 주먹에 붕대를 감아주며 물었다. 스키비는 고개를 가로젓고는 노새 가죽으로 된 회색 작업용 장갑을 끼려고 손가락을 폈다. 그는 진절머리 난다 싶은 티를 내느라 얼굴을 일그러뜨리고 한숨을 쉬었다.

"아이고, 너도 참 망할 복서다," 코리가 말했다. "글러브는 어디다 팔아먹었어?"

스키비는 제 입술에 대고 입 잠그라는 동작을 한 다음 오른손을 내밀어 장갑을 꼈다. 그는 이런 장갑으로 맞으면 아프단 걸 알았지만 그가 알기로는 깁슨이 더 아플 터였다.

관중이 제 트럭 주변에 모여들자 코리는 엘런더러 저쪽 멀찍이 막아서게끔 했다. 그녀는 목에 카메라를 건 장발 남자에게 말하며 뒷바퀴 흙받기에 기대어 있었다. 캘리가 관중을 비집고 나와 장발에게 제 팔을 두르고는 뭔지 모를 말로 엘런의 웃음을 터뜨렸다. 스키비는 장갑 낀 주먹을 더 꽉 쥐었다.

스키비와 코리가 밖으로 나오자 관중이 환호와 야유로 아우성을 쳤다. 장발이 스키비의 사진을 찍자 스키비는 그를 죽이고 싶었다. 그들은 식당차 모퉁이를 돌아 새로 풀을 벤 하천 유역으로 쇼르르 둑을 타고 내려갔다. 태양은 먼지 자욱한 하늘에 낀 연한 갈색 점에 지나지 않았다.

허리까지 벗고 선 짐 깁슨은 배가 허리띠 밖으로 넘쳐 있었고 살은 한 번이라도 셔츠를 벗어본 적이 있을까 스키비의 의심을 살 만큼 하얘 마지않았다. 그는 스키비에게 씩 웃었고, 그러자 스키비도 오른 주먹을 왼쪽 손바닥에 탁 치며 웃음으로 화답했다.

진짜 시합과는 무관한 경기였다. 세퍼스는 공을 울렸고 깁슨은 연달아 강타를 날렸고 관중은 누구랄 것 없이 스키비의 풋워크에 저주를 퍼부었다.

"도망 다니지 마, 쫄보야," 관중 속에서 누군가 소리쳤다.

그의 머릿속에선 3분이 다 되었지만 세퍼스에게 공을 울리라는 사람은 아무도 없었다. 6분, 그는 공이 울리지 않으리란 걸 알았다. 깁슨이 머리에 타격을 가했다. 그리고 한 번 더. 만세.

스키비는 축 늘어진 복부를 노려 낮은 자세를 시도한 다음 묵직하게 두 방을 가격했으나 결과는 실망스러웠다. 그는 강타를 피해가면서, 깁슨이 애꿎은 허공을 숱하게 때리다 힘이 빠지고 말 걸 알고서 좀 더 춤을 추었다. 때가 되었음을 눈치채자 그는 그 사내의 멍든 관자놀이를 겨냥하고 레프트 훅을 걸어 그를 자빠뜨렸다. 그러자 공이 울렸다.

눈에서 쏘는 느낌이 든 스키비는 그게 피란 걸 알았지만 이건 진짜 시합과는 무관한 경기였다. 이건 미친 짓이었다 ── 깁슨은 그를 죽이고 싶어 했다. 늘어지게 만들어야 돼, 그는 생각했다. 나를 죽이기 전에 그를 멈춰야 돼.

세퍼스가 공을 울렸다. 저 빌어먹을 공은 믿을 수가 없어, 그는 생각했다. 대체 왜 이러지? 앞이 안 보이네. 가슴이다. 숨 막히게 만들자. 그는 깁슨의 가슴 중 오목하고 부드러운 곳을 노리고 파고들었다.

깁슨의 가슴에 오른손으로 크로스 펀치를 날리는 순간 스키비는 제 턱뼈가 미세하게 부서지는 느낌과 함께 피 맛을 느꼈다. 깁슨은 주저앉지 않았고 그 뒤 스키비는 통증이 잦아들자 춤을 추었다. 그는 연속 동작으로 다시 한 번 관자놀이에 다가갔다. 그는 눈이 튀어나오게 찢어 그 눈에 발을 얹고 발밑에서 압력이 부풀다가…… 펑 터지는 걸 느끼고 싶었다.

쓰러지는 순간 그는 트루디가 환호성보다 큰 소리로 제 이름을 부르는 걸 들었다. 그는 얼마간 선플라워 여관의 냉골 바닥에 누워 있었다. 주크박스에서 노래가 흘러나왔고 번드의 기침 소리가 들렸다.

그는 굴러서 자기 코너로 갔다.

세퍼스가 물을 부어주자 스키비는 깨물어 절단된 혀끝을 뱉어냈다. 깁슨은 스키비가 몸을 일으켜 쪼그려 앉는 동안 기다렸다. 스키비는 머리가 맑아졌고 자기가 일어설 수 있음을 알았다.

명예로운 죽음
The Honored Dead

우리 런디가 다시 잠든 모습을 보고 있으니 내가 고분 쌓는 사람들* 얘기로 딸아이의 울음을 그친 적이 있었나 싶지만, 딸아이가 어둠 속에서 제 눈을 똑바로 쳐다보는 그들의 눈을 보게 될 줄 나는 몰랐다. 딸아이는 자동차가 밟고 지나간 고양이 때문에 울던 참이었다 —— 딸아이의 고양이였고 1년 전 일인데 딱한 런디는 오늘에야 그 일을 이해했다. 런디는 제 엄마를 쏙 빼닮고 있다. 엘런은 무슨 일이 있으면 요지를 파악하는 데 한참이 걸리는 사람이라 아무런 걱정도 동요도 없이 잠들어 있다. 내 생각에 우리 집안사람들은 예민한 편이었는데 런디는 제 엄마의 딸이라 우리 집안사람들처럼 과민하지 않다.

---

*   Mound Builders. 웨스트버지니아에 백인이 들어와 헌팅턴 시를 조성하기 전부터 그 지역에 살던 인디언 부족을 부르는 이름. 죽은 이를 기려 흙으로 둔덕을 쌓던 데서 유래한 이름.

내 할아버지는 자신의 쇼니족 핏줄에 대해, 백인과 인디언의 혼혈인 어머니에 대해 늘 예민하게 굴면서도 피에 대해서는 빠삭했다. 그는 심지어 피를 흘리지 않겠다고 맹세까지 했는데 정확히 뭐라고 말했는지는 기억나지 않는다. 그는 촉이 좋은 여지없는 산골 사람이라 가끔씩 우리 모두는 그에게 몰래 다가가려고 용을 쓰곤 했다. 마침내 레이가 사탕수수 공장에서 그를 붙잡기는 했지만 그땐 그도 노인이라 정신이 빠릿빠릿하지 않았다. 레이가 뒤에서 살금살금 다가가 어깨에 손을 올리자 그 노련한 술래는 심지어 몸을 돌리지도 않았다. 그는 그저 고개를 흔들며 말했다. "레이의 손이로구나. 나를 붙잡은 사람은 레이가 처음인걸." 노인이 다시는 제정신으로 돌아오지 않았고 돌아가시기 전까지 우리가 옷을 입히려 해도 입지 않았으니까 레이는 몰래 그럴 필요가 없었을 것이다.

전등을 끄고 런디의 방에 보는 눈이 없음을 확인하고 나니 딸아이가 무엇 때문에 그리 겁을 먹었는지 생각났다. 어제 나는 딸아이한테 머리 가죽 벗기는 얘기와 살인 얘기를 띄엄띄엄 들려주면서 고분 쌓는 사람들에 관한 부분을 쇼니족의 습격과 잘못 섞어버렸는데 그걸 런디가 저 뒤 목초지에 있는 봉분과 연결 지은 것이다. 내일 얘기를 바로잡아줘야겠다. 고분 쌓는 사람들에 관해 내가 아는 유일하게 확실한 점은 그들이 분명 하느님을 믿었고 그 뒤로는 그런 커다란 무덤을 두 번 다시 만들지 않았다는 것이다.

나는 재킷을 걸치고 안개 낀 밤 속에 발을 내디뎌 마을 쪽으로 걷는다. 동이 트려면 한 시간 남았고 유료도로 양쪽 차선도 텅 비어 있어 나는 골짜기부터 록캠프까지 쭉 뻗은 노란 중앙선 위를 걷는다.

나는 나와 내 친구 에디가 화살촉이며 푸르게 부식한 구리 묵주를 찾느라 저 봉분을 마구 헤집었던 여름날을 자꾸 돌아본다. 우리는 쓸 만한 물건을 찾으러 내려갔다가 해골만 잔뜩 들고 올라왔는데 그 순간 할아버지가 어디선가 불쑥 나타나 고함을 쳤다. "와-파-나-테-헤." 그는 두 팔을 휘젓고 있었는데 에디를 보니 그 자리에다 거의 똥을 지릴 태세였다. 나는 그게 다 그 노인네의 인디언 흉내임을 알기에 아무렇지 않았으나 에디는 잘못을 빌 준비가 된 듯 팍 주저앉았다.

할아버지는 계속했다. "와-파-나-테-헤. 이런 망할 녀석들. 여기서 안 좋은 주술을 걸고 있구나. 그놈의 뼈를 썩 되돌려놓지 않으면 내 그 토실토실한 엉덩이를 맴매해줄 테야." 그는 우리가 유골을 도로 묻는 모습을 지켜본 다음 노골적인 태양을 겨냥해 활시위를 당기는 어떤 남자의 사진에서 잔뜩 낀 먼지를 닦어냈다. "이제 집에들 들어가." 그는 목초지를 가로질러 갔다.

에디는 말했다. "너는 붉은 수리 해. 나는 검은 매 할 테니까." 나는 그게 더없이 진지한 소리란 걸 알았다. 할아버지는 생사의 기로에 놓여도 그 인디언 말로 구슬려 위기를 벗어날 사람이라고 당시 나는 에디한테 말해주지 못했다. 와-파-나-테-헤 —— 토실토실한 엉덩이.

그래서 나는 엘런처럼 되려는 노력으로 도로에 설치된 '위험을 무릅쓰지 마시오' 표지판의 개수를 세면서 걷는다. 동쪽 방면 차로가 서쪽 방면 차로를 눌렀다. 26 대 17. 머리만 누이면 잠이 드는 데다 어느 쪽이 이겼는지 절대 모를 나의 사랑스러운 엘런은 집에 있다.

나는 가끔 엘런이 마지막 휴가 중이던 에디를 봤는지 궁금하다. 반딧불이들이 안개 속을 날아다니고, 그걸 세던 나는 내가 같은 녀석들을 거듭 세고 있음을 마침내 깨닫는다. 틀림없이 런디는 반딧불이들을 고분 쌓는 사람들의 눈이라 여길 것이고, 그것들을 뜻 모를 신호로 인지해 저 스스로 뜻을 부여하고는 겁을 먹을 것이다.

나는 유료도로를 벗어나 프런트 스트리트의 만곡부에 접어들고, 몇 개의 어두운 상점을 지나는 동안 판유리에서 판유리로 잔물결처럼 꿀렁이는, 미광에 반사된 내 모습을 눈여겨본다. 나는 올드 은행 계단에 앉아 산 위로 고개를 내밀 태양을 기다린다. 징병검사장 가는 버스를 기다리던 때처럼, 다만 손에는 비누를 쥐고 있지 않은 채. 나는 겨드랑이에 비누를 껴 혈압을 높이는 수법으로 징집 기준에 미달되느냐 마느냐 고민하느라 비누를 쥐고 앉아 있었다. 내 혈압은 이미 높았지만 비누가 있으면 더 유리할 터였다. 나는 프런트 스트리트를 두리번거리고는 최근 몇 년간 떠올리지 않았던 사람들과 장소들을 떠올린다. 에디도 그랬을지 궁금하다.

나는 비누를 쥐었던 때처럼 손을 내밀어 오래전 가로등의 푸른빛을 반사했던 백옥 같은 피부를 본다. 그러고는 활 모양의 주먹으로 큐를 감싸고 화끈하게 에이트 볼 샷을 때리던, 녹색 펠트 천에 놓인 에디의 푸석푸석한 손 혹은 수학 시험 때 답을 가리려고 연필을 둘러막던 에디의 손을 떠올린다. 나는 화살촉을 쥐었거나 대형 너트를 풀던 그의 손은 떠오르지만 그의 얼굴은 떠올리지 못한다.

몇 년 전 현충일, 아버지와 그 외 몇 명의 사내는 아이젠하워 재킷을 입고 있었고 나는 악단에 있었다. 우리는 빗속에서 묘지까지 마을을 행진했다. 그때 나는 매 지시에 정확하고 절도 있는 자세로 움직이는 사내들을 눈여겨보았는데 그들의 일제사격은 타이밍이 딱딱 들어맞았다. 그들의 노리쇠 무기에서 나는 찰카닥 소리 위로 네 번의 메아리가 울려 퍼졌다. 톡 쏘는 화약 냄새에서, 울로 된 우리의 축축한 제복에서 비 냄새가 풍겼다. 잠시 휴식이 있었고 악단장은 기침을 했다. 나는 연주를 하러 올라가 박자를 살짝 어겼는데, 그러자 산 너머에서 어떤 젊은이가 내 불어대는 소리에 응답을 했다. 나는 연주를 제일 먼저 끝내고 나팔 가방을 낚아챘다. 마지막 음이 이슬비에 스며들 무렵 그 음은 나를 쿵쿵 울렸는데, 맹세컨대 내게 들린 것은 에디가 그만하라며 양팔 밑동으로 관 뚜껑을 두들기는 소리였다.

나는 나팔을 쥔, 비누를 쥔 내 손을 내려다본다. 나는 비어 있는, 전보다 늙은 내 손을 내려다보고 이 손에는 비누가 없다고 혼잣말을 한다. 나는 다른 손으로 다섯 손가락을 하나하나 세고 손가락은 썩어 문드러질 만큼 오래오래 거기 붙어 있을 거라고 혼잣말한다. 나는 담배를 꺼내 피운다. 멀리 유료도로에서는 첫차가 아직 경찰 나올 시간이 안 됐음을 알고 어둠 속을 쏜살같이 지나간다. 나랑 틴 대교 방면 유료도로를 달리고자 기름을 넣던 에디가 떠오른다.

그날은 화창했지만 우리 전방 저 멀리에는 경광등이 죄다 나와 깜빡거리고 있었다. 흥분한 우리는 가만있질 못한 채 무슨 일이 났나 보고 싶어 안달을 했다.

나는 말했다. "야, 저 소리 들었어? 폭탄이라도 떨어졌나."

"듣기만 해? 난 느꼈어. 땅이 다 흔들리던데."

"저기 저 사람들은 소리가 굉장해서 한참을 못 잊겠다."

"누가 아니래."

차들은 도로 한복판에 세워졌고 인파는 불어나 있었다. 에디는 갓길 경찰차 뒤에 차를 대더니 자원봉사 소방관 배지가 든 지갑을 높이 들어 보이면서 사람들을 헤치고 나아갔다. 나는 물러서 있기는 했지만 경찰들이 벌려놓은 틈으로 이미 차 밖까지 뻗친 불길을 보았는데, 금속 전체가 뒤쪽부터 겹겹이 녹아내린 벡 풀러의 셰비에서 남은 거라곤 그릴뿐이었다. 나는 1951년형 그릴을 보고 그게 벡의 차란 걸 알았고 무슨 일이 있었는지도 알았다. 다이너마이트와 도폭선으로 낚시를 하던 벡은 마지막까지 진짜 난봉꾼이었다. 벡은 도폭선과 TNT를 멀리 떨어뜨려놔야 한다는 걸 전혀 이해하지 못했다.

그때 경찰관 한 명이 소리쳤다. "자, 견인하게 길 좀 터주세요."

에디와 그 밖의 소방관들이 난봉꾼 벡의 조각난 신체를 가방에 담길래 나는 토하지 않으려고 몸을 돌렸으나 타들어가는 털 냄새는 내게 살랑살랑 실려 왔다. 나는 그게 벡의 것이 아니라 자동차의 낡은 좌석에 든 충전재란 걸 알고도 경찰차에 기대어 속을 게워냈다. 저런 것 때문에 메슥대는 게 바보 같아 나는 그만 메슥대고 싶었다. 내 웩웩거리는 소리 밑으로 소방서장이 에디더러 그냥 큰 것만 건지고 나머지는 내버려두라고 심하게 꾸짖는 소리가 들려왔다.

에디는 손에 비누를 쥐고 여기 앉지 않았다. 그는 머리가 썩 좋지 않은 대신 그걸 품위로 채우는 사람이었고, 그러므로 비누를 쥔 채로는 결코 여기 앉지 않았을 것이다. 에디는 발가락을 쏴 날리거나 오른손 집게손가락을 잘라낼 생각도 결코 하지 않았을 것이다. 그건 에디의 방식에서 제대로 벗어난 것이었다. 에디는 게임에 늘 초반부터 발을 들여 패가 별로면 카드를 접기보단 100년이라도 들고 있을 사람이었다. 그게 딱 에디의 방식이었다.

에이트 볼에서 첫 공을 깨는 건 에디였고 점수를 올리는 건 나였다. 당구공에 금이 갈 정도였지만 그는 하나도 들어가지 않았고, 그러면 나는 당구대를 빙빙 돌며 내 공을 주워 먹었다. "입대라니 정신 나갔군," 나는 말했다.

"아무러면 어때── 난 용접할 줄 알잖아. 걔들은 날 용접 학교에 꽂아줄 거고 나는 노퍽에서 땡땡이칠 거야."*

"네 운대로라면 머리 위로 배가 추락할 텐데."

"왜 이래, 붉은 수리, 친구끼리 손잡고 들어가야지."

"나랑 엘런은 계획이 있어. 복권에 당첨될 기회 잡는 거." 나는 공을 때렸고 세 개가 들어갔다.

"반칙이야."

나는 공 네 개를 더 없앤 뒤 옆쪽 구멍을 노려 8번 공을 쿠션에 팅기고 물러나 그에게 씩 웃음을 지었다. 8번 공은 지정한 곳으로 갔지만 공을 제대로 때렸다는 믿음은 들지 않았고, 그래서 나는 에디를 쳐다보지 않은 채 그냥 씩 웃고 말았다.

배수구에 담배를 던지자 꽁초가 푸른 가로등 불빛 아래서 오렌지빛으로 다시 타오른다. 나는 저 빛이 런디에게는 틀림없이 또 하나의 눈일 거라는, 그리고 시간이 흘러 눈들이 더는 거슬리지 않는 밤

---

* 버지니아주 노퍽은 조선업이 활성화되고 세계 최대의 군항이 있던 도시로 저 말은 후방에서 안전한 군 생활을 할 거라는 뜻.

이 오면 딸아이가 아주아주 많은 눈을 보게 될 거라는 생각에 젖는
다. 예전의 눈들은 사라져 다시는 돌아오지 않을 것이고, 딸아이가
다 컸을 땐 내가 얘기를 해도 기억을 못 할 것이다. 그때쯤이면 현실
의 눈들이 딸아이에게 부족함 없이 겁을 줄 것이다. 그 아이는 엘런
의 딸이고, 나는 가끔 엘런에게 마지막 휴가 중이던 에디를 봤느냐
고 묻고 싶다.

오래전 어느 선선한 저녁에 나는 헛간 그늘에 서서 아버지와 담
배를 피웠다. 그는 허리를 구부정하게 말아 자갈을 한 줌 집더니 그
걸 엄지로 멀찍이 튕겼다. 그는 내가 캐나다에 관해서 한 말*을 곰곰
이 곱씹었는데, 떨어지는 자갈 하나하나가 똑딱똑딱 작은 소리로 돌
아가는 그의 생각이었다. 그러다 그는 일어나 손바닥의 먼지를 털었
다. "난 크게 개의치 않았다," 그는 말했다. "나랑 하워드는 참호 안
의 신앙**을 믿고 철석같이 붙어 있었다고 —— 도망칠 생각은 한 번
도 안 했어."

"그래도 아빠, 에디가 그 시신낭에 있는 걸 보니까……."

그는 고함을 쳤다. "대체 그런 걸 뭐 하러 봐? 되도 않는 건 쳐다
보질 말아야지. 아빠라고 그런 적이 없는 줄 알아? 그보다 더했어,
맹세코."

나는 한 손으로 얼굴을 쓸어내리고 팔로 뒷목을 단단히 받친 다
음 내가 집에서 엘런과 잠들어 있어야 한다는 생각에 젖는다. 엘런
과 잠들어 있었다면 누가 이기든 신경 쓰이지 않았을 텐데. 표지판
의 개수를 세거나 표지판이 무슨 뜻인지 알고 싶지도 않았을 것이고

죽은 무언가를 찾아 개처럼 물고 늘어지는 일도 없었을 것이다.

　에디가 신병 훈련소에 있을 때 나와 엘런은 한밤중에 옷을 다 벗고 다락방에 앉아 벼룩과 지푸라기로 가려운 몸을 긁었다. 그녀는 가서 낡은 책들과 종이들이 담긴 상자 하나를 뒤적거리다 노끈으로 묶인 편지 한 뭉치를 꺼냈다. 돌아올 땐 그녀의 손전등 불빛이 내 눈에 쏟아졌는데, 그 빛이 내 눈에 남긴 반투명한 색깔들 속에서 그녀의 걸음을 지켜보던 나는 그녀가 내 아내가 되리란 걸 알았다. 그녀가 꾸러미를 내 무릎에 툭 던지자 아버지가 전쟁 때 주고받은 낡은 V-우편*** 봉투가 눈에 들어왔다. 엘런은 내 허벅지에 머리를 얹고 바닥에 등을 댄 채 납작 누웠고 나는 손전등을 들어 편지를 읽었다.

　"여러분께. 저희 도착했어요 —— 이름이 잘렸네."

　"왜?" 그녀는 뒹굴 굴러 엎드리더니 나를 올려다보았다.

　나는 어깨를 으쓱했다. "이름을 말하면 안 되는지 몰랐나 봐. **여기선 사람을 대하는 방식이 되게 끔찍해요. 제가 쫄쫄 굶은 러시아 포로 놈을 길 가다 발견해가지고 독일인 집에 데려가서 좀 먹였어요.**" 나는 엘런의 혀가 내 가랑이 안쪽을 파고드는 게 느껴져 부르르 떨고는 어렵게 계속 읽었다. "**그들이 포로한테 야박하게 굴길래 제가 총을 수평으로 들었**

---

*　　베트남전쟁 당시 많은 미국 청년이 징집을 피해 캐나다로 국경을 넘었다.

**　　전쟁을 하면 신을 믿게 된다는 뜻의 "참호 안에 무신론자는 없다"라는 격언이 있다.

***　Victory mail. 줄여서 V-mail. 제2차 세계대전 때 사용된 미군의 우편 체계. 편지를 마이크로필름에 옮긴 것으로 검열, 보안, 운송 등 여러모로 유리한 점이 있었다.

더니 하워드가 저한테 노발대발했는데 그제야 그 러시아 놈이 한 번뿐인 근사한 식사를 하는 걸 볼 수 있었죠." 나는 손전등을 끄고 엘런 곁으로 몸을 낮추었다. 아버지는 그 얘기를 한 번도 한 적이 없었다.

하지만 지금은 그때만큼 단순하지 않다. 우리의 키스가 쳐놓은 거미줄을 이해하지 않고는, 혹은 이해하고 싶어 하지 않고는 엘런의 일부가 되기가 쉽지 않다. 주머니에 비누 한 개를 넣고 집을 떠나기가 차라리 쉬웠다. 그때는 여기 앉아 비누를 쳐다보며 기억을 더듬는 게 딱 한 가지 힘든 일이었다.

나는 다른 아이들이랑 교실과 교실 사이의 복도를 걷고 있었고 에디는 거기 계단 꼭대기에 서 있었다. 그는 나를 보고 씩 웃었지만 더는 예전 얼굴이 아니었다. 그의 얼굴은 달라져 있었다. 다른 아이들이 제복을 보고 낄낄거리는 바람에 얼굴은 붉어졌다. 그는 수병 모자를 허리춤에 걸치고 고개를 젖혀 나를 내려다보면서 열중쉬어 자세로 서 있었고, 그러다 "시작해볼까" 하고 당구 샷을 날리는 재키 글리슨*처럼 두 손을 슬슬 끄집어냈다. 우리는 내 책을 던져두러 복도를 쭉 이동했다.

"휴가야?" 나는 말했다.

"안 좋은 처방을 잔뜩 받았어. 배에 오를 거란 뜻이지."

"얼마나 오래?" 나는 내 사물함 열쇠가 잘 안 맞아서 헤맸다.

"열흘," 그는 말하더니 열린 사물함 문 안쪽에 작게 붙어 있는 뒤집힌 국기를 가는눈으로 보았다. "이 새끼 이거."

나는 그가 계단을 내려가 시야에서 사라질 때까지 지켜보았고, 그러고 나서는 책을 들고 수업에 들어갔다.

내 손바닥 두덩에는 살 속에 얼룩덜룩 까만 점들이 있다. 계주를 하다 넘어져 박힌 석탄재. 살갗이 그걸 덮어버렸고 빼내려면 큰돈이 든다. 가끔씩 엘런은 그걸 캐내고 싶어서 바늘을 들고 간호사 행세를 하지만 나는 그녀에게 허락하지 않을 것이다. 나는 가끔 엘런에게 마지막 휴가 중이던 에디를 봤느냐고 묻고 싶다.

코치는 조국을 뒷받침하지 않는 사람은 팀을 이루기에 부적합하므로 나더러 트랙을 달리는 건 포기하라고 말했고 그 말에 나는 굴다리 밑에서 집에 갈 시간이 되기만을 기다렸다. 위에서 지나가는 차들이 매번 널빤지들 틈으로 흙먼지를 조금씩 흩뿌렸는데 그것은 체를 치듯 내 머리에 내려앉았다.

나는 좁은 강이 흐르는 모습을, TV에서 영상으로 본 적 있는 강들처럼 느리되 탁한 그 강물을 바라보았다. 역사 수업 때 코치는 남부 동맹군이 이 다리를 습격해 탈취했지만 컴퍼니 힐에 이르러 몇 명 안 되는 셔먼**의 군대에 붙잡혔다고 말했다. 조니 렙***은 이 강물을 마셨다. 몇 명 안 되는 군대는 컴퍼니 힐에서 봄을 맞았다. 조니 렙은 장티푸스로 꼴까닥했고 양키****들은 남쪽으로 이동했다. 그래서 나는 일어나 흙먼지를 털었다. 에디가 멀리 건너간 뒤 내 머리카

---

* 영화배우 재키 글리슨은 폴 뉴먼 주연의 영화 〈허슬러Hustler〉(1961)의 당구 장면으로 유명하다. "시작해볼까"의 원문은 "away we go"로 재키 글리슨의 노래 중에는 〈And Away We Go!〉라는 유명한 노래가 있다.
** William Tecumseh Sherman. 남북전쟁 당시 북부 연방군 장군.
*** Johnny Reb. 남북전쟁 당시 남군 병사를 가리키는 말.
**** 남군이 북군을 조롱하여 부르던 말.

락은 길게 자랐고 나는 매일 밤 머리를 감았다.

나는 주먹을 비누처럼 겨드랑이에 끼고 내 손등 혈관에 압력이 오르는 걸 지켜본다. 내 손은 원반형 써레나 쓰레그물형 써레를 트랙터에 채우다 살이 까져 곳곳에 상처가 났다. 아버지와 똑같은 상처.

우리는 밭을 걸으며 어린 사탕수수에 마름병이나 충해가 끼었는지 확인하고 있었는데 늦은 태양은 아버지의 반질반질한 머리카락에 광채를 부여했다. 아버지는 담뱃대의 자루 부위를 오물오물 씹더니 일어나 한쪽 다리를 다른 쪽 무릎에 올리고 신발에다 막힌 담배를 탁탁 쳐냈다.

나는 용기를 내보았다. "나 대학에 가도 돼, 아빠?"

"농사는 어쩌게?"

"아이고, 어르신, 아닙니다요, 그게 소원이시라는데."

그는 나를 붙잡으려고 늘어선 사탕수수들을 가로질렀고 나는 에디가 가르쳐준 대로 왼팔은 가드를 올리고 오른팔은 몸 쪽에 낮게 붙였다.

"어리기는," 그는 말했다. "하여간 어려. 언제 죽으러 나가게?"

나는 가드를 내렸다. "졸업하면 — 그때 아니면 집을 언제 나가봐."

그는 담뱃대를 채우더니 뭘 찾는 척 곧장 뒤로 돌고는 그대로 멈추어 산들을 마주했다. "다 그놈의 이름값을 하고 사는 거야. 우리 아빠가 너 태어날 때 그러더라. '윌리엄 헤이우드*라고 지어봐, 그러다 저 녀석이 광산에라도 들어가잖니, 그럼 난 차라리 저 녀석이 질식해서 죽길 바라마.'"

거참 할아버지 입에서 나오기엔 형편없는 발언이다 생각하면서
도 나는 아빠를 쳐다보며 아빠가 날 보내주길 바랐다.

그는 별안간 말했다. "다들 더 괜찮은 사람이 되겠다고 학교를 가
잖아. 자, 다들 이쪽 길로만 갈 때가 저쪽 길로 방향을 틀 때다 이거
야, 알았어?" 그는 양손을 들고 두 방향으로 손짓을 했다. "걔들이 그
러다가 황금 알을 싸든 말든 나랑은 상관없어, 누군가는 망할 놈의
땅을 파야 하니까. 누군가는."

그 말에 나는 말했다. "지당하십니다요."

하늘은 짙은 파랑이고 안개는 땅 위를 낮게 맴도는 차가운 김이
다. 이제 막 어슴푸레 밝기 시작하는 빛 속에서 내 손은 파래 보이기
는 해도 차갑지는 않다. 그것도 곧 차가워지겠지만 아직 내 손은 따
뜻하다.

할아버지는 광산 일을 그만두고 평안을 찾아 골짜기로 이사하기
전 마지막으로 나섰던 파업 얘기를 두고두고 들려주었다. 그 얘기를
할 때면 모든 게 다시 눈앞에 현실로 펼쳐지는지 인디언 흉내도 내
지 않았는데, 그러자 얼마 안 가 나는 볼드윈**의 황소 같은 사내들

---

*   William Haywood. 주로 빌 헤이우드라고 불리는 미국 노동운동가. 세계산
       업노동자동맹의 발기인 중 한 명으로서 광산에서 일하기도 했고 콜로라도 노
       동 전쟁에도 개입했다. 간첩으로 몰려 소비에트연방으로 도피하는 등 일생이
       어수선했다.

**   1903-1904년 광부들과 광산주들 간에 벌어진 콜로라도 노동 전쟁에서 광산주
       들에게 고용된 용역 깡패 우두머리 중 하나.

191

이 **나**를 쫓고 있다는 생각이 들기 시작했다. **나**는 폐에서 피가 나도록 숲을 내달렸다. **나**는 캄캄한 숲속에서 볼드윈 패거리와 그 개들의 소리를 들을 수 있었고 피켓을 몰아내는 기관총을 떠올릴 수 있었는데, **나**에게 드는 생각은 원 빅 유니언*이 다 어느 쥐구멍으로 숨어들었나 하는 것뿐이었다. 그러고 나서 나는 입속의 그 맛, 폐에서 올라온 피의 맛을 느낄 수 있었고 내가 걸려 넘어진, 내가 베고 잠든 나무뿌리의 호통을 느낄 수 있었다. 눈을 떴을 때 나는 이상야릇한 느낌, 감시당한다는 느낌이 들었다. 잔가지 부러지는 소리조차 없었지만 무언가 매우 가까이 있는 느낌이었다. 그게 사람, 한 사람, 나를 사냥하려는 사람임을 깨달은 나는 리볼버를 꺼내 들었다. 나는 그의 숨소리를 들을 수 있었고, 불이 번쩍해야 뭐든 보이리라는 생각에 그쪽을 조준했다. 나는 평생 이 사람을, 이 빌어먹을 볼드윈 사내를 죽이고자 살아왔음을 알았고, 그래서 죽일 수가 없었다. 나는 그가 놓쳐버린 사냥감을 잡으러 산등성이 아래로 멀어지는 소리를 들었다.

나는 버스가 서던 그날 아침처럼 꼭 팔짱을 낀다. 그때 나는 할아버지 생각을 하고 있었고 내 겨드랑이에는 비누가 끼워져 있었다. 징병검사장에서 내 혈압은 터무니없이 높은 게 분명했고, 그래서 그들은 나를 나흘간 붙잡아두었다. 혈압은 한 번도 내려가지 않았고, 그러던 나흘째 날 내 앞에는 편지가 한 통 전달되었다. 나는 그걸 집으로 가는 버스에서 읽었다.

에디가 말하길 그는 해병대 무리와 크로치에 있었고 야전에서 무전기 장비 고치는 임무를 맡고 있었다. 자기가 일반 해군이라서 해병대가 자기를 싫어한다고 그는 말했다. 식사는 썩었고 막사는 시끄러우며 밤중엔 담배를 셔츠 안에 숨겨두느라 가슴팍 왼쪽이 누레지고 있다고 그는 말했다. 그리고 데이비드가 어떤 사내의 아내를 제일 먼저 맛보려고 그 사내를 전투에 내보냈을 때 그 사내의 기분이 어땠을지 자기는 안다고 그는 말했다. 내가 엘런을 제일 먼저 맛보고 싶은데, 하하, 에디는 말했다. 자기를 거기서 꺼내주면 결혼을 해서 아내를 내게 바치겠다고 그는 말했다. 맥주는 슐리츠(Schlitz) 캔에 담겨 나오지만 틀림없이 다른 맥주일 거라고 그는 말했다. 에디는 지휘관이 동성애자라고 확신했다. 자기는 엘런의 옷을 벗기고 싶지만 이런 무리와 지내다가는 돌아와서 내 옷을 벗기고 싶을지도 모르겠다고 그는 말했다. 그는 담뱃불로 거머리를 어떻게 떼어내는지 내게 가르쳐준 게 기억나느냐고 물었다. 에디는 한 영웅이 담배가 다 떨어져 죽고 마는 영화에서 그걸 배웠다고 맹세했다. 자기한테는 담배가 잔뜩 있다고 그는 말했다. 동양인들은 음부에 털이 하나도 없으므로 자기와는 절대 맞을 리가 없다고, 엘런의 음모가 무슨 색인지 나랑 내기를 하자고 그는 말했다. 아마 갈색일 거라고 그는 말했지만 그녀의 음모는 붉은색이었다. 돌아가는 날까지 자기 대신 한번 상상해보라고, 엘런에게 안부를 전해달라고 그는 말했다. 나는 가끔 엘런에게 마지막 휴가 중이던 에디를 봤느냐고 묻고 싶다.

내가 돌아오자 엘런은 트레일러 문가에서 나를 맞이하고 껴안더니 울음을 터뜨리기 시작했다. 그녀가 런디를 가진 모습은 썩 잘 어

---

*   One Big Union. 모든 노동문제에 대한 해법을 제시할 하나의 노동 연합을 만들자던 구상 또는 그 무리.

울렸고, 그래서 나는 그녀에게 에디가 편지에서 안부 전해달라더라고 말했다. 그녀는 조금 더 울었고, 그러자 나는 에디가 돌아오지 않을 걸 알았다.

햇볕은 산등성이를 녹색으로 달구고 안개의 색깔을 바꾸고 록캠프의 벽돌 길을 발그레한 색조로 어루만진다. 가로등은 깜빡깜빡하다 꺼지고 프런트 스트리트에 속박된 저 반대편 교통신호는 계속해서 눈을 부라린다. 아무것도 멈춰 세우지 않고, 아무런 경고도 하지 않고, 한 번을 서두르지 않은 채.

일어서자 너무 오래 앉아 있던 탓에 무릎이 삐거덕대지만 내 얼굴 살갗은 이른 태양에 온기가 오른다. 나는 올드 은행 계단을 올라 창문에 칠해진 물비누에 유령을 그린다. 나는 저건 에디의 유령이다 혼잣말을 한 다음 그걸 소매로 닦아내고, 아침을 찢으며 유료도로를 달려오는 버스를 보고는 나 때문에 서는 일이 없도록 길을 걸어 내려가기 시작한다. 나는 떠날 수도 없고 에디를 떠나보낼 수도 없어서 집으로 간다. 그렇게 버스가 멀어지는 내내 길을 걸으면서 나는 우리 런디가 벌써 일어나 만화를 보고 있을 거라며 나 혼자 100만 달러를 걸고, 누가 이겼는지 난 안다고 호언을 한다.

마땅한 방식
The Way It Has to Be

앨리너는 테이스티 프리즈* 차양 밑에 들어가 땅속으로 흘러드는, 작은 연무를 피우며 후드득후드득 분화구를 만드는 비를 내다보았다. 비가 멈추자 여기저기 회오리가 이는 물안개 속 국도를 차들이 쉭쉭 달렸다. 그녀는 쪽창 옆에 서서 지저분한 유리창을 통해 바삭하게 마른 파리의 잔해가 점점이 눌어붙은 창틀이며 냉동고를 보았다. 주차장 저쪽에는 전화박스가 서 있었지만 그녀는 병뚜껑들과 자갈에다 동그라미를 끄적댈 뿐 자기가 집에 전화를 걸지 못할 걸 알았다.

도자기 재질의 식수대 옆 계단가에 앉은 그녀는 권총집을 양어깨에 활 모양으로 느슨하게 걸친 채 차창에 대고 웃고 있는 하비의 머리를 바라보았다. 그녀는 배가 씰룩대는 걸 느끼며 오물이 들어가지 않게 조심조심 눈을 문질렀다. 그녀는 이런 방식을 기대한 게 아니

---

*   Tastee Freez. 아이스크림 및 간단한 음식을 파는 체인점.

었지만 하비는 마음을 바꾸지 않을 터였다. 그녀는 살짝 웃음이 났다. 카우보이를 보겠다는 일념으로 웨스트버지니아에서 왔는데 여기는 어딜 봐도 농장과 울타리뿐이었다. 탁 트였다는 점은 그녀에게 해방감과 함께 겁을 주었다.

하비가 밀치락달치락하더니 차창을 돌려 열었다. 그의 턱에는 질질 흐른 침에 먼지가 하얗게 엉겨 있었다. "운전할래?" 그는 말했다.

그녀는 자동차 쪽으로 걸음을 떼기 시작했다. "나 걱정돼서 한숨도 못 잤어. 엄마는 오늘 병조림하고 있겠네."

"그만해," 그가 말했다. "빠질 거면 빠져." 그는 권총집을 조이고 재킷을 걸쳤다.

"정말 그러고 싶어?"

"그 자식은 호되게 당해야 돼."

"가석방 중인 거 걸리면 넌 더 호되게 당해."

"그만하라고, 아직 멀었으니까," 그가 담배에 손을 뻗으며 말했다.

차를 모는 동안 앨리너는 실안개가 순간순간 걷히는 걸 보았지만 그것은 수분 같지 않았다. 그것은 차라리 먼지로 이루어진 막이었는데 저 앞에는 더 많은 실안개가 끝도 없이 끼어 있었다. 오클라호마 시티를 에워갈 때 안개는 짙어졌고 더위는 살에 쩍쩍 달라붙었다. 그녀는 햄버거 노점에 차를 세웠고 하비는 그녀가 지도를 들여다보는 동안 차에서 내렸다. 노점 측판에 그려진 카우보이 명예의 전당 그림이 경로를 벗어나라고 그녀를 부추겼다. 하비는 샌드위치와 커피를 한 짐 가득 들고 돌아왔다.

"하브, 여기에 가보자," 그림을 보라며 그녀가 말했다.

그는 그림을 보았고, 그러더니 그녀의 가랑이 바로 밑 허벅지를 꽉 쥐고는 그녀에게 키스를 했다. "이 일만 끝나면 시간은 많아."

먹는 동안 하비는 셔츠 주머니에서 길게 접은 종이를 꺼내 지리를 확인했다. 그는 생각에 젖어 계기판을 말똥말똥 한참 쳐다보았다. 그녀는 그의 이마가 바짝 당겨지는 것을 보았지만 그에게 단념하는 게 어떠냐고 물어볼 수 없었다. 그녀는 하비가 그 사람을 죽일 만큼 멍청하지 않길 바랐다.

하비가 운전대를 잡았고 그들은 어느 농장 쪽으로 난 보조 도로를 달렸다. 앨리너는 처음 겪는 더위 속에서 갈수록 평탄해지는, 갈수록 길어지는 땅을 창으로 내다보았다. 꿈쩍없는 안개가 지평선을 끝없이 가리는 와중에 그녀는 카우보이를 보게 되길 바랐다.

계단실은 텅 비어 조용했지만 하비를 보자 그녀의 신경은 또 뒤틀렸다. 그는 걸음걸이가 불안불안했고 눈은 위스키 때문에 사팔뜨기가 되었다. 그들은 두 층을 올라 문을 열었다. 방은 작고 촌스러웠으며 강한 모래바람에 가로등 불빛이 노래진 거리가 훤히 보였다. 하비는 재킷을 벗고 가방을 열고 위스키를 꺼냈다. 그는 비틀거리고 있었고 그의 총은 권총집에 든 채로 출렁거렸다.

"맙소사, 하비," 그녀는 침대에 걸터앉으며 말했다.

"조용히 안 할래?"

그녀는 아직도 그 장면이 아른거렸다. 떨리는 손을 뻗는 남자와 가슴에 세 발을 건네는 하비. "나 무서워"라고 말한 그녀는 현관에 앉아 콩 줄기를 떼는 늙은 여자의 모습이 잊히지 않았다. 앨리너는 그녀가 죽은 아들을 마당에 둔 채 아직도 입을 벌리고 거기 앉아 있을지 궁금했다.

"좀 마셔," 하비가 말했다. 비틀거림은 멎어 있었다.

"나 토할 거 같아."

"토해 그럼, 제기랄." 그는 목을 거칠게 문질렀다.

그녀는 싱크대에 서서 배수구를 들여다보았지만 배 속에선 전혀 올라올 기미가 없었다. "우리 이제 뭘 해야 돼?"

"여기 있어야지," 그가 위스키 한 파인트를 끝내고 또 한 병을 찾으며 말했다.

"미안한데, 나 겁나," 그녀가 말하고는 얼굴을 적시려고 물을 틀었다.

"그만해," 하비가 창가에 서며 말했다.

앨리너는 싱크대 옆 의자에 앉아 하비를 쳐다보았다. 병을 반 파인트 비운 그는 여닫이창에 몸을 기댔다. 그는 그녀가 산에서 알던 것과 달리 깡마른 데다 전보다 그녀를 막 대하는 듯했고, 그래서 그녀는 이젠 그가 늘 끼고 다니던 총을 써먹은 살인자에 지나지 않는다는 걸 알았다. 그녀는 이제 그의 일부가 아니었다. 너무 쉽게 끝나버려서 그녀는 둘이서 사랑을 하기나 했는지 궁금했다.

"멕시코에 가서 결혼할 거야," 그가 말했다.

"못 하겠어, 나 너무 무서워."

하비가 그녀 쪽으로 몸을 돌리자 노란 가로등 불빛이 그의 얼굴과 가슴을 환히 비추었다.

"내가 살아생전," 그가 말했다. "두 가지를 기다렸어. 그놈을 죽이는 거, 그리고 너랑 결혼하는 거."

"못 하겠어, 하비. 난 모르겠어."

"뭘 몰라? 내가 사랑하는 거?"

"아니, 다른 거. 그냥 말뿐인 줄 알았어."

"난 빈말 안 해," 그가 말하고는 술을 들이켰다.

"맙소사, 네가 아예 말을 못 했어야 했는데."

"대체 왜 그래? 산으로 돌아가고 싶어서 그래?"

"그래, 더는 이러고 싶지 않아. 이러는 거 끔찍하게 싫다고."

그는 총을 꺼내 그녀를 가리켰다. 겁에 질려 휘둥그런 눈을 하고 있는 그를 보며 그녀는 앉았고, 그러더니 의자 밖으로 몸을 빼 노란 담즙을 주르륵 게워냈다. 그녀가 구역질을 멈추고 턱을 닦자 하비는 구석에 쓰러지듯 주저앉았고 권총은 그의 손에서 대롱거렸다.

"넌 쌍년이야," 그가 중얼거렸다. "나는 지금 네가 필요한데 넌 쌍년이라고." 그는 제 관자놀이에다 피스톨을 들어 올렸지만 앨리너에게는 웃고 있는 그가 보였다. 그는 푸 하는 입김을 내뱉더니 권총집에 총을 집어넣었다.

"진탕 마셔야겠다," 그가 일어서며 말했다. "넌 맘대로 해. 난 안 돌아가." 그녀는 그가 복도 벽에 몸을 쿵쿵 찧는 소리를 들을 수 있었다.

앨리너는 몸을 씻고 나서 불을 켰다. 그녀의 눈은 퀭하니 충혈되었고 입술은 터 있었다. 그녀는 화장을 하고 밖으로 나섰다.

길을 걷는 내내 모래바람은 그녀의 발목에 종이들을 패대기쳤고, 그러다 그녀는 구인 광고가 붙은 어느 카페로 들어갔다. 앨리너가 맥주를 한 병 주문하니 바 안쪽의 젊은 여자가 지루함에 젖은 얼굴로 쳐다보았다.

"사람 구하나요?"

"지금은 말고요, 아침에만 구해요. 아침에 와서 피트한테 물어보세요. 그가 아마 일하라고 할 거예요."

"고맙습니다," 그녀는 말하고 맥주를 홀짝였다.

뒤쪽에 전화박스가 있어서 앨리너는 그리로 맥주를 들고 갔다. 그녀는 전화를 걸었고 전화벨은 두 차례 울렸다.

"안녕, 엄마."

"앨리너," 그녀의 목소리는 떨렸다.

"나 텍사스야, 엄마. 하비랑 왔어."

"쓰레기랑 어울려 다니면 어떡해. 우리가 널 다 버려놨어, 다 우리 탓이야."

"그냥 엄마 걱정시키고 싶지 않았어."

한참 뜸이 들었다. "돌아오렴, 앨리너."

"안 돼, 엄마. 나 일자리 구했어. 대단하지?"

"찬장 꼭대기 선반이 무너져서 아주 난장판이야. 무슨 계시 같아서 내내 걱정했어."

"아니야, 엄마, 괜찮아, 알았지? 나 일자리 구했다니까."

"우리가 올려놨던 젤리도 다 못쓰게 됐어."

"괜찮아, 엄마, 아직 잔뜩 남았잖아."

"그럴 거야."

"나 가봐야 돼, 엄마. 사랑해."

전화기가 딸깍했다.

밤은 차분했고 모래바람은 보도 연석에서 소용돌이치다 잠잠해졌다. 호텔로 걸어가는 길에 앨리너는 기분이 한결 좋았다. 하비는 떠났지만 상관없었다. 그녀는 일자리가 있었고 게다가 텍사스였다.

호텔 로비를 지나가자 직원이 그녀에게 웃음을 지었는데 그녀는 그게 좋았다. 하지만 방으로 가는 층계참에는 하비가 기다리고 있었다. 그의 발치에는 담배꽁초가 널브러져 있었고 그는 뒤죽박죽 혼란스러운, 불구 같은 모습이었다.

"사과하러 돌아왔어," 그가 일어나서 그녀를 안으며 말했다. 그녀는 그에게 반감이 들었다.

"달라진 건 없어," 그녀는 말했다. "난 여기서 지낼래."

"그게 다야?"

그녀는 고개를 끄덕였다. "나 일자리 구했거든, 그래서 집에 전화도 했어. 이제 만사 오케이야."

"올라가서 말할까?"

"좋아," 그녀는 말했다.

"그래, 말 좀 나누자," 그러고 또 한 번 더듬더듬 담배를 찾는 그의 손에 리볼버가 스쳤다.

나의 구원자
The Salvation of Me

체스터가 똥간의 어떤 쥐보다도 똑똑했다는 건 똥이 채 떨어지기 전에 빠져나갔기 때문이야. 하지만 체스터한테는 두 가지 문제가 있었어. 하나, 성공한 사람이 되었다는 거, 둘, 돌아왔다는 거. 이건 음주, 마약, 거시기 박기 아니면 박히기처럼 너 같은 보통 미국인이 겪는 문제하곤 다른데, 왜냐하면 웨스트버지니아주 록캠프는 미국의 보통 문제도 아니고 네가 아는 보통 힐빌리 마을도 아니거든.

만약 록캠프를 생전 처음 듣는다면 너는 거울을 깨봤거나 사다리 밑을 걸어봤거나* 성(聖)패디의 날**을 기념해본 적이 한 번도 없었다는 얘기겠지만, 뭐 네가 차를 몰다 핸들이 빠졌거나 복엽기 날개

---

*   거울을 깬다는 건 고대 로마의 미신으로 7년마다 정화되던 영혼이 영영 정화되지 못한다는 뜻. 사다리 밑을 걷는다는 건 고대 이집트 또는 기독교에서 온 미신으로 사다리와 벽과 땅이 이루는 삼각형은 피라미드나 삼위일체 같은 어떤 신성을 가리키는데 이를 침범한다는 뜻. 모두 재수가 없을 거라는 암시다.

**   성패트릭의 날. 패디(Paddy)는 아일랜드 사람을 가리키는 비어.

에서 추락했거나 혹시라도 왼손으로 성호를 그었는지 또 모를 일이니까. 뒤에 말한 세 가지가 록캠프에 굴러드는 최선의 방법인데, 실현 가능한 탈출법을 아는 건 체스터 외에 아무도 없었으니까 그는 말이 필요 없는 사람인 거지.

텍사스 노란 장미*의 달콤한 젖줄이 메말라 수백만 미국인의 생존 속도를 시속 55마일까지 억누른 건 아치 무어가 —— 주지사 말이야, 권투 선수 말고 —— 한창이던 때였어.** 나는 조지아 사람들은 눈이 오면 운전을 못 하고 아리조나 사람들은 비가 오면 핸들 앞에서 환장을 하지만*** 순수 웨스트버지니아 피가 흐르는 아이라면 쭉 뻗은 길에서 시속 120마일(시속 약 193킬로미터) 밑으로는 달리지 않을 거라는, 그게 다 도로 지도가 춤바람 난 지렁이 한 트럭을 쏟아놓은 것처럼 생긴 땅에서는 그렇게 달릴 기회가 드물어서라는 얘길 들은 적이 있어. 체스터가 64번 주간(州間) 고속도로를 타고 웨스트버지니아를 관통해 오하이오나 아이오와처럼 더 흥미로운 곳으로 내빼는 사람들을 발견한 건, 그리고 폰티악 엔진을 단 자신의 셰비에서 난생처음 4단 기어를 찾아낸 건 그때쯤이었지. 변속기를 달던 날 나는 아팠으니까 어떤 변속기냐고 나한테 묻지 마, 그리고 체스터를 4년이나 못 본 데다 그 뒤엔 그가 입을 닫고 있었으니까 그가 어딜 다녀왔는지도 묻지 말고.

내가 확실히 아는 건 체스터가 크게 성공하고 돌아오더니 뻐겨댔다는 거고, 또 그가 사라졌던 몇 년보다 그가 집에 있던 두 시간이 내겐 더 원망스러웠다는 거야. 그야 체스터가 없으면 내가 고쳐야 할 차는 두 배가 되고, 주유량은 절반에 그치고, 주말에 자동차로 도로경주나 치킨 게임을 겨뤄 내 담뱃갑을 전에 빼앗긴 내 담배로 다시 채워줄 사람이 없었기 때문인데, 그만큼 체스터는 주유소에서 없어선 안 될 망나니였다는 거지. 그런 그가 떠나니까 내 오랜 꿈도 다시 달아올랐어.

학창 시절인 1961년으로 돌아가 보면, 록캠프의 이쪽 끝에서 저쪽 끝까지 사람들은 누구랄 것 없이 라디오를 TV로 바꾸었는데, 나는 지금도 그게 케네디 측의 표심 얻기 수단이었다고 믿지만 나 말고 모두는 그게 다 위대한 사회****를 앞둔 시절의 혜택이었다고 주장해. 그래서 낡은 핼리크래프터스***** 라디오는 내 책상과 침대 옆에 자리를 잡고서 생물 숙제를 하는 내내 언제라도 그 스피커에서 국치일******이 다시 선언될 것처럼 나를 쳐다보았지.

거기서 흘러나온 건 뭐냐면, 저물녘부터 동틀 녘까지만 해당되는 일이긴 한데, 시카고의 WLS 라디오방송이었어. 시카고는 내게 꿈이 되었고, 나중엔 사춘기의 위로라기보다 습관에 가까워졌고, 딸딸이를 대신했고, 그러다 결국엔 보건교사가 용두질에 관해 말한 대로 됐지 ── 그러다간 망할 또라이처럼 미쳐버린단다.

---

* 〈텍사스의 노란 장미〉라는 미국 남부 민요를 염두에 둔 것으로 떠나온 고향, 연인, 호시절 등을 그리워하는 내용.

** Archie A. Moore Jr. 몇 차례 웨스트버지니아 주지사를 지낸 공화당 정치인. 재임 중 노동자를 권익을 일부 향상시켰으나 훗날 커다란 부정부패로 실형을 받은 대체로 부정적인 인물. 재임 기간 중 오일쇼크를 맞닥뜨렸다.

*** 조지아주는 한겨울에도 기온이 영상을 웃돌아 눈을 보기 힘들며 아리조나주는 건조해서 비가 드물다.

**** 케네디는 TV 이미지를 잘 활용한 정치인으로서 대선 토론 즈음 TV 보급률이 폭증했다. '위대한 사회'는 그 차기 대통령인 린든 존슨의 슬로건이다.

***** Hallicrafters. 시카고에 본거지를 둔, 단파 라디오 제조사.

****** Day of Infamy. 일본이 진주만을 공습한 1941년 12월 7일.

시카고, 시카고, 깨어나는 도시……*

가사는 잊었으니까 왜 부르다 마느냐고 묻지 마, 그리고 체스터가 나를 배려해 꿈을 없애주러 돌아왔다고 나 혼자 의심 중이니까 꿈은 어떻게 됐느냐고도 묻지 말고. 그래도 그 꿈은 수학 교사이자 내 섹스의 여신인 덴트 부인이 개별지도 시간에 나를 사정없이 덮치는 꿈보다 아름다웠을뿐더러 실제로 일어날 수 있는 일이기도 해서 더 흥미로웠어. 체육 교사인 덴트 씨한테 선생님의 빳빳한 덜렁이랑 부인의 후끈한 예쁜이랑 합이 좀 맞느냐고 물었을 때 그가 내 머리를 사물함에 처박길래 내가 손을 팬티에서 멀리하겠다고 영원히 맹세한 참이었거든. 원체 시카고가 덴트 부인보다 우선순위에서 한참 앞서 있기도 했고 시카고엔 죽기 전에 나를 덮칠 더 많은 덴트 부인이 있었던 거지.

그날 밤 WLS의 디스크자키였던 덱스 카드는 심지어 **나** 같은 사람도 가입할 수 있는 배트맨 팬클럽을 거느렸는데, 시카고 아이들은 모두 차가 있었고 바지도 히스**였어 —— 주름이 절대 지워지지 않게 친절한 제빵사가 작은 오븐에다 다려줬대. 걔들은 전부 리글리 껌을 씹어서 리글리 건물에도 다 같이 갔었는데 그 건물은 왠지 모르게 지금도 거대한 주시 프루트 껌 한 통을 세워둔 것처럼 보인다나. 시카고 아이들은 모타운***이 근처라 차를 몰고 올라가서 글래디스 나이트나 슈프림스(Supremes)가 그놈의 길거리를 걷는 걸 **똑똑히** 볼 수 있었어. 그리고 시카고 아이들은 세 가지 상이한 기온을 겪었어. 오헤어 공항이 추우면 루프 지역에선 더 춥고 엘에서는 항상 영하다 이거야.**** 내가 이 농담을 이해하기까진 10년이 걸렸어. 우리가 그쪽 날씨를 겪으려면 이틀이 걸렸고 말이지 —— 시카고에서 월요일에 비가 오잖아, 그러면 나는 수요일에 비옷을 입고서 이게 시카고 비구나 생각했다고.

꿈 뒤에는 습관이 찾아왔어. 나는 시카고로 튈 작정이었지만 뭘 해야 살아남을지 생각해본 적은 없었고 그곳의 왕초(Soul One)도 몰랐어. 하지만 WLS 라디오방송 친구들은 목소리가 아주 품격 있는 부류 같았고, 그 뭐야, 세이브 더 칠드런 광고가 나올 때 들을 수 있는 진짜 따뜻함이 있었지. 왜, 가난한 아이한테는 그들이 기회를 주는 사람이곤 하잖아. 바로 거기서부터 꿈과 습관이 뒤죽박죽 잡탕이 되고 만 거야.

잘하면 나는 기차를 탔을지도 몰라 — 내가 아는 한 벗어날 방법은 그것뿐이었으니까, 아버지의 대공황 시절 얘기에서 말이야 — 그러면 어떤 눈물의 화물열차 평상에서 요주의 인물(A-Number-One)이라도 만났을지 모르지, 다 타버린 꽁초를 들고 열차 바닥에 앉아 옛 꿈을 좇는 그런 사람 말이야. 그러면 늙은 요주의 인물이랑 나는 켄터키에서 출발한 록아일랜드행 열차에 올라타 석탄을 깔고 앉아서 시카고 앞마당까지 내리 달릴 거고, 그러는 동안 요주의 인물은 생전 보지 못한 모든 것이 있는 광활함 속에서 자기가 섭렵한, 자기가 놓친 온갖 기차며 부랑자들 따위를 이야기할 거야. 하지만 나는

---

* 〈Chicago〉라는 재즈곡. 원문은 "Chicago, Chicago, that toddlin' town".

** H.I.S. 농장 작업복으로 시작해 청바지와 나팔바지 등을 만들던, 당시 젊은 남자들에게 사랑받던 브랜드.

*** Motown. 디트로이트에 있는, 솔뮤직으로 유명한 흑인 음반 제작사.

**** 루프(Loop)는 상업 건물들이 밀집한 시카고 중심지, 엘(El 또는 L)은 시카고의 명물인 고가철도를 가리킴. 빈부 격차가 크다는 농담.

열차가 앞마당에 발을 들이기 전에 거기서 후딱 뛰어내려 악취를 피해 옆으로 싹 빠질 거고, 그러면 그길로 루프 지역에 있게 되겠지.

나는 WLS 스튜디오를 찾아 입사 지원을 할 테고, 그러면 덴트 부인보다 섹시하고 더구나 싱글인 접수원이 내가 할 수 있는 게 뭔지 물을 거야. 나는 기차에서 막 내려 더러운 데다 옷도 히스가 아니잖아, 그러니 털고 닦고 했으면 좋겠다는 것 말고 내가 할 수 있는 말이 뭐겠어. 빙고, 시카고에서는 다들 털고 닦는 일자리를 싫어하니까 그들은 나를 고용하고, 내가 리글리 건물 바닥에서 껌 떼기 작업에 착수하면 나를 세상에 다시없을 근로자로 생각하게 되겠지. 나는 대걸레질 실력은 이보다 나을 거라고 설명하고, 그러면 덱스 카드는 나더러 대걸레질을 하기엔 지나치게 똑똑하니 이 10달러를 들고 가서 히스를 사 입고 내일 이 자리에 다시 나타나라고 말하는 거야. 너를 당일에 디스크자키로 쓰고 싶다, 턴테이블을 만지고 에코를 넣고 히트곡을 돌리고 여러 음향효과를 동시에 날리고 뉴스랑 날씨랑 스포츠로 넘어가는 법을 알려주겠다 그가 말한다고. 끝내주는 거지.

그래서 나는 매일 밤 책상에 앉아 생물 공부는 뒷전에 두고 자꾸만 꿈을 떠올렸는데, 결국에는 어느 날 밤 ── 울워스이기는 하지만 ── 내 고풍적인 바지를 보게 되었고 또 록캠프에서는 이제 화물열차들이 속도를 줄이지 않는다는 걸 깨닫고 말았어. 언제든 버스가 있기는 했지, 하지만 열차가 속도를 줄이는 곳까지 가는 버스표를 살 수 있을 만큼 음료수병을 주워 모았던 그 세 차례 모두 당구공 깨지는 소리가 내 귓전을 때렸고, 그래서 25센트짜리 동전들은 세월과 기회의 슬롯머신에 먹혀버리고 말았던 거야.

"넌 각을 어지간히 못 맞춘다," 언젠가 체스터는 당구공을 1분도 안 돼서 다 집어넣고 말했어.

나는 10학년*이었고 그의 조언을 귓등으로 흘렸지. 내가 아는 거라곤 내 돈이 다 사라졌으며 유료도로에는 이제 음료수병이 없고 시카고는 여전히 1000마일 밖이었다는 거야. 나는 다리에 힘이 풀려버렸어. 내가 다 털렸다는 걸 안 거지.

"차는 좀 알아?" 나는 아니라고 고개를 저었어. "주유기 다룰 줄은?" 또 한 번 도리도리. "세차는 **할 줄** 알겠지." 나는 그걸 못 하면 등신이라고 비웃었어.

그래서 그날부터 E. B. '팝' 설리번의 아메리칸 오일 주유소에 시급 75센트로 일하러 갔는데 그중 3분의 1은 일을 소개해준 대가로 체스터한테 돌아갔어. 나는 스스로 괜찮다 다독였지, 그 일로 출세할 것도 아니고 돈만 받으면 곧장 시카고로 뜰 거였으니까 — 내내 버스를 타려고 했던가, 운전을 하려고 했던가. 알게 뭐야, 나는 돈을 모아서 시카고까지 멋들어지게 타고 갈 차를 사기로 마음먹었어.

차를 사고 싶다고 하니까 체스터는 나를 수수료에서 해방시켜줬고 심지어는 미끼 차**를 둘러보러 주차장에도 데려가주던걸. 나중에 나는 체스터한테 미끼 차는 싫다, 진짜 차를 원한다 말했어.

"진짜 차를 구할 방법이 이거야," 그는 말했어. "네 취향대로 조립해 — 모타운***에서도 이렇게 만들고 부수고 해."

우리는 주행거리가 겨우 3만 8000마일(약 6만 1155킬로미터)에다

---

*   우리나라의 고등학교 1학년에 해당.
**   trap car 또는 bait car. 차량 도난범을 잡으려고 미끼로 쓰는 하자가 있는 차.
***   모타운은 디트로이트의 애칭이기도 하다.

327엔진을 단 폰티악을 둘러봤어. 누가 뒤를 들이받아서 트렁크가 뒷좌석까지 물러나 있었지. 창문 주변의 크롬 부품에는 머리카락이 한 움큼 걸려 있었고. 체스터는 차 밑으로 기어들더니 5분이 다 되도록 나오질 않았는데, 그러는 동안 나는 도색도 새로 하고 트렁크도 뒷마당만 하고 버튼 하나만 누르면 차 안에서 '수동 조작' 개폐식 지붕이 나오는 셰비 임팔라에 더 마음을 빼앗겼어. 체스터는 폰티악 밑에서 뱀이라도 발견한 듯이 나오더니 씩 웃으면서 나한테 걸어오던걸.

"차가 완전히 망가져서 저세상인데 엔진 하난 완벽해."

나는 체스터한테 임팔라가 좋다고 말했지만 그는 차 안에서 나오는 지붕들이 어떤 수모를 겪는지 안다는 듯 이만 핥았어. 그는 차 주변을 두리번거리면서 허리를 숙여 밑도 들여다보고 손가락으로 타이어 트레드도 문질러보았는데, 그러는 내내 나는 앞 유리에 비누로 쓰인 325달러에 자꾸만 눈길이 갔지. 폰티악이 더 싼 거야 말할 것도 없었지만, 겨드랑이 밑에 엔진을 끼고 돌아다니려고 130달러나 내고 싶은 사람이 누가 있겠어? 난 아니야, 나는 차를 몰아 멀리 떠나고 싶었고 지붕도 열었다 닫았다 하고 싶었어.

"사실 말이지," 그가 말했어. "나한테 폰티악 엔진에 어울리는 괜찮은 셰비가 있어. 차를 사 —— 차체는 내가 빌려줄 테니까."

나는 걸려들 마음이 없었고, 그래서 고개를 가로저었지.

"그럼 우리 동업자 하자. 서로한테만 처분하는 걸로 하자고, 주말마다 뭉치기로 하고. 왜 있잖아, 더블데이트."

그건 좀 납득할 만했고, 그래서 그달 남은 기간 내내 시카고 꿈은 콧노래를 부르며 머릿속 어디론가 숨어버렸어. 나는 셰비에 들어가

선 안 될 엔진을 넣느라 어댑터들이 한없이 잡아당겨지는 악몽을 꿨어. 엔진 블록의 견고한 부위에서 극단적인 진동이 일어나 걱정이 됐는데, 우리가 처음으로 시속 80마일까지 끌어올리자 주강(鑄鋼)에 금이 가는 것도 보였지. 나는 드래그 레이스*에 가서 아무나 붙잡고 혹시 세비에 포니 엔진 넣어봤느냐고 물어보았는데, 그랬더니 대부분이 웃고 마는 가운데 어떤 건방진 놈은 의자에 몸을 푹 기대더군. "아가야," 그 건방진 놈이 말해. "가서 혼자 놀아라."

하지만 그달이 지나니까, 나도 이유는 통 모르겠는데, 엔진은 잘 들어맞는데 격벽이랑 흙받기는 전부 뜨는 거 있지. 체스터가 변속장치 문제라는 데 다다랐을 때 나는 독감에 다다라 있었고, 그래서 나는 사흘 동안 병치레를 하느라 바빠서 내 차는커녕 시카고 꿈도 못 꿨어. 다시 등교하는 길에야 뒤쪽 견인 고리를 잭으로 들어 올린 내 차를 주차장에서 보았는데, 변속레버를 들여다보니까 체스터가 4단 주행 손잡이를 달아놓았더라고. 나는 장난치는 줄 알았어, 마지막 단이 사용되는 걸 본 적이 없었으니까. 내 차는 3단에서도 시속 50마일이 거뜬히 나오고 그 정도면 유료도로를 내달릴 만하거든.

그해 여름은 다시없을 대단한 시간이었지. 체스터랑 나는 버는 족족 기름을 넣는 데 썼고 틈만 나면 뒷길로 샜어. 우리는 과속방지턱이 꽤 되는 다리를 발견했는데 시속 45마일로 달리면 턱을 지날 때마다 공중을 나는 느낌이었고 다음번 충격이 오기까지 의자 뿌리가 뽑힐 듯 고물 차가 요동을 쳤어. 팝 설리번은 그것도 모르고 여름 내 우리한테 충격 받을 곳을 제공해주었지. 우리는 열에 아홉은 펩

---

*   일반적으로 자동차 두 대가 속도를 겨루는 직선 단거리 주행 시합.

시 트럭과 정면충돌하기 좋은 1차선 곡선 구간을 알게 됐어. 몇 번이던가, 펩시 트럭에 너무 바짝 다가붙었다는 사실을 위장할 산화연도료도 팝이 제공해주었지. 펩시는, 내가 느끼기에, 우리한테 받은 메시지 때문에 그 운전사를 다른 코스로 보냈을 거야. 체스터는 말했어. "저것들은 애송이한테 남자의 일을 시켰던 거군."

하지만 무엇보다 재미있는 일은 캐벌 카운티의 보안관보가 주류세를 주와 나누지 않은 시골뜨기 몇 명한테 법정 출두를 명하러 가는 길에 일어났어. 최고 속력으로 내리막을 내려와 곡선을 도는 우리를 보안관보가 발견했는데, 그로서는 우리한테 통행권을 주거나 잘빠진 우리 엉덩이에다 잘 가라고 키스를 날리는 것밖에 도리가 없었지. 보안관보는 아주 지혜로운 사람이었어. 그런 난데없는 속력으로 달리는 이들에겐 뭔가 숨길 게 있다고 판단한 그는 우리 차에 술이 있다고 앞차에다 곧장 무전을 쳤지. 그들은 완전히 맨정신인 우리를 산발치에서 붙잡았고 우리한테 술이 한 방울도 없다는 걸 알게 됐어. 그들이 알게 된 거라곤 보안관보의 두 딸이 타고 있다는 거였지 —— 둘 다 저희 엄마의 허락을 받고 나온 거였어. 체스터는 보안관보한테서 달아난 죄로 사흘을 받았고 우리 둘 다 다시는 걔들한테 전화하지 말라는 명을 받았지. 걔들 엄마가 어떻게 됐는지는 나한테 묻지 마, 나는 보안관보가 마누라를 패는 부류인지 아닌지 모르겠으니까.

체스터는 그 사흘을 일요일마다 카운티 교도소에서 신문 읽어주기 봉사로 보냈는데 첫 번째 일요일은 그를 심각할 만큼 안 좋은 쪽으로 바꿔버렸어. 다음 날 출근해서는 누구랑 데이트하고 싶은지 혹은 어디서 또 기름 채울 돈을 마련할지 아무 말도 않더라고, 주말에 풀어지기는 했지만. "다 운수소관이야," 그는 말했어. 나는 그가 교도소 형을 설명하려나 보다 했지. 그게 무슨 말인지 이해하는 데 4년이 걸렸네. 두 번째 일요일이 지나자 그는 무언가 난데없이 뒤에서 덮치기만을 기다리는 사람처럼 눈에 의심을 띠고 돌아왔어. "운수가 저 밖에 있는 건 분명해, 똥이 떨어질 때 알맞은 자리에 있느냐가 문제지만." 나는 하나부터 열까지 동의했어. 모든 건 시카고에 있는데 학기는 시작됐고 나는 여전히 록캠프였으니까.

다음 날 아침 체스터는 더없이 흥미로운 방식으로 도망길에 올랐어. 그날 점심은 그가 운전대를 잡고서 여자 친구나 희롱하며 마을을 돌 차례였고 나는 고등학교 과정을 건너뛸 기회를 노리고 있었지*. 우리 둘 다 여자아이들을 너무 막 대하다가 끌려간 적이 있었던 터라 이제 록캠프에는 미식축구 선수인 제 남자친구한테 겁탈을 당하고도 우리한테 당했다고 주장하지 않을 지조 있는 여자아이가 하나도 없었어. 체스터의 짝이 골짜기 리틀 도쿄(Little Tokyo Hollow)에서 일하는 여자였던 건 그래서인데, 그곳은 두 번은 가도 세 번째엔 차라리 근친상간을 하고 말지 싶은, 모든 아가씨가 동양인 매춘부처럼 생긴 곳이었지. 그날 내가 여자를 고르지 못한 건 그래서야. 아무튼 체스터가 법규를 준수하며 주 순환도로를 돌고 있었기 때문에 나는 내 자리에서 그 눈꼬리 올라간 아가씨의 일거수일투족을 볼 수 있었어.

첫 세 바퀴는 지극히 준법적이라서 그녀의 손이 체스터의 가랑이까지 나아간 거리도 잴 수 있을 정도였지만 네 바퀴째에는 그의 눈

---

* 어른이 하는 짓을 할 거라는 뜻.

이 휘둥그레지게 그녀가 마력을 발휘하고 있던걸. 나는 체스터가 그 만한 행동을 그렇게 빨리 이끌어내고자 어떤 번드르르한 협상을 했 단 걸 알아차렸는데, 그가 학교가 있는 서쪽 방면으로 차를 다시 돌 렸으니까 그 정도에서 끝나겠다 싶었지. 그는 자기가 사물함에 도달 하기 전까지는 수업 종이 울리지 않을 걸 안다는 듯이 이제나저제나 여유를 부리며 유람을 하고 있더군. 그러다 돌아가는 길에 나는 눈 꼬리 올라간 아가씨가 그에게 내려가더니 고개를 맹렬히 까닥거리 는 걸, 짧은 전력 질주 중에 체스터가 웃음을 띠고 거위 소리를 토하 는 걸 보았어. 그가 마을 경계에 멈추어 아가씨를 내려주고 나서야 나는 체스터가 수업에 돌아갈 생각이 없구나 싶었지만 어쨌든 그도 내일이면 돌아오겠지 굳게 믿고 가던 길을 갔어.

그날 오후 지도교사는 나를 불러서 남은 인생을 어쩔 생각이냐고 물었어. 체스터의 눈꼬리 아가씨가 실수로 자백을 했나 본데, 그들 은 구원할 만한 무엇이 나한테 있다고 생각 중이던걸. 나는 지도교 사한테 시카고의 라디오방송국에서 일하고 싶다고 말했지 ― 단지 농담으로.

"음, 그리고 싶으면 대학에 가야 될 거야, 너도 알다시피."

덱스 카드의 목소리가 선생이나 의사 같진 않아서 나한텐 생소한 얘기였고, 그래서 나는 싫다고 말했어.

체스터가 일터에 나타나지 않은 그날 저녁, 나는 팝 설리번에게 내가 대학을 마칠 때까지 후원을 해달라고 부탁했어. 저널리즘 학위 를 받을 때까지 주유소에서 지내겠다, 그 뒤엔 다른 걸로 보답하겠 다 약속했지.

팝 설리번이 할 말은 "다른 거라면 난 이미 다 있어"뿐이었어. 그는 체스터가 제게 할당된 차들을 수리하러 오나 안 오나 자꾸만 창밖을 내다보았지. 체스터는 끝내 오지 않았고, 그래서 나는 다음 날 아침까지 남아 우리 둘의 할당분을 어떻게 수리하는지 책으로 익혔는데 어쩌면 체스터도 내내 이 방법이었겠구나 싶던걸.

일주일 뒤 팝은 다른 아이를 주유원으로 고용하고 나를 최저임금으로 올려주었는데 그게 얼마냐면 아치의 한창때임을 고려해 대략 50달러. 클리블랜드에서 이런 전보를 받은 건 그때였어 ── "미안해 동업자, 기어를 4단에 넣고 보니 멈출 수가 없더라고. 언젠가 갚을게, C." 나는 체스터가 "동업자"라는 말을 하는 데 뭐 하러 굳이 4센트를 낭비하는지 의아했어.

나는 라디오를 멀리해 성적이 조금 올랐지만 배울 만한 걸 배웠다는 생각은 들지 않았어. 지도교사는 복도에서 나를 마주칠 때마다 그 똥 씹은 웃음을 유지했지. 그러다 하나둘 이상한 일이 생기더라고 ── 이를테면 우리 아버지가 밤에 술도 안 마시고 내 침대에 들르는 거랑 일요일에 두 번이나 교회에 가는 거랑 아침 식사 때 나한테 잔소리도 안 하고 오렌지 주스를 마시는 거. 게다가 미식축구 팀 부모들은 걔들하고 걔들 여자 친구를 위해 마련한 파티에 나를 초대하기도 했어, 가본 적은 없지만. 그러다 한 선생님이 말하길 내가 크리스마스 전까지 세계사 수업에서 B를 받으면 우등생 모임의 유력 후보가 될 거라길래 나는 선생님 면전에다 전혀 불확실하지 않은 말로 우등생 모임이라봐야 저희끼리 뭘 하겠느냐고 말했지, 그랬더니 선생님이 나더러 건방진 놈이라고 하던걸. 나는 수긍했어. 어쨌든 B는 받았고. 나는 보안관보의 막내딸하고 다시 데이트를 했는데 보안관보는 내가 쿼터백이라도 되는 양 대하는 거 있지.

그러다 진짜 똥이 떨어졌어. 크리스마스를 앞두고 눈이 억수로 내리던 때라서 나는 수업을 빼먹고 주유기 주변 이동로를 치우며 팝을 거들었는데 그가 교장하고 통화를 하면서 무슨 일인지 알려달라는 거야. 내가 보도에 소금을 뿌리고 있으니까 팝은 나더러 들어오라고 소리치더니 파이프 담배를 채우고 책상 앞에 앉았지.

"도둑질을 하면 어떻게 된다고 했더라?" 그가 말했지만 나는 사장님 물건은 내 수중에 없다고 똑똑히 말했어. "네가 그랬다는 게 아니라, 다만 네가 기억하는지 알고 싶어서 그래." 나는 한번 도둑은 영원한 도둑이라는 그의 말을 지겹게 들었다고 했어. "정말 그렇다고 생각하니?" 나는 혹시 전에 뭐 훔쳐본 적 있느냐고 물었지. "한 번, 하지만 도로 가져다 놓았어." 나는 그에게 한번 도둑은 영원한 도둑이라고 말했지만 그는 웃음을 터뜨리고 말던걸. "너는 대학 다니려면 후원자가 필요해. 나는 이 마을에서 다른 천주교 신자가 필요하고." 나는 우리 아버지가 난데없이 빚을 보셨네요 하는 말로 팝을 안심시켰지만 그와 함께 그의 길을 걷는다든가 발자취를 따른다든가 할 생각은 전혀 없었어, 더구나 그는 감리교 신자였으니까. "잘 생각해봐." 나는 잘 생각해보겠다고 하고 차에 윤활유를 치러 나갔어. 내가 생각해볼 수 있었던 건 딱 하나인데, 텍스 카드가 천주교 신자 이름처럼 들리진 않는다는 거였지.

그날 밤 눈길에 집까지 걸어가는데 그건 시카고 눈 같지가 않던걸 ─ 라디오가 내 방에 옮겨지기 전이던 아이 시절의 눈 같았어, 썰매를 타고 집에 들어가면 엄마가 아직 살아 있어서 추위를 달래라고 내게 커피를 부어주던 시절 말이야. 그랬더니 엄마가 좀 보고 싶었어.

나는 더도 덜도 말고 모든 게 다시 정상으로 돌아가도록 아버지가 손에 맥주를 들고 있길 바라며 집에 들어갔는데 웬걸, 아버지는 신문을 보면서 부엌에 앉아 있었고 정신이 나갔다 싶을 만큼 맨정신이었어.

나는 대강 저녁을 차렸고, 그러고 나서 둘이 밥을 먹는데 아버지가 혹시 팝이 대학에 관해 아무 말 않더냐고 묻더군. 나는 고등어 도미*로 개종하면 후원을 한다더라고 말했지. "나쁘지 않은 거래구나. 수락하기로 했니?" 나는 생각 중이라는 말로 아버지를 안심시켰어. 그랬더니 아버지가 "편지 왔더라" 하면서 아이오와주 디모인 소인이 찍힌 우편 봉투를 하나 건네주었지. 안에는 75달러랑 이렇게 적힌 종잇조각이 들어 있었어. "감가상각은 덜 했어, Adios(안녕), C." 나는 돈을 지갑에 넣고 쪽지는 구겨버렸어. "그 돈다발이면 옷 몇 벌 사도 되겠다," 아버지는 말했어. 나는 대학에 매일 등교하려면 차가 더 필요할 거라고 아버지한테 단언했는데 아버지는 그냥 웃으면서 식탁 너머로 꿀밤을 때리더라. 그는 내가 펑크족이나 될 놈이라고 말했어. 심지어 학교 구내식당 여자들도 나한테 너는 편지를 많이 받을 수밖에 없는 남자야, 라고 적은 엽서를 주었지 — 안에 우체부 그림이 그려진 엽서였어. 그 농담을 이해하는 데 시간이 좀 걸렸네.

그즈음 기름값이 올랐어. 나는 바닥이 온데간데없는 1958년형 폭스바겐을 사서 비가 내릴 때까지 그대로 몰다가 차 한 대를 통째로 살 수 있는 것보다 비싼 값을 치르고 바닥을 샀지. 몇 달째 생리가

---

*　　mackerel-snapper. 천주교인을 일컫는 온건한 속어로 과거에 천주교인들이 금요일마다 육류를 삼가고 생선을 먹던 관습에서 온 말.

없던 보안관보의 딸은 나라고 결론을 내렸는데, 아마 나였을 거야, 그래서 나랑 같이 교리문답이며 헌팅턴 소재 전문대학에서 수업을 들었고 둘이서 팝의 주유소 위층에 있는 방 세 칸짜리 집에서 살았어. 보안관보 그 세심한 사람의 딸이 아이를 잃자 보안관보는 모든 걸 무효로 돌렸고 팝은 나를 아버지한테 돌려보냈지. 아버지는 다시 술을 마시기 시작했어. 나는 학교는 그만뒀지만 돈을 갚으려고 팝의 정비소에서 지냈는데, 시간이 쏜살같이 지나갔음을 깨달은 건 그때였지. 나는 낡은 라디오를 그사이 몇 년간 한 번도 켜본 적이 없었고 그대로 있기도 뭐했어. 나는 팝의 주유소에서 일하는 것도 그리 나쁘진 않다, 우리 아버지는 조만간 격리되어야 할 처지다, 그러려면 돈이 필요하다 판단했지.

나는 폭스바겐을 타고 집에 가면서 "시카고, 시카고, 깨어나는 도시……" 하고 노래를 불렀는데 그제야 내가 나머지 가사를 잊었다는 걸 알겠더라.

그때 마침 내 눈에 유료도로를 달려오는 그게 보였어, 언뜻 파란 금속성 광택이 나는 거, 노란 안개등을 켜고 황혼 속을 부연 모습으로 지나오는 거, 운전사는 체스터의 얼굴을 하고 있고 말이야. 나는 딱정벌레를 다시 마을 쪽으로 돌려 기어를 바짝 넣고 속력을 냈지만 그가 너무 멀어져서 따라잡지는 못했어. 마을을 한 시간쯤 헤매고 나서야 그가 유료도로를 쌩하고 달리는 게 다시 보였는데 이번에는 차에 금발 머리가 타고 있더라고. 걔들이 카페에서 요기를 하려고 프런트 스트리트에 차를 세우길래 나는 그 신형 카마로 옆으로 차를 가져다 댔지. 나는 그의 여자 친구가 TV 치약 광고에서 이 닦는 걸 본 적이 있었어.

체스터한테 잘 지내냐고 물었더니 그는 나를 애써 모르는 척하던 걸. "누구세요?" 나는 전부 크라운을 씌운 그의 이를 보고도 내가 누구인지 말해주었어. "아, 너구나," 그는 말했지. 내가 그 험상궂은 차는 어디서 났느냐고 물으니까 그의 여자 친구는 나를 우습다는 듯이 쳐다보더니 혼자 웃음을 띠었어. "임대한 거야." 그의 여자 친구는 폭소를 터뜨렸지만 나는 그게 무슨 농담인지 모르겠더라고. 나는 가는 길에 팝한테 들러서 인사나 하라고 체스터한테 말했지. "그래, 그래야지, 응, 그럴게." 나는 나랑 우리 아버지하고 같이 식사하러 가자고 그들을 초대했지만 체스터는 빈정대듯 굴었어. "기회 되면 하자. 만나서 반가웠어." 그는 차 문을 쾅 닫더니 제 여자 친구를 뒤세우고 카페로 들어갔지.

나는 폭스바겐에 그대로 앉아 내 청바지에 묻은 윤활유를 말똥말똥 쳐다보면서 저기에 따라 들어가 체스터의 똥 처먹은 듯한 얼굴에다 기회 되면 몇 번이고 하자는 말을 날릴까 말까 고민했어. 그게 내 평생 제일 하고 싶었던 일이니까 나한테 왜 안 그랬느냐고 묻지 마, 그리고 꿈은 두 번 다시 내 귓가에 콧노래를 불러주지 않았으니까 꿈은 어찌 됐느냐고도 묻지 말고.

체스터는 마을을 떠날 때 균을 남기고 갔어. 식물이 자라도록 돕는다 싶은 균이 아니라 병균, 바이러스, 감염원을. 보안관보가 알아보고 그동안 어떻게 지냈느냐고 물었더니 체스터가 카페에다 균을 뿌렸다고. 체스터는 보안관보한테 자기가 브로드웨이에 있다고 말하고는 자기가 참여하는 공연의 공짜 티켓을 나누어주었는데, 그랬더니 수렁 속의 사람들이 너도나도 뉴욕에 올라갔던 거지. 그들은 하나같이 공연곡을 흥얼거리면서 돌아왔어. 그렇게 균은 록캠프 전역에 퍼졌고 고등학교 무대에 오르는 아이라면 누구나 자기도 체스터가 될 수 있다고 생각하게 됐지. 처음에는 그중 몇 명이 자살을 하더니 그다음엔 돌아오는 사람마다 진짜 지옥이 기다리고 있었는데, 팝이 그들한테 말하길 주유소엔 호모를 위한 일자리가 없다는 거지.

하지만 한 가지 확실히 다행스러운 건 뭐냐 하면, 체스터가 제 똥은 악취가 안 난다고 생각했거나 아니면 적어도 사람들한테 그렇다는 말을 들은 탓에 뉴욕에서 단물만 씹히고 뱉어졌다는 거야. 뉴욕에서 무슨 일이 있었는지는 나도 모르지만 체스터가 여기서 저지른 일을 보면 대략 짐작이 가. 그는 밖에 나가 다른 이들의 마법은 모두 말살하고 제 것만 유일하게 남겨두었는데, 그 유일한 것이 한창때의 아치를 지지하는 사람들 혹은 노란 장미의 젖줄이 절대 마르지 않으리라 생각하는 사람들한테 먹혀들었을 뿐 아니라 이곳에 돌아온 체스터 자신한테도 먹혀들어서 스스로도 그것만 쳐다보기 시작했다이거야.

어느 느린 날 주유소에 서 있을 때면 나는 체스터한테 일어났을지 모를 일들을 가끔 떠올려, 그가 연기할 작은 공연을 짜면서, 그가 어디에 있든 말이지. 그럴 때 나는 내가 어디고 언제인지 자주 깜빡하곤 하는데, 그러면 팝은 벨 소리를 못 들은 나한테 차에 기름 넣으라고 번번이 고함을 치지. 그런 일이 있으면 나는 꼭 왼손으로 성호를 긋고 〈시카고〉의 후렴을 휘파람으로 불면서 밖에 나가.

기름 넣어드릴까요? 알겠습니다요.

가뭄에
In the Dry

그는 다가오는 다리를 보고, 거기에 밴 상처를 보고 제 이름을 말한다, 크게. "오티." 그것이 그가 불리던 이름, 그는 다시 말한다. "오티." 그는 다릿기둥 옆을 지나면서 위를, 그런 다음 사이드미러 속의 제 후줄근하고 지저분한 얼굴을 힐끔 쳐다본다. 아득히 먼 시간 속에서 버스의 목소리가 들려온다, **내가 특별한 거 보여줄게.** 그는 길고 피로한 숨을 쉬는데 그것은 버스의 셰비가 다리를 들이받아 구르고 오티가 거기서 기어 나온 이후의 몇 년의 세월을 뱉어내는 듯하다. 하지만 그것은 누가 말해준 것이다 — 그가 기억하는 것은 자기가 누워 있던 아스팔트의 지독한 열기뿐이다. 그래도 가끔 오티는 안다. 이따금 그의 신경들은 주먹이 눈에 들어올 때까지, 비틀고 움켜쥐는 주먹이 눈에 들어올 때까지 서로 요란스럽게 충돌한다. 그러면 뜨거운 액체가 목덜미를 타고 흘러 그는 몸을 들썩거린다. 그 뒤에는 긴 휴지기가 온다 — 밤이건 낮이건 그냥 하나의 시간, 하나의 휴지기가 될 때까지 밤과 낮은 서로 포개어진다. 그리고 나면 세미 트럭*에 올라 정신없이 보낸 몇 년 말고는 더 기억나는 게 없다 —
불순물이 걸러졌을 그날을 기다리며 피스톤의 굉음, 요동치는 도로
와 함께한 몇 년. 바로 그날을 기대하고 그는 돌아오는 것이다.

이 산간 지방의 골짜기는 그의 장소가 아니다. 이곳은 실라에게,
그녀의 부모님에게, 그녀의 친척 버스터에게 속한 곳이다. 오티는
처음에 이 골짜기 밖에서, 프런티타운의 생활보호소에서 왔다. 그러
다 걸록 가족이 그를 입양아로 키워주었고, 복지라는 환금작물이 다
소비되자 그를 내쫓았다. 그는 가뭄이 든 그들의 골짜기를 보지만
납득이 가지 않는다 — 비 좀 내려달라고 이 산 저 산에서 기도라도
드리든가. 유료도로를 덜컹덜컹 나아가면서 그는 메마른 들판, 3피
트까지 자라고 수염을 뻗은 옥수수**, 잎이 누르스름한 것으로 보아
상황이 더욱 안 좋은 고지대들을 본다. 8월은 산이 죽어가는 나무들
로 녹슬기엔, 둑비탈이 박주가리와 엉겅퀴 사이로 듬성듬성 옅은 진
흙을 드러내기엔 이른 듯하다. 모든 게 불이 나기 딱 좋다.

농가 근처의 널찍한 둑길에 든 그는 세미 트럭을 길가에 걸쳐 세
우고, 그러자 엔진의 텅텅거림이 멈출 때까지 점화장치 알림음이 울
려 퍼진다. 그는 짐 가방을 집어 든 뒤 사다리를 붙들고 몸을 빙글
돌려 밑으로 내려간다. 새하얀 태양이 뜬 하늘 밑에서 열기가 그의
티셔츠를 후끈 파고든다. 납작 눌린 초록뱀은 아스팔트에 대비되는
연한 파랑으로 색을 바꾼다.

앞마당의 그늘은 차들로 붐비고 뒤쪽에서는 고함에 깔깔거림이
그의 귀에 살랑살랑 흘러든다. 친목회, 걸록 집안의 흥이야 익히 알
지만 어떤 낯선 것이 그를 멈춰 세운다. 무언가 전과 다르다. 마당
옆 밭에서 자라는 죄악의 작물 — 머리 높이까지 자란, 잎 떼어낼

준비가 된 반 에이커 면적의 담배. 그렇게 조지 걸록의 신조는 바뀌어 최고액을 받을 환하고 누런 잎들에 생각이 쏠려 있다. 오티는 씩 웃더니 폴 몰 담배를 한 대 꺼내 훈훈한 연기로 스스로를 진정시킨 다음 축 처진 벌리*** 한 꿰미를 이와 이 사이로 질겅거린다. 착착착 말발굽 소리가 저 뒤에서 들려온다. 그는 8000달러짜리 큰 차들**** 을 이리저리 둘러본 뒤 이끼 낀 사암 계단을 올라 문 앞에 선다.

지방유로 튀긴 닭과 세월의 냄새가 안에서 풍기고, 그러자 그는 순 파이와 커피뿐이던 화물차 휴게소에서의 식사가 생각나 웃음을 짓는다. 부엌에서는 실라와 그녀의 어머니가 가스레인지 앞에서 수선을 피우다가 갑자기 동작을 멈춘다. 그들은 그를 쳐다보고 그는 가만히 서 있는다.

노파가 말한다. "어이쿠, 이게 누구야." 그녀는 퀭하고 맹한 기색으로 비틀비틀 그에게 걸어간다. "세상에 어디 있다가 온 거야, 세상에?"

그는 그녀가 내미는 허약한 손을 받아 들고 그녀의 어깨 너머로 실라를 보며 말한다. "밀워키요. 당밀 공장에 탱크 트레일러 가지러 가야 돼요. 지나가다 들른 거예요 — 친목회에 끼어들 생각은 없었는데."

"아이, 있어야지," 실라가 말한다. 그녀는 그에게 다가가 볼에 입을 맞춘다. "네 편지 잘 받았고 다 보관해놨어."

---

*　　트레일러트럭. 트레일러를 뺀 트럭 본차를 말함.
**　　옥수수가 일찍 성장을 멈추었다는 뜻.
***　　burley. 담배의 한 품종.
****　　고급차. 1970년대 미국 일반 중소형 차의 평균가는 4000달러 내외였다.

그는 그녀를 지긋이 쳐다본다. 그녀는 빼빼 말랐고, 그녀의 얼굴은 볼에 낀 갈색 검버섯이 여전한 데다 햇볕에 타 피부가 일어나고 있고, 그녀의 가슴 밑과 배는 땀줄기들이 블라우스를 얼룩얼룩 적시고 있다. 그는 웃음을 터뜨린다. "편지에 답장 좀 하지 그랬어."

노파가 둘 사이로 끼어든다. "오토, 버스터는 몰골이 말이 아니야. 배변 주머니를 두 개나 달고 휠체어에서 지내."

실라가 가스레인지로 간다. "오티는 그런 거 몰라도 돼요, 엄마. 방금 왔잖아요. 좀 쉬게 놔둬요."

오티는 다릿기둥을, 상해버린 제 얼굴을 떠올린다. "그거 그 스텐 접시네요. 저분들 머릿속엔 그 접시 어떻게 처분할 생각이 없나 봐요."

어머니 걸록의 눈가가 붉어진다. "저러게들 놔둬. 네 옛날 방 쓰렴 ─ 어서 올라가봐 ─ 내려와서 같이 밥 먹자."

실라는 그를 올려다보며 한쪽 입꼬리가 치솟는 웃음을 짓는다.

위층, 그는 세수를 하고 면도를 한다. 머리를 빗질하는 그의 눈에 매우 줄어버린 숱, 이가 여러 개 빠져 동굴 같은 아래턱이 들어온다. 그는 턱선을 따라 뻣뻣하게 굳은 자주색 자국을 가만히 쳐다본다 ─ 사고 때 생긴 흉터다 ─ 그는 걸록 가족이 이걸 보고 무슨 생각을 할지 알지만 그게 뭐 대수냐고 의아해한다. 행운은 그의 것이 아니다. 입양된 아이들을 위한, 비조합원 트럭 운전수를 위한 행운은 없다.

그는 문을 반쯤 열어둔 채 침대 가장자리에 걸터앉아 부엌에서 계단을 올라 방으로 기어드는 **고약한 사고** 얘기를 듣는다. 아버지 걸록의 목소리임을 아는 오티는 그 영감이 버스를 목 터지게 부르짖던 일, 뒤틀린 금속을 가르는 톱 소리에 그의 쇳소리 같은 외침이 묻혀 버리던 일을 돌이킨다.

그가 모든 걸 되살릴 첫 단서를 찾으려고 애쓰자 부서진 삶의 파편들이 밤낮의 구분 없이, 짜깁지도 못하게 우수수 그의 머릿속에 쏟아진다. 그는 창문을 열고 제 낮은 탁자로 돌아간다. 그것들은 아직도 그대로 있다. 말린 곤충, 투 마일(Two-Mile) 하천 모래톱에서 건진 실라의 홍합, 화살촉, 천사 석고상. 그가 보관해둔 모든 것.

그는 천사를 집어 들고 그것의 차분한 슬픔을 마음에 들어 한다. 언젠가 그가 병원에서 정신이 돌아왔을 때 천사는 꽃들 사이에서 병실을 몰래 들여다보고 있었고 노파는 붕대 붙인 곳을 긁는 그의 침상 옆에서 기도를 하고 있었다. 아이들의 왁자지껄한 소리가 그의 귀에 들어온다. 아이였을 때 그는 비글 강아지가 있었고 속이 빈 나무줄기 안을 들여다본 적이 있었다. 나무줄기 안의 부드러운 흙에는 쥐 한 마리의 사지 온전한 해골이 놓여 있었는데 그것을 쥐자 그의 손은 짓이겨진 뼈와 젖은 나무를 게워냈다. 천사상을 탁자에 놓고 마당을 내다보니 그런 나무는 보이지 않는다. **특별한 거 보여줄게.**

뜨거운 마당, 걸록 가족은 식탁을 펼치고 저들의 웃음소리는 그를 아프게 한다. 저들은 여러 도시에 널리 퍼져 사는 평지 사람들이라 겹으로 뜬 옷을 입었다. 일가친척, 과거가 없는 사람들. 그는 저들이 사는 도시에 가본 적이 있고 저들의 고급 주택을 구경하며 조용한 거리 구석구석 세미 트럭을 몰아본 적이 있다. 하지만 그는 매번 전화번호부에서 찻길까지만 걸음을 옮길 뿐 현관 앞에 서본 적은 없다. 겉이 화려하면 속도 화려할 테고, 그러므로 그로서는 굳이 볼 필요가 없다. 그는 저들이 왜 돌아왔는지 안다 —— 약간의 화려함을 더하려고.

태양이 바닥에 긴 막대들을 만든다. 그 사이를 걸으면서 그는 이 골짜기에서 아주 멀리 떨어진 프런티타운의 자기 방 철창을 떠올리고는 집을 기다리던 그 소년들은 전부 어떻게 되었을지 궁금해한다. 그는 옷걸이에 슨 녹과 세월로 어깨 부위가 황갈색이 된 낡은 흰 셔츠를 벽장에서 꺼낸다. 그는 그것을 걸친 다음 가슴께를 잡아당겨 단추를 채운다. 그 시절 그는 이 셔츠를 입고 교회에 갔고 홀로 앉아서 버스와 실라의 근사한 차림새를 보았다. 이제 그는 자기가 더 나아졌다는 걸, 더 강해졌다는 걸 알고, 그러자 셔츠를 입기가 기껍다.

벽장 선반에는 걸룩 집안의 먼 혈연 사진을 보관해둔 상자가 있는데 그 사람들은 그때도 지금도 이름이 알려져 있지 않다. 오래전, 습기가 마르지 않는 겨울이라 집에 갇혀 있던 그는 사진을 늘어놓고 그 사람들을 소생시켜 자신의 혈족과 역사로 삼은 적이 있다. 그는 자기가 각 얼굴, 각 인물을 부분부분 닮았다 느꼈고 상상이 허락하는 한 그들의 모든 시절에 가닿았다. 이제 그들은 그저 사진에 지나지 않고, 그래서 그는 상자를 들고 현관으로 내려간다.

뒤쪽 현관이 잔바람을 붙들자 그는 셔츠의 단추들 사이로 바람이 불어들게 내버려둔 채 그네에 앉아 단단히 다져진 길 건너에서 사탕단풍 첫 낙엽이 재잘거리는 소리에 귀를 기울인다. 어떤 건 보드지 액자, 어떤 건 주석 액자, 그의 손이 오래된 사진들을 뒤적거린다. 사진 속에는 갈색에 잿빛 얼굴을 한 걸룩 집안 남자들이 있다. 그가 알았다고 할 수 있는 남자들, 노인들, 죽은 이들. 여자들은 긴 치마를 입었다. 너무 빨리 늙어버린, 예뻐지다 만 여자들. 그는 그들의 세상이 어떤 색깔인지 궁금하다. 밀가루 포대 같은 날염 드레스, 어두운 울 양복. 날이 갈수록 더 퍼레지는 하늘, 더 까매지는 밤. 이제 낮과 밤은 모두 뿌예지고 트랙터 윤활유가 묻어 갈변한 오래된 옷들은 헛간의 걸레로 쓰인다. 그는 상자를 바닥에 내려놓고 걸록 가족을 쳐다본다.

가족은 저희가 농장을 몇 세대에 걸쳐 얼마나 정갈하게 일궈놓았는지 보러 밭으로 간다. 오티는 그러기에 딱 알맞은 괜찮은 길을 안다. 언덕의 목초지, 울타리가 쳐진, 묘지가 있는 과수원, 환금작물이 자라는 저지대. 그는 혹독한 계절이면 헛간 외벽의 널빤지가 뒤틀리고 손수 바짝 당겼던 울타리가 처지고 말뚝이 잡초로 뒤덮이던 모습이 눈에 선하다.

말벌이 현관의 처마 밑에서 무리를 짓는다. 느지막한 태양에 달뜬 녀석들은 주변을 빙빙 맴돌고 급강하하고 다시 솟았다가 벌집 주변의 공기를 식히려고 죽어라 날갯짓을 한다. 그는 산 저쪽에서, 개간된 땅이 끝나는 경계선 저쪽에서 나무들이 우엉, 엉겅퀴, 사사프라스와 함께 다시 자리를 탈환하러 슬금슬금 기어오는 모습을 본다. 잊혔던 하루가 그에게 떠오른다.

어느 봄날 그는 실라와 둘이서 초록빛 도는 황금색 농어를 잡은 뒤 녀석이 파닥파닥 빛을 흩뿌리는 모습을 관찰하면서 하루를 보냈다.

실라는 말했다. "나는 배 부분이 제일 예쁜 거 같아."

오티는 그녀를 잡아채며 웃음을 터뜨렸다. "그렇게 색깔이 많은데 흰색을 고른 거야?"

실라가 키득거리자 둘은 서로를 안고서 가쁜 숨을 몰아쉬었고, 그러다 껍질이 얼룩덜룩한 플라타너스 나무에 기댔다. 그 순간 물고기는 갈고리에서 떨어져 나가 폐수로 쏙 들어갔다. 그들은 나무뿌리에 앉아 쉬면서 저희 숨소리에 귀를 기울였다. 오티는 그녀의 가슴 밑에 그물을 친 제 손가락으로 그녀의 피가 뛰는 걸 느꼈다.

말벌 한 마리가 얼레를 감고 원을 그리다 비즈로 장식된 천장에 부딪치는 동안 오티는 밝은 노란색 줄무늬 위에 달린 갈색 날개의 쏜살같은 날갯짓을 지켜보고, 그러더니 짐 가방을 꾸려도 되겠다고, 자정에는 콜럼버스에 닿을 수 있겠다고 판단한다. 그는 또 한 대 담뱃불을 붙이면서 실라와 함께한 그날 때문에 저들이 돌아섰는지 궁금해한다.

노파의 목소리, 연약한 울음이 복도에서 현관에 이르는 굴을 지나 들려온다. "버스를 여기 부르면 체면만 상해요."

"그럴 일 없어," 영감이 고함을 지른다. "그 녀석도 우리 일원이야. 저기 저 흉악한 악마 놈한테 자격이 있다면 그 녀석한테도 자격이 있어."

그는 실라가 그들을 진정시키는 소리를 듣고 연기를 내뿜은 다음 제 흉터 주변에 삐죽삐죽 난 짧은 수염을 손가락으로 문지른다.

아버지 걸록이 밖으로 나오고 실라와 그녀의 누렁이가 그 뒤를 따른다. 오티는 일어서서 악수를 나누고 또다시 그 영감의 딱딱한 얼굴을 마주한다. 그는 고된 세월에 혹사된 눈을 보는데 거기에는 몇 세대에 걸쳐 힘겹게 터를 일구느라 오래전에 자리 잡은 주름과 잔주름 들이 있다.

아버지 걸록이 말한다. "오토구나."

"반가워요 아저씨." 그는 무겁고 바보 같은 기분이 들어서 허리를 수그려 실라의 개를 쓰다듬는다.

"그거 아양만 떠는 개다," 아버지 걸록이 말한다. "쓸모없는 잡종이야."

오티는 실라가 웃는 소리를 듣지만 기억에 있는 것보다 더 깊은 소리다. 예전에 그녀의 웃음소리는 높았고, 그래서 노파는 현관 주변에서 그들을 걱정하며 말했다. "그러지 마, 애야. 생명이 있는 애들은 다 보고 느껴." 하지만 실라는 추락하는 말벌과 불똥이 손에 안 닿게 조심하면서 원뿔로 만 종이 횃불을 또 다른 벌집에 갖다 댔다. 그녀는 난간 위에서 균형을 잡다가 버팀기둥을 끌어안았고 그는 곡선으로 불거지기 시작한 가슴 때문에 주름이 진 그녀의 셔츠를 쳐다보았다. 그러다 그는 버스를 쳐다보았고 버스도 같은 걸 보고 있음을 알았다. 그는 실라의 개를 그만 쓰다듬고 허리를 편다.

영감이 그의 어깨에 손을 얹는다. "오토, 언제든지 여기 있어도 좋다만 버스터가 오면 개 좀 편히 있게 도와다오."

"예," 버스의 얼굴이 또다시 오티의 머릿속에 떠오른다. 두려움 너머로 사라진 분노 ― 그 생각에 그는 무언가 기억이 나려다 만다. "걔가 여기 있는 줄 생각도 못 했어요."

"얼마 안 됐다. 무슨 일이 있었는지 전혀 기억 안 나니?"

"예. 저와 실라가 낚시한 거랑 버스가 저한테 와서 같이 차 타고 소음을 즐기자고 한 거만 기억나요."

"몇 년이 지났는데 전혀 기억이 안 난다고?"

실라가 한 팔로 영감을 안는다. "아빠, 시간이 지날수록 묻히는 법이잖아요. 오티는 영영 모를 거예요."

아버지 걸록은 갈팡질팡하며 코웃음을 친다. "내가 볼 땐 네 가……."

노파가 마른행주를 들고 나오고 오티는 그녀가 가쁜 흐느낌을 억누르는 모습을 본다. "오토, 버스가 이리 와도 낯 뜨겁게 생각하지 마라. 걔가 사악한 기운이 들었어. 순 저주받은 악마의 소행이야."

영감은 그녀에게 눈을 부라리더니 실라와 오티를 쳐다보고, 그러다 얼굴에 피가 솟아 퍼런 잿빛이 된다. "실라, 저기 데려가서 새로 들인 개나 보여주렴 ── 절대로 실라한테 아양 부리게 하지 마라, 이젠 안 돼, 사냥개한테 그런 짓을 시켜서는."

실라와 오티는 계단을 내려가 헛간까지 흙길을 밟는다. 오티는 난폭한 태양에 눈을 찡그린다. 바싹 메마른 낮은 산비탈에서는 풀들이 아직 물이 감추어진 도랑들에 고불고불 손가락을 뻗는다. 뒤를 돌아보니 영감은 안에 들어가는 중이고 노파는 손으로 눈을 가리고 서 있다.

"이게 무슨 터무니없는 장난인지," 실라가 말한다. "다들 버스를 데려올 생각도 없었거든. 그랬는데 아빠가 너 왔다는 얘길 듣더니 ── 일어나서 전부 불러놓고 말하는 거야. '무슨 일이 있어도 버스를 데려다 놔' 하고."

"상관없어. 그냥 좀 피곤할 뿐이지, 말하자면."

그녀가 그의 손을 잡는다. "왜 진작 들를 생각을 안 했어?"

"이쪽으로 올 일이 없었거든. 바로 또 가봐야 돼. 난 네가 뭣 때문에 남아 있는지 모르겠다."

"여기 말곤 갈 데가 없으니까 그렇지. 너 변했어, 오티. 한땐 저주받은 백조처럼 거칠더니 이젠 조용하네. 버스가 시무룩할 때 그러던 것처럼 조용해."

그는 눈을 더 꾹 찡그린다. "넌 별일 없어?"

"여기선 별일이 안 생겨. 일이야 그렇게 돌아다니는 너한테나 많이 생기지. 성가셨던 적은 없어?"

그는 낮고 짧은 소리로 웃는다. "이곳 식구들은 나 사는 게 딱한가 봐, 그렇지? 차라리 내 형편이 더 나은데 — 여기선 누구 하나 나아질 게 없잖아."

"누구 하나 더 나빠질 것도 없지, 네가 바라는 게 그거라면."

그녀가 그에게서 눈길을 돌리자 긴 세월로 바랜 그녀의 부스스한 곱슬머리가 그녀의 얼굴을 가린다. 열여섯 살 때 그녀는 볼품이 없었고, 그래서 그는 늘 그녀의 외모가 전보다 나아졌다는 환상을 품었다. 이제 그의 눈에 그녀는 작은 마을에 사는 노처녀라 그는 그녀의 원통함을 안다.

"어디로 가든 이번이 내 마지막 운반이야," 그가 말하고는 그녀가 쳐다볼 때까지 기다린다. "정규직 사람들이랑 하는 정규직 일을 구해야지. 블랙리스트에 올라서 노조 화물은 나를 수 없지만 그래도 시카고에 트럭을 개조해주는 데가 있으니까……."

"안 붙어 있을 거구나, 오티. 너는 한곳에 정착하는 게 뭔지 몰라, 네가 붙어 있을 곳이 없다는 것도."

그는 얼마간 소망했던 적이 있고 그 소망을 사진처럼 떠오르는 일념으로, 즉 실라에게 생활비를 부쳐주고 정규 근무시간에 일한다는 일념으로 간직했던 적이 있다. 그 소망이 갈수록 흐려진다는 걸 너무 일찍 안 그는 이제 그것을 치워두었다.

그는 우리를 들여다본다. 아버지 걸록의 개는 뻣뻣한 독일 하운

드라서 쓰다듬어봐야 소용이 없단 걸 오티는 안다. 개는 그들을 멍하니 응시하며 제집의 칙칙한 그늘 속에서 꼬리를 친다. 청록색 파리들이 녀석의 주변을 윙윙거리지만 녀석은 비글이 그랬던 것과 달리 덥석 물지 않는다. **특별한 거, 특별한 거 보여줄게.**

어린아이였을 때 그와 버스는 울타리를 따라 온종일 관목을 베었다. 굴뚝칼새들이 하늘을 뒤덮는 해 질 녘이 되면 그들은 여기저기 흩어져 있는 흰꼬리사슴 뼈에 정신을 팔았다 —— 가죽 달린 고기가 아직 군데군데 붙어 있는 누레진 갈비뼈. 머리뼈에는 새하얗게 표백된 뿔이 달려 있었다.

오티가 머리뼈를 보려고 수그리면 버스는 일어나 그걸 가로챘다. "봐봐, 인디언이 죽인 게 틀림없어."

오티는 버스가 손힘을 뺄 때까지 뿔을 잡아당겼고, 그런 뒤에는 푸르고 울창한 숲에다 머리뼈를 던져버렸다. "제기랄, 저건 흔해빠진 거라고." 그는 다시 관목을 낫질하다가 그저 비글이 언제 토끼를 쫓나 싶어 허리를 펴고는 눈으로 쫓을 준비를 했다. 그는 버스가 뒤에 멀찍이 서서 얼기설기한 덤불을 노려보는 모습을 보았다. 숲은 벌써 캄캄했다.

버스는 울먹울먹하고 있었다. "나도 네 거 같은 수집품 만들려던 거야."

"비글이 토끼 한 마리 또 덮쳤다," 오티는 말했다. 다시 일로 돌아간 그는 그에게 질세라 채찍질하듯 낫을 휘두르는 버스의 일하는 소리를 들었다.

버스는 말했다. "난 비글이 싫어."

검정파리 한 마리가 눈가에서 윙윙거리자 오티는 녀석을 손으로 휘 쫓은 다음 실라의 개가 철망 친 우리를 킁킁대는 걸 지켜본다. 개가 넘어가려고 하자 실라는 목줄을 잡는다.

오티가 말한다. "남자랑 여자가 만났다 이거군."*

"얘는 아니야. 거세됐거든."

"그래, 그래도 얘네는 할 일이 뭔지 아직 아네." 그는 태양을 받아 갈색으로 타오르는 능선을 바라보며 쥐 뼈, 속이 빈 나무, 비글 강아지가 있던 어린 시절을 회상한다.

트라이앵글 소리가 뒷마당에서 울려와 오티는 실라와 함께 헛간을 에둘러 간다. 하지만 그가 올려다보니 휠체어를 탄 버스가 개오동나무 그늘에 들어가 있는 모습이 눈에 잡힌다. 실라는 다급하고 걱정스러운 눈길로 그를 힐끗거리고, 오티는 버스에게 천천히 걸어가 남몰래 보냈을 매일매일의 시간을 알아보려 하지만 보이는 건 오로지 버스의 현재뿐이다. 버스는 뼈마디가 혹처럼 솟은 두 손을 무릎에 두고 고개를 숙인 채 한쪽으로 휘우뚱 앉아 있다. 그는 창백하고 축 늘어졌으며 얼굴이 석고같이 차분하다. 악취를 맡은 오티는 그 냄새가 휠체어에 매달린 주머니에서 난다는 걸 안다.

"오티 왔어," 버스의 어머니가 말한다. 그녀는 휠체어를 굽어본다. "오티 알지."

버스는 그녀를 올려다보고 얼굴이 바짝 일그러진다. 그는 휠체어에서 좌우로 몸을 흔든다. "듬배." 나무 그늘 속에서 그의 살에 퍼런 혈관이 불거진다. 제 가랑이에서 나온 관에 노란 것이 흐르자 그는

---

* 실라의 개는 수컷, 우리 안의 사냥개는 암컷이다.

관을 들어 올려 연결된 주머니에 배수한다.

"아이고, 애, 너 담배 너무 피운다." 그녀는 오티를 쳐다본다. "얘 삼촌인 조지가 끊으라는데도 어디 즐거운 게 이거 말고 있어야 말이지."

오티는 어깨를 으쓱한다.

"오티 왔어."

오티는 쪼그려 앉아 손을 쑥 내민다. "나야, 버스."

버스는 그 손을 잡더니 제 어머니를 올려다보며 그르렁 성을 낸다. "듬배." 그는 이를 드러낸다.

오티가 그에게 폴 몰을 한 대 건네고 불을 붙여준다. 한 줄기 연기가 눈가를 휘돌자 그는 눈을 한 차례 느리게 껌뻑인다. 담배 부스러기가 잿빛 입술에 매달리자 그는 투 하고 힘없이 침을 뱉어 그걸 떨어낸다. 노파의 누더기 같은 손이 아들의 뺨을 훔친다. 오티는 풀밭에서 버스의 얼굴을 힐끗 보지만 그 모든 인고의 날은 거기에 없고 단지 소년의 차분한 웃음뿐이다. 오티가 제 흉터를 긁자 손에서 버스의 냄새가 난다 —— 아기 분 냄새와 욕창 연고 냄새.

"버스터, 오티야," 그녀가 다시 한 번 말한다.

"오토." 현관에서 영감이 성경을 가슴께 안고 손가락으로 나뭇잎들을 하나하나 가름하고 있다.

오티는 일어선다. "예?"

"저기 공구 창고에 가서 쟁기 좀 가져오너라."

창고로 가는 길, 어떤 낯선 기분이 그의 속을 천천히 헤집는다. 그는 이 길을 걸었던 기억이 난다 —— 수년 전의 밤이었다 —— 버스가 소리치고 있었다. "내가 특별한 거 보여줄게, 오티." 버스는 씩 웃더니 비글의 목덜미를 붙잡고 뒷다리로 서서 춤추게 했다. 그러고 나서 버스는 제 낫을 쿡 쑤셔 박았고, 그러자 비글은 기침을 하면서 비틀비틀 구석으로 갔다. 녀석은 먼저 안짱다리를 접더니 옆으로 픽 쓰러져 숨이 멎었고, 그런 뒤에는 옆구리가 차올라 부풀었다. 오티가 보기에 피는 없었고 단지 비글의 가슴 한쪽 옴폭한 곳에 입술 모양의 분홍빛 상처가 났을 뿐이었다. 그 뒤 그는 개를 안고 캄캄한 산쪽으로 갔다.

창고 안, 그는 마음을 가라앉히고 쟁기를 찾는다. 손잡이와 봇줄이 다 썩어버린 쟁기의 날 부위는 비현실적인 세월을 겪은 무엇 같고, 그의 손가락은 이제 곰보 같은 녹 자국에 불쾌감이 느껴지는 금속의 지나온 날을 더듬는다. 걸록 사람들은 저희 골짜기 바닥을 처음 파헤친 게 이 쟁기라고 늘 말하는데 오티는 그게 무슨 의미인지 혹은 그들이 일없이 지어낸 얘기는 아닌지 궁금하다.

톱밥이 눈에 들어가 그는 뒤로 물러나서 천장을 본다. 뒝벌 한 마리가 서까래에 구멍을 뚫고 있다. 들보는 아버지 걸록이 차축용 윤활유로 구멍들을 메워 그 언저리들이 얼룩덜룩하다. 그래도 벌은 구멍을 뚫는다. 오티는 실라의 웃음소리를, 불타는 말벌들을 보면서 행복해하던 높은 웃음소리를 곱씹는다. 그는 그녀의 손에 들린 벌집, 그녀의 얼굴에 핀 생기로운 웃음, 그녀의 손끝에서 터져나가던 봉방 안의 유충들을 기억한다.

그는 흩날 쟁기를 현관으로 날라 난간에 올려둔 다음 제 좋은 셔츠에 묻은 녹슨 줄무늬를 털고 갈색 먼지를 나사산에 문질러 없앤다. 그는 마당 가장자리로 가서 모습을 감춘다. 실라가 그의 곁에 가서 서자 그는 자신을 향한 그녀의 눈길을, 자신의 팔뚝을 누르는 그녀의 손가락을 느낀다.

현관, 영감이 성경 구절로 설교를 하지만 그의 목소리는 숨소리 반 소곤거림 반이다. 그의 창조주가 하시는 말씀은 다른 잊힌 시대의 색깔을 띤다. 거기 모인 가족이 귀를 기울이는 동안 오티는 그들을, 그들의 매우 근사한 옷들을 관찰하고 그들 중 영감만이 성경에 집착한다는 걸 알아본다. 그는 설교자의 목소리에서 꾸며진 권위를 듣고 외지인들에게서 가식을 본다. 늙은 바보 양반, 젊은 바보들은 당신 자릴 차지하려고 여기 있는 거야, 그는 생각한다.

아버지 걸록이 산에다 외친다. "나무가 푸르러도 이같이 하거늘 나무가 마르면 어떻게 되리오?"*

기도를 하느라, 확고하지 않은 소원을 비느라, 축원을 올리느라 고개들이 숙여지고, 그러더니 모든 고개가 버스에게로 향한다.

"쟁기를 축복합니다," 그들은 말한다.

저녁 식사 줄이 형성되자 오티는 버스를 위한 접이식 식탁, 혼자만의 특별한 식탁이 차려지는 걸 보고 버스에겐 자격이 없음을 깨닫는다 ── 누구도 자격이 없다. 다들 혼자 먹어야 마땅해, 다들 과거가 없으니까, 여기엔 삶이란 게 없으니까.

다른 식탁에는 오랫동안 잊고 있던 음식들이 놓인다. 강낭콩, 튀긴 토마토, 고추 피클 소스(chowchow relish). 허기가 진 그는 실라 뒤에 바짝 붙어 접시에 담고 버스가 보이는 자리에 그녀와 함께 앉는다. 아버지 걸록은 그들이 앉은 자리에 어슬렁어슬렁 다가와 비쩍 마른 두 팔을 접시 양옆에 올리고 혼자서 기도를 드린다. 실라가 팔꿈치로 오티를 찌르고 제 아버지 쪽으로 고갯짓을 하더니 함박웃음이 되도록 입가를 늘린다. 오티는 어깨를 으쓱한 다음 음식을 먹으면서 버스의 어머니가 닭고기를 찢어 아들한테 수저로 떠먹이는 모습을 지켜본다.

영감이 고개를 들고 보더니 제 음식을 섞는다. "사는 건 좋니, 네 방식대로 살면?"

오티는 노파가 가르쳐준 대로 포크를 내려놓는다. "그런대로 바쁘게 살아요."

"아예 싹 잊고 살지 그러냐."

"예. 제가 기억 못 하는 학대가 얼마나 많았겠어요."

실라가 오티의 손을 잡는다. "그만들 해요, 둘 다."

영감의 입술이 웃음기로 창백해진다. "대체 어쩌다 저 차가 만신창이가 된 거냐, 오토?"

어슴푸레한 기억이 그를 번쩍 스친다. 그의 목을 타고 등으로 흘러내리는 고통과 메스꺼움. 영감 너머에 버스가 앉아 있다 —— 극심한 슬픔에 젖은 눈을 한 버스. 오티는 이해한다. "그 얘긴 전에 다 말씀드렸잖아요."

실라가 그의 손을 꼭 쥔다. "제기랄, 그 일은 내버려두시라고요."

영감이 그녀를 때리려고 팔을 당기자 그녀의 고개가 돌아간다.

오티가 소리를 지른다. "저를 때리세요."

아버지 걸록은 손을 떨어뜨린다. "됐다, 너도 네 고통이 있잖니 —— 실라랑 마찬가지로." 그는 음식을 먹으며 고개를 들지 않는다.

오티에게 고정된 버스의 눈길은 무력하지만 그의 입술은 분노로 오므라든다. 그는 휠체어에 똑바로 앉아 닭고기 올린 수저를 휘이

---

* 『누가복음』제23장 31절.

243

손으로 물린다. 그는 신음하듯 말한다. "오으띠."

실라가 오티의 팔을 붙든다. "가자, 할 만큼 했어."

그는 팔을 흔들어 그녀를 떨친 다음 이울어가는 개오동나무 그늘로 들어가 버스를 굽어본다. 그가 버스의 고개를 바짝 끌어당기자 버스의 살에서 기름 타는 냄새가 난다.

버스는 울음을 터뜨리더니 고개를 흔든다. "오으띠."

그는 진정시키려 애쓰며 속삭인다. "버스."

"오으띠."

버스의 혹 같은 주먹 관절에서 그는 유료도로를 질주하던, 저 멀리 숨어 있던 순간들을 본 기억이 있다. 그는 승부를 내려고 단호해지던 버스의 얼굴을 본 기억이 있고, 그 손이 핸들을 최대로 꺾는 바람에 금속이 다리난간에 부딪치고 긁히고 휘기 전 마주 달려오던 비웃음을 본 기억이 있다. **보여줄게, 특별한 거.** 오티는 산을 바라본다. 이들의 골짜기에는 여러 노두(露頭)가 있었고 그가 숨어서 나뭇잎 이불과 모닥불 터를 마련하던, 비글의 싸늘한 사체 옆에서 밤이 지나가길 기다리던 얕은 동굴이 있었다.

그는 쪼그려 앉아 버스의 어깨에 손을 올린다. "버스?"

버스는 눈을 껌뻑이고 고개를 숙인다.

일어선 오티는 가족이 빤히 쳐다보고 있음을 보고 마당을 걸어 갈색의 탁 트인 저지대로 간다. 실라가 뒤를 따르더니 그의 손을 잡아 걷는 속도를 늦춘다. 그는 오르막길을 타고 과수원 쪽으로 굽이돌다 언덕마루에서 멈춘다. 저 아래로는 띄엄띄엄 자란 나무들 사이로, 습지인 강기슭에서 느릿느릿 번져가는 유일한 녹음 사이로 새까맣게 물든 투 마일 하천이 보인다.

그는 아버지 걸록과 저 하천에 들어가 섰던 일을 떠올린다. 그는 그 옛날 무릎에 닿았던 시원한 물살의 느낌을, 버스의 손이 그의 얼굴을 가리더니 돌연 물속으로 쑥 집어넣던 느낌을 다시 한 번 느끼는 듯했다. 그때 딱 한 번 그는 기도를 드렸다. 정착하게 해주세요, 영원히 여기서 살게 해주세요. 실라의 두 팔이 그의 허리를 감싼다.

땅에는 과일이 가득하다. 어떤 건 익은 것, 어떤 건 썩은 것, 어떤 건 말벌이 내동댕이친 것. 오티는 흠이 있는 사과를 따서 그 건조한 식량을 덥석 문다. 과육조차 맛이 없어서 그는 나무에 가지치기가 필요함을 안다. 그는 과일을 던져버린다. "우리 툭하면 나뭇가지 지지대 잘라내곤 했잖아."

"엄마는 나더러 주중에 맨날 사과 버터 만들라고 일 시키더니 그것도 옛날 일이야." 그녀는 콧김으로 작은 웃음을 뿜은 뒤 손등을 이마에 올리고 흉내를 낸다. "아이고, 아가. 가뭄에 우리 **어쩌면** 좋니?"

"떠나야지, 아마도."

"맞아," 그녀가 말하고는 그에게 매달린다. "엉덩이엔 엉덩이고 가슴엔 가슴이지."

오티는 너무 가깝다 느끼고, 자제심을 잃고, 그러다 그녀가 무언가를 집어 그에게 내미는 모습을 지켜본다. 봄부터 남은 옅은 파란색의 성장하다 만 개똥지빠귀 알.

그는 말한다. "걔들은 부화를 안 하면 둥지 밖으로 내던져."

"전에 네가 말해준 적 있어. 난 네가 그런 애들을 보관해두는 줄 알았어."

그는 제 방에 있는 낮은 탁자, 화살촉, 천사 석고상을 떠올린다. 그는 또 한 번 사슴 머리뼈가 허공을 날아가 나뭇가지 사이를 휘리

리 돌다 박살 나는 모습을 본다. 그의 웃음이 사라진다. "아니, 보관하는 일은 그만뒀어."

그녀는 알껍데기를 손바닥으로 으깨 청백색 반죽으로 만든다. "난 사랑받아본 적이 없어."

"말도 안 되는 소리 마, 실라. 버스터는 널 사랑했어."

"버스?" 저무는 햇빛을 막으려고 그녀의 손이 눈가에 차양을 친다.

"걔는 우리가 하천에 내려가서 같이 잔다고 생각했어."

그녀는 두 손으로 그의 목을 조르며 다시 웃는다. "난 남자를 가져본 적은 없지만 너희 둘을 원하긴 했지. 너도 원했어?"

그는 고개를 가로젓는다.

그녀는 눈을 흘기고, 그러더니 두 손을 그의 목에서 슬그머니 뺀다. 그녀는 물러나서 뒤로 돌아 집 쪽으로 걸음을 서두른다. 큰조아재비 풀밭과 나무들 사이를 가로지르는 그녀를 보면서 그는 그녀가 뒤돌아보지 않기를, 그리고 사람 많은 마당에서 자길 까맣게 잊기를 바란다.

그는 묘지 울타리에 기대앉아 죽은 이끼를 나뭇가지로 긁어내고, 그러다 셔츠 뒤쪽에 있는 솔기가 터지는 걸 느낀다. 태양은 산 뒤에서 하늘에 상아색 흉터를 낸다. 하천에서는 물떼새 한 마리가 습지를 울면서 날아올라 태양의 빛줄기 속으로 들어간다. 땅에서는 청갈색 빛이 서서히 일고 나뭇잎은 그늘진 하늘에 일정한 문양들을 만든다.

한 장 두 장, 그는 주변의 낙엽을 모아 수년간 급하게 살아온 저 자신에게 준다. 볕에 그은 나뭇잎의 오그라든 가장자리를 만져본 그는 빛이 저무는 가운데서도 여전히 나뭇잎 표피를 알록달록 물들이는 색깔들을 본다. 모든 게 아득하고, 그래서 묻히고, 그래서 그는 저희 모두를 돌아서게 한 사슴 머리뼈보다 더한 것을 이해한다.

그는 어두워지는 밭을 혼자서 걷는다. 소리 없는 번개가 번쩍하자 나무들 속에서 몸을 식히는 메뚜기들의 느리고 단조로운 울음소리가 들려온다. 그는 겨울눈에 얼마나 많은 사슴이 죽었는지, 얼마나 많은 쥐가 흙이 되었는지 궁금하다. 울타리 쳐진 땅을 걸으면서 오티는 이 농장이 버스의 소유라는 걸, 자기라면 매일이라도 와서 머물 이때에 하필 막아놓았다는 걸 깨닫는다. 그러다 오티는 그 전부를 마지막으로 본다. 죽어가는 개와 쓸모없는 두 아이, 영원한 환영들, 그들은 자지러지게 웃지도 장난을 치지도 못한다. 죽어서도 그들은 뼈를 두고 다툰다.

차들이 여러 도시와 수년의 시간을 향해 밤늦도록 달리고자 어둑어둑한 마당을 떠난다. 그는 농가의 불빛이 꺼질 때까지 서 있다가 마당을 가로질러 현관으로 돌아간다.

"내일 가지?" 아버지 걸록이 그림자 속에 안 보이게 앉아 있다.

"예."

"여기 꼭 붙어서 담뱃잎 떼는 거나 도와라."

오티가 씩 웃는다. "칼 쓰는 건 손에 안 맞아요."

"버스터에 관해서 사실대로 말해줄 수 없겠니?"

그는 어깨를 으쓱하고 손으로 얼굴을 문지르지만 연고 냄새나 분 냄새가 아니라 오직 나뭇잎의 먼지 냄새가 난다. "버스가 뭘 하려던 중인데…… 사고였던 것 같아요."

영감은 현관 쪽으로 가 문을 열어둔 채 난간 너머로 침을 뱉는다. "하느님께서 내 닳아빠진 영혼을 용서하셔야겠지만, 네가 지옥에서 불타길 빌마." 아버지 걸록이 안에 들어간다.

오티는 그네에 앉아 프런티타운의 자기 방 철창을 떠올리고 웃음을 터뜨린다. 그들에겐 철창이 필요 없었다. 그들은 그에게서 늘 안전했다. **가뭄에 어쩌나.**

그의 목소리가 탁하다. "떠나야지."

그는 신발 상자에서 주석 액자 사진들을 잘그락잘그락 낙엽처럼 뒤적이다 보드지 사진 한 장을 꺼내 불을 붙이고는 사진이 밤을 배경으로 오렌지색, 파란색, 그리고 자주색으로 오그라드는 모습을 지켜본다. 그는 또 한 장 불을 붙여 불꽃이 오랜 세월 잊힌 얼굴들을 집어삼키게 만든다. **떠나야지.** 그는 세 번째 사진을 말벌집에 갖다대고 싶고, 그을린 곤충들을 색색의 불꽃 속에 떨어뜨리고 싶고, 유충들이 팡팡 터지고 까슬까슬한 봉방 골조가 부글부글 끓는 게 보고싶다. 하지만 그건 그의 방식이 아니다. 그는 고개를 가로흔들고 손을 저어 불을 끈다. 그가 일어선 뒤에야 마지막 불꽃이 이글대고 치솟고 사그라든다.

"떠나야지."

집 안은 친숙하고 그의 꼴은 형편없다. 향긋한 닭고기 냄새는 벽마다 배어 벌써 구시대의 냄새로 변해간다. 그는 조용조용 계단을 딛고 아버지 걸록의 방문 밑에서 불빛이 새지 않음을 확인하지만 목적지가 가까울수록 그의 살은 피막이 죄어온다.

복도를 따라 자신의 옛날 방으로 가는 길, 그는 실라의 방문 앞을 지나다 고개를 들고 본다. 나체의 몸으로 문간에 서서 창백한 기색으로 기다리는 그녀가 눈에 들어온다. 그는 걸음을 멈추고 기다린다. 그는 그녀의 숨소리에 귀를 기울인다. 천천히, 그는 손을 들어 그녀의 얼굴을 어루만지고 제 손바닥 먼지와 엉기는 그녀의 땀을 느낀다. 그는 그녀를 좀 더 이해하게 되고 그녀의 방식을 이해하게 된다.

그는 제 방에 들어가 흰 누더기를 벗어 침대에 놓아둔다. 그는 면도날, 비누, 빗, 자기가 가져온 모든 걸 짐 가방에 담는다. 깨끗한 티셔츠를 뒤집어쓴 다음 그는 짐 가방의 지퍼를 닫고 복도로 나선다. 실라의 방문은 닫혔고, 그러자 오티는 저희 모두를 돌아서게 한 것이 저희를 영원히 겉돌게 하리란 걸 깨닫는다.

바깥, 마당은 휑하고 어둡다. 그는 세미 트럭 운전석 사다리를 오른 뒤 당밀 공장 옆의 넓은 부지를, 차를 세울 곳을 애써 기억해낸다. 점화장치 알림음이 울려 퍼지고, 그러더니 ── 달리는 내내 10단으로 놓일 ── 기어가 또다시 깊은 밤에 들어서느라 꺽꺽 지독한 소음을 쥐어짠다.

겨울의 첫날
First Day of Winter

홀리스는 밤새 제 방 창가에 앉아 유리창에 비친 자신의 넋을 응시하면서 제이크가 남기고 간 무덤 밖으로 나갈 길을 궁리하고 있었다. 헐벗은 나뭇가지 뒤로는 막 일기 시작한 파랗고 부연 새벽빛이 보였고 그 너머로는 농장의 그림자가 보였다. 일은 끝난 상태였다. 저장고는 옥수수로 가득했고 건초 더미는 외양간 지붕 높이까지 쌓였고 도살할 가축들은 시장에 나가 있었다. 다 은행 사람들을 위한, 빚을 갚기 위한 일이었고 이제 밭에는 서리 낀 여물용 낟가리들 사이로 옥수수 그루터기만 고개를 숙이고 있었다. 그는 아래층에서 부모님이 아침 식사를 하려고 이리저리 발을 끄는 소리를 들을 수 있었다. 피식거리는 늙은 어머니는 혈관의 피가 너무 걸쭉해서 정신이 간당간당했다. 아버지는 이제 눈이 먼 데다 기침을 하고 있었다. 그는 제이크에게 전화로 두 분이 오래 사실 거라고 말한 참이었다. 제이크는 부모님을 가구처럼 처분할 생각이 없었다. 홀리스는 제이크에게 두 분을 데려다가 목사관에 모시라고 부탁했다. 농장이 기울고 있었다. 제이크에게는 방이 없을 터였다. 목사관은 너무 검소했고 제이크는 딸린 식구가 너무 많았다.

그는 커피를 마시러 아래층에 내려갔다. 어머니는 목욕을 꺼렸고, 그래서 그녀가 아버지와 앉아 오트밀을 먹는 내내 훈훈한 부엌에서는 그녀의 냄새가 풍겼다. 눈먼 사내는 눈꺼풀이 반쯤 감겨 있었고 머리는 빗지 않은 상태였다. 머리가 자던 그대로 떡이 져서 눌려 있었다.

"시리얼 뜨거워." 어머니가 피식거리면서 초승달 같은 입으로 힘없는 함박웃음을 지었다. "네 아빠는 입도 다 데었어."

"저는 배 안 고파요." 홀리스는 커피를 따르고 싱크대에 기댔다.

영감이 입술에 음식 부스러기를 달고 홀리스 쪽으로 살짝 고개를 돌렸다. "내가 부탁한 사냥은 나갈 거니?"

홀리스는 싱크대에 컵을 내려놓았다. "차 좀 만질까 했는데. 다람쥐 고기를 그렇게 찾으시니까 겨울에 시내에 나갈 대비를 못 하잖아요."

영감은 정면을 응시하며 시리얼을 먹었다. "수렵 고기 없는 추수감사절이 어디 있어."

"제이크랑 밀리도 안 오는데 추수감사절이 어디 있어요." 어머니가 말했다.

"어젯밤에 걔들이 못 올 거라더구나," 아버지가 말했고, 그러자 어머니는 홀리스를 멍하니 쳐다보았다.

"차 좀 만지고 올게요," 홀리스는 말하고서 문 쪽으로 갔다.

"차를 너무 오래 세워놨어," 노파가 외쳤다. "뱀 조심하렴."

바깥은 공기가 살을 엘 정도라서 바람이 얼굴을 때리자 그는 숨을 헐떡거렸다. 하늘은 우중충하니 낮았고 그가 시장에 넘기지 않은 앵거스종 소 몇 마리는 외양간 옆 여물통 근처에 움츠리고들 있었다. 그는 녀석들에게 건초를 조금 던져준 뒤 외양간에서 공구 상자를 들고 가 차를 만지기 시작했다. 그는 시동이 걸리는지, 접지가 되는지 보러 차에 들어갔다. 그는 문을 열어둔 채 핸들 앞에 앉아서 아버지가 지팡이를 짚고 현관을 내려오는 모습을 지켜보았다. 엔진 갈리는 소리가 골짜기들을 가르고 산 너머까지 울려 퍼졌다.

홀리스의 주먹은 보닛 밑에 긁혀 피가 맺혔고 그가 핸들을 꽉 잡고 열쇠를 더 세게 돌리자 쓰라려 왔다. 아버지의 지팡이는 서리 내린 마당, 12월의 정적을 딱딱 두들기며 홀리스에게 점점 가까워졌다. 눈먼 사내의 입은 추위로, 얼굴에 바싹 다가온 어두운 공기로 꾹 다물려 있었고, 그래서 홀리스는 엔진을 보다 말고 밖으로 나왔다.

"차가 먹통이라고 얘기하면 되잖니." 눈먼 사내는 그를 마주 보았다.

"이건 트랙터가 아니잖아요." 차를 빙 돌아 보닛 밑을 내려다보는 홀리스의 눈에 엔진 블록 한쪽의 실금 같은 균열이 들어왔다.

지팡이가 흙받기를 탁 쳤고, 그러고 아버지는 아들 옆에 꼿꼿하게 서서 잠자코 있었다. 홀리스는 아버지의 손가락이 그릴을 더듬는 게 보여 그를 붙잡아주었다. "소리를 보니 먹통이구먼," 그는 또다시 말했다.

"그러게요." 홀리스는 아버지를 한쪽으로 살살 옮기고 보닛을 쿵 닫았다. 그에게는 엔진을 꺼낼 공구가 없었고 대체할 엔진도 없었다. "형이 어쩌면 새 차 살 돈 빌려줄 거예요."

"안 돼," 영감이 말했다. "걔 성가시게 하지 말고 우리끼리 알아서

해."

"외상으로요? 은행이 돈푼이나 더 빌려줄 거 같아요?"

"제이크는 자기 일로도 걱정할 게 산더미잖니."

"제가 아버지랑 어머니 모셔 가라고 밤새 부탁했어요."

"뭐 하러?"

"형이랑 몰리 형수더러 모시라고 부탁했더니 안 된대요. 제가 여기서 꼼짝을 못 해요. 이 망할 농장 가지고 지는 싸움을 하느라 출세를 못 한다고요."

"농사로 출세하면 되지."

"아이고 참."

"다들 더 나은 것만 찾으려고들 하지. 그렇게 다들 한쪽으로 치우치면, 그때가 바로 돌아설 때야." 그는 다섯 사람의 운명을 합리화했다.

아침이 밝으니 땅은 흉터가 진 듯 보였다. 첫눈은 이미 내린 뒤 녹았고 태양도 달래지 못할 무거운 서리로 산을 봉해둔 참이었다. 차가운 바람은 마지막 달려 있던 참나무 잎들을 떼어내고 골짜기 양쪽의 산비탈을 적막한 회갈색으로 만들어놓았다.

그는 영감의 머리카락이 바람에 굽히는 걸 보았다.

"어서 들어가요, 감기 걸리시겠어요."

"내가 부탁한 사냥은 나갈 거니?"

"갈게요."

산등성이로 향하는 길에 마지막 목초지를 건너면서 홀리스는 내장이 푹 꺼지는, 한기가 드는 배고픔을 느꼈다. 그는 솟아오르는 능선과 높다랗게 선 참나무를 따라 울타리가 쳐진 쪽으로 메마른 풀밭을 질질 걸었다. 그는 울타리에서 멈추어 골짜기와 농장을 내려다보았다. 제이크가 하나둘 자기한테 전부 떠넘기더니 이제는 떠나버린 상태여서 홀리스는 이 사소한 순간에나 겨우 행복을 느꼈다.

그는 소총을 내려놓고 울타리를 넘은 뒤 다시 소총을 집어 들었다. 그는 참나무들 속으로 더 깊이 나아가, 참나무가 산등성이에 늘어선 황금 소나무와 섞이기 시작하는 곳에서 멈추었다. 다람쥐는 한 마리도 보이지 않았지만 그는 사방이 참나무로 둘러싸인 어느 그루터기에 앉았는데 그곳 나무들은 줄기 하단과 뿌리가 다람쥐들의 꼬리로 깨끗이 쓸려 있었다. 그는 추위 속에서 기다리느라 점점 감각을 잃었다. 그는 주머니에서 5센트짜리 동전을 꺼낸 다음 그것을 그루터기의 오돌토돌한 부분에 긁어 다람쥐가 견과 갉아대는 소리를 냈다. 얼마 안 가 그는 나무줄기에 몸통을 숨긴 다람쥐의 휙휙 움직이는 꼬리를 보았다. 그는 돌멩이 하나를 그 나무 뒤쪽에다 던져 나뭇잎을 사그락사그락 어지럽히고는 다람쥐가 줄기 측면으로 잽싸게 이동하는 걸 눈여겨보았다. 그는 천천히 소총을 들었고, 그 뒤 메아리가 먼 산에서 골짜기로 건너와 선명해지자 다람쥐는 떨어졌다. 그는 녀석을 응급 손질 했고 피는 그의 손에서 차갑게 말랐다. 그러고 나서 그는 소나무 잡목림 쪽으로 산등성이를 오르는 동안 허리춤에서 묵직하게 내려앉는 사냥감 주머니로 진이 빠질 때까지 5분마다 멈추어 다람쥐를 죽였다.

그는 잡목림 근처의 한 나무에 기대어 쉬면서 어둡게 물결치는 솔잎과 나뭇가지 들의 내부를 빤히 들여다보았다. 거기엔 붉은 솔잎과 한 몸이 되다시피 여우가 엎드려 있었다. 그는 꼼짝 않고 녀석을 지켜보았고, 그러다 자기가 땡 하고 먼저 움직이길 숨어서 기다리던 형이 떠올랐다. 심술궂은 감정이 와락 치솟은 그는 소총을 냅다 어깨에 걸고 방아쇠를 당겼다. 다시 보았을 때 여우는 온데간데없었고 끄트머리가 하얀 꼬리만 소나무 무성한 어둠 속을 둥둥 떠다니는 게 얼핏 눈에 띄었다.

홀리스는 총을 툭 내려놓고서 나무에 기대앉았고 바람이 멱살을 움켜쥐자 더듬더듬 목깃 단추를 잠갔다. 그는 늙고 지친, 낡고 주눅 든 기분이 들었고, 자기가 두 분을 주립 시설에 모시자고 하자 제이크가 그곳에 관해 했던 말이 떠올랐다. 거기선 두 분을 굶길 거야, 그리고 학대할 거야, 그리고 마지막엔 질식시킬 거야, 제이크는 말했다. 홀리스는 두 분을 질식시키면 어떤 기분일지 궁금해지려는 찰나 정신을 차리고는 웃음을 터뜨렸다. 하지만 어둠은 이미 그를 뒤덮은 참이었고, 그래서 그는 장갑을 당겨 껴 손에 묻은 피를 감추었다. 그는 비틀비틀 일어나 총을 거머쥔 채 울타리 근처 빈터까지 나무들 사이를 내달렸고, 목초지로 넘어가자 얼굴에 가벼운 안개 같은 땀이, 평정이 다시 느껴졌다.

그는 밭과 울타리를 가로지르고 하천 바닥을 고생스럽게 건너 집으로 올라왔다. 안에 들어가니 어머니는 조그만 뒷방에 남편과 앉아 라디오에서 흘러나오는 조용한 음악에 귀를 기울이고 있었다. 그녀는 홀리스에게 다가왔고 그는 그녀의 크게 벌어진 눈에서 다 안다는 우려 섞인 눈빛을 읽었다 —— 그러자 그는 자기가 어떤 광기에 몰렸었는지 그녀는 이해한다는 걸 알았다.

그는 가죽을 벗겨 손질한 다람쥐를 사냥감 주머니에서 꺼내 그녀에게 넘겨준 뒤 손을 씻으러 갔다. 그는 눈초리로 그녀를, 그녀가 다람쥐를 소금물에 푹 절이는 모습을, 그녀의 손이 입으로 올라가는 모습을, 그녀가 핏기를 핥고 웃음 짓는 모습을 보았다.

식탁에 앉아서 그는 제 빈 접시를 내려다보며 감사 기도를 기다렸고, 기도가 다 끝나자 다람쥐 담은 접시를 건넸다. 그는 살이 많은 뒷몸과 등심은 남겨두고 자기 몫으로 겨우 앞몸 절반과 간을 가져왔다.

"제이크한테 편지 왔더라." 영감이 뒷다리 부위를 들고 갉아 먹었다.

"사진도 왔어." 어머니가 일어서더니 스냅사진을 한 움큼 가지고 돌아왔다.

"알아서 잘 살고 있더라. 예쁜 교회랑 애들 좀 봐봐," 그녀는 말했다.

교회는 노란 벽돌 건물에 낮았고 스테인드글라스 창문이었다. 사진 속에서 제이크는 남자 아기 하나와 제 엄마 이름을 딴 여자 아기 하나를 안고 있었다. 그의 얼굴은 웃느라 눈이 가늘어져 있었다. 노파는 시든 손가락으로 사진을 콕 짚었다. "요게 우리 메이 엘런이지," 그녀는 말했다. "세상에서 제일 예쁜 우리 새끼."

"편애하면 안 돼." 아버지가 뼈를 내려놓았다.

"에그, 당신도 걔가 알아서 잘 사는 걸 봐야 할 텐데 말이에요."

홀리스는 창밖을 내다보았다. 간의 맛, 도토리 같은 맛이 식어버린 기름기로 그의 입을 덮었다. "눈 오겠어요," 그는 말했다.

아버지가 소리 내어 웃었다. "어디 볼 수나 있어야 말이지."

"제이크가 그러는데 자기네는 이제 걱정을 좀 덜었대요. 교회 사람들이 더없이 좋은 분들이라고 그럽디다."

"그런 소리 들을 만큼 개 걱정을 덜어줄 사람이 어디 있어."

"이제," 그녀는 말했다. "걔는 잘 사니까 그냥 신경 꺼요."

끼니가 끝나자 홀리스는 의자를 뒤로 밀었다. "제가 형한테 두 분 모셔 가라고 부탁했어요. 그랬더니 안 된대요."

영감은 몸을 돌렸다. 홀리스는 그의 멀어버린 눈에 고인 눈물을, 그리고 우느라 들썩대는 몸을 보았다. 그는 몇 번이고 고개를 가로 저었다. 노파는 언짢은 듯 얼굴을 찌푸리더니 접시들을 챙겨 싱크대로 날랐다. 그녀는 돌아와서 홀리스를 굽어보았다.

"걔가 말한 게 뭐겠니? 걔도 소처럼 일해서 그럭저럭 해냈지만 우리를 다 챙길 정돈 못 된다는 거야."

영감은 아직도 울고 있었고 그녀는 그에게로 건너가 의자에서 일으켜주었다. 그는 나이 탓에 굽어버린 등으로 울다가 천천히 몸을 세우고는 무기력한 팔을 노파의 허리에 둘렀다. 그는 홀리스 쪽으로 몸을 돌렸다. "어떻게 그런 망할 놈의 짓을 할 수가 있니?"

"우린 잠깐 잠이나 잘게," 그녀가 말했다. "좀 쉬어줘야지."

홀리스는 차가 서 있는 마당으로 나가 금이 간 엔진 블록을 다시 쳐다보았다. 그는 영감의 손이 닿아 먼지가 닦인 그릴을 손으로 슥 만졌다. 바람은 숨이 차도록 그를 때렸고 가벼운 첫 얼음 송이들은 흙받기에 떨어져 튕겼다. 땅은 덧없이, 휑하게, 죽은 듯이 놓여 있었다.

그는 도로 집에 들어가 거실 소파에서 기지개를 쭉 켰다. 접은 누비이불을 가슴으로 끌어당긴 그는 이불을 베개처럼 그대로 안고 있었다. 그는 소가 밥 달라고 음매 하는 소리를 들었고, 아버지가 여린

쉿소리로 숨을 헐떡이며 우는 소리를 들었고, 어머니가 고르지 못한 소리로 흥얼거리는 찬송가를 들었다. 그는 그렇게 우중충한 불빛 속에 누워 잠이 들었다.

태양은 눈이 날려 검어졌고 골짜기는 흥얼거림과 함께 조용히, 한 시간 동안의 기도처럼 조용히 길어진 밤을 맞았다.

존 케이시

　내가 브리스 팬케이크를 처음 만난 건 1975년 봄, 그가 스스로 목
숨을 끊기 4년 전보다 조금 앞선 때다. 그는 큰 데다 뼈만 앙상했고
어깨가 살짝 내리막이었다. 그는 야외에서 고된 노동을 하고 온 사
람처럼 보였다. 그가 포크 유니언 군사학교*에서 영어 교사 일자리
를 구한 시점이었다. 그는 밤 10시에 학생 사관후보생들을 재운 뒤
소등나팔 때부터 자정 넘어서까지 글을 썼다. 그는 6시 정각에 기상
나팔을 들으며 아이들과 함께 일어났다. 브리스는 어느 날 버지니아
대학교의 내 교수실에 나타나 자기가 쓴 걸 몇 개 봐달라고 부탁했
다. 내가 읽은 첫 소설은 매우 좋았다. 훗날 그것은 그가 미리 써둔

---

* 　　Fork Union Military Academy. 버지니아주에 있는 명문 기숙학교로 사관학
　　교 지망생뿐 아니라 일반 대학 지망생도 다닌다.

것 중 최고작이 되었다. 아마 그는 최근 끝낸 소설들을 보여주기 전에 오래전 것들로 나를 미리 떠보는 중이었을 것이다. 그는 내게 몇 편을 더 봐달라고 부탁했고 나는 기꺼운 일이라며 수락했다. 나중에 준 원고 뭉치는 탄성이 나올 정도였다.

그즈음 버지니아 대학교는 글 쓰는 학생들에게 쓸 돈이 많지 않았으므로 나는 브리스가 좀 더 글 쓰는 시간을 보냈으면 하는 마음에 1년간 아이오와 대학교에 보내려고 애를 썼다. 아이오와는 그를 원했지만 그들도 재원이 달리기는 마찬가지였다. 브리스는 다음 해에 스톤턴 군사학교에 일자리를 구했고 대학교에서 내가 가르치는 소설 쓰기 수업을 듣기 시작했다. 내 생각에는 그가 슬슬 투고를 해야 했지만 그는 한동안 그걸 묵혀만 두었다.

브리스는 앞서 웨스트버지니아주 헌팅턴에 있는 마셜 대학교 학부를 다니기는 했지만 그의 지식과 기교가 인상적인 건 대부분 저 혼자 익혔다는 이유에서였다. 그는 틀림없이 어렸을 적에 관심이 대단했을 것이다. 그는 주변에 대한 **감**이 매우 좋았다. 그의 소설은 거의 모두가 그의 출신지인 웨스트버지니아 일부 지역을 배경으로 하는데 그는 그곳을 머리부터 발끝까지 알았다. 그는 사람들이 어떤 연장을 쓰는지부터 저희를 어떻게 느끼는지까지 그곳 사람들의 직업을 알았다. 그는 지질학, 선사시대, 자기 지역의 역사를 취미로서가 아니라 꿈에 나오지 않을 수 없을 만큼 자기 안에 깊이 각인된 무엇으로서 알았다. 그의 글쓰기에서 한 가지 장점은 느낀 것에 물리적으로 강렬하고도 섬세하게 맞물린다는 것이다.

그는 내가 아는 혹은 내가 들어본 누구에게도 뒤지지 않을 만큼 글쓰기에 열심이었다. 나는 메모장들, 개요들, 숱한 초고, 본문 옆에다 이렇게 확장하고 저렇게 축소하라고 저 혼자 달아둔 격렬한 주석들을 보았다. 그러다 보면 최종 원고는 두말할 것 없이 열차의 선로처럼 견고하고 찬란하게 닮아 있었다.

첫 소설이 〈애틀랜틱〉에 팔리자 그는 가까스로 숨이 트였다. (그는 기념을 하는 대신 한 가지 잘한 일을 했다. 교정쇄가 왔을 때 가운데 이름의 머리글자가 이상하게 조판되어 있었다. Breece D'J Pancake. 그는 괜찮다고, 그대로 두자고 말했다. 그는 저 이름에 웃음을 터뜨렸고, 나는 근사한 잡지답지 않은 이 괴상한 일을 웃어넘길 만큼 저 이름이 그의 피로감을 ─완벽해지려는 피로감을─ 풀어주었나 보다 싶었다.) 그는 기뻐했지만 그의 작업 속도는 그가 자랑을 하고 다니기는커녕 볕을 쬘 틈도 허락하지 않았다. 그가 글쓰기에 큰 기대를 건 터라 나는 그가 제 글의 힘을 느끼기 시작했다고 생각했지만 한편에서 그는 자기가 원하는 것에 아직 한참 멀었다고 느끼고 있었다.

브리스와 내가 친구가 되기 얼마 전 그의 아버지와 죽마고우 모두 세상을 떠났다. 그 얼마 뒤 브리스는 천주교 신자가 되기로 마음먹고 교리를 배우기 시작했다. 나는 그의 자살만큼이나 그의 개종에 대해서도 끝내 모르겠다. 여태 수없이 생각해보았고 지금도 짐작되는 게 많지만 아무것도 확실하지 않아 섣불리 말할 수가 없다. 다만 그렇게나 격렬한 열정이 바로 근처에, 때로는 코앞에 있었다는 게 (지금까지도 곁에 있다는 게) 놀랍기만 하다.

브리스는 내게 대부가 되어달라고 부탁했다. 나는 내가 부족한 사람이긴 하지만 영광이라고 답했다. 그러나 이 대부 협정은 곧 엉망이 되었다. 브리스는 미사를 드리러 가자, 고해를 하러 가자, 내 딸들을 교육하자 말하며 나를 다그치기 시작했다. 그것은 고결한 뜻에서 나온 행동이라기보다 감사와 애정에서 나온 행동이었지만 그에게 질릴 것도 같았다. 나중에 그는 참회를 했다.

지식과 기교를 그리워했던 것처럼 그는 신앙도 격렬하게 받아들였는데 마치 그에게는 시간을 재는 다른, 더 심도 깊은 척도가 있는 듯했다. 그는 이내 나보다 노련한 천주교 신자가 되었다. 나는 그가 무언가를 빨리 깨닫고 빨리 흡수할 뿐 아니라 빨리 숙성시키기도 한다고 느끼기 시작했다. 주변에 대한 그의 감은 자기 삶뿐 아니라 남들의 삶에도 자양분이 되었다. 그에게는 자기가 직접 알지 못하는 존재의 생활양식에 대한 분명한 감이, 심지어 기억이 있었다. 그는 (자기 세대의 경험 대신이 아니라) 자기 세대의 경험과 함께 앞 세대의 경험을 흡수한 듯했다.

그는 죽을 때 스물일곱을 막 앞두고 있었다. 나는 마흔이었다. 하지만 그 시절의 절반 동안 그는 나를(나 역시 그를) 남동생 대하듯 대했다. 남은 절반 동안에는 자신의 상상 속 어느 옛 군대의 지휘관을 대하듯 나를 대했다. 나도 짬밥이 좀 되었으므로 웬만큼은 알았지만 그는 내게 어떤 보좌가 필요하다고 느꼈던 게 분명하다. 물론 그보다 더한 일들도 있었다. 이런 만평 같은 것으로 보여줄 수 있는 것보다 더한 것, 그만큼 그는 힘이 넘쳐서 가만있질 못하는 친구였다.

그가 스톤턴에서 통학하던 한 해가 끝난 뒤 우리는 그를 위해 돈을 좀 마련했다. 대학교의 문예 창작 과정에 우연히 그리고 다행히 기부가 들어왔고 브리스는 새로 조성된 여러 장학금 중 하나를 받을 첫 수혜자에 속했다. 이제 그는 교직에 있는 다른 작가들(피터 테일러, 제임스 앨런 맥퍼슨, 리처드 존스)이며 글쓰기 과정 중인 새로운 대학원생을 몇 명 알 기회가 생겼다. 이는 대체로 잘된 일이었다. 버지니아 대학교 영어영문학과는 넓고 좋은 의미로나 좁고 안 좋은 의미로나 복잡한 곳이기 때문이다. 글쓰기 과정은 단지 여러 갈래 중 하나다 ─ 이 또한 대체로 잘된 일이다. 좋은 점은 정식 교수진과 박사과정 중인 사람들 중에 브리스와 그의 글을 이해하고 아끼는 사람들이 있었다는(있다는) 것이다. 과 생활의 안 좋은 점은, 의견이 어떻게 받아들여질까 하는 자의식 때문이겠지만, 직설적이고 열린 표현을 강박적으로 배제한다는 것인데 이는 의견이 이곳의 주산물이기 때문이다. 때로는 솔직한 반응을 얻기가 어렵다. 또 때로는 비평이 문학이라는 정원의 지고한 꽃이라는, 그리고 사실상 단편소설도 장편소설도 시도 모두 거름이라고 생각하는 사람도 더러 있다.

실력이 얼마나 훌륭하든 젊은 작가는 사회 이론가들이 "사기 저하"라고 부르는 감정을 겪어봐야 한다는 분위기가 거기엔 충분히 있었다. 브리스는 자기가 얼마나 훌륭한지 몰랐다. 그는 자기가 얼마나 많이 아는지 몰랐다. 그는 자기가 미운 오리 새끼가 아니라 백조라는 걸 몰랐다. 그 난국은 브리스를 위해 자제되었지만 그의 일상생활에서는 언제나 아웃사이더의 어떤 쓸쓸함이, 대학이 자기를 봐주고 있다고 보는 느낌이 묻어났다.

물론 브리스는 원래가 가시 많은 사람이었을 수도 있는데, 그래서인지 그는 쓸데없는 데 부아를 내는 일로 더러 시간을 보냈다 ─ 이를테면 내 생각엔 무시하는 게 나을 일들에 대해서, 혹은 글러먹은 사람들에 대해서. 브리스의 발끈하는 정력으로 얻은 한 가지 효과라면 그가 수습 작가들을 위해 순수예술 석사 학위를, 이른바 여느 어중간한 석사 학위를 대체할 "궁극의 학위"를 홍보하기 시작했다는 것이다. 이제 대학교는 영어영문학에서도 순수예술 석사 학위를 제

공하는데 이는 작가가 전공을 살리는 데 필요한 최저생활 수준의 일자리를 구할 면허라는 점에서 대체로 보아 발전이다. 브리스는 훌륭한 노조원이었다.

그는 훌륭한 독자이기도 했다. 그는 〈버지니아 쿼털리 리뷰〉에 응모된 산문픽션들을 심사했고 1979년 봄에는 호인스 장학금을 위해 원고를 가려냈다. 그와 나 그리고 우리 둘의 또 다른 친구 하나가 원고 더미를 꼼꼼히 살폈다. (캐비닛 서랍에 하나 가득이었다.) 어떤 면에서 우리는 가장 실용적인 형태의 비평 일에 종사하고 있었다 ── 가능성 있는 열두 명의 작가를 원고 더미에서 건져내는 일.

당시 그의 냉철함과 훌륭한 유머를 보고, 또 그의 일 처리를 보고 나는 브리스의 상태가 괜찮은 줄 알았다. 그는 다른 두 소설도 판매한 참이었다. 그는 만석인 사람들 앞에서 또 다른 소설 하나를 낭독했다. 그는 취업할 자리가 몇 개 있어서 샬러츠빌을 떠날 준비를 하고 있었다. 그는 제 소유물을 친구들에게 나누어주기 시작했다. 그는 언제나 인심 좋은 선물 아저씨였다 ── 식사를 하러 왔을 때 그는 자기가 잡은 송어 아니면 내 딸들에게 줄 무언가를 가져왔다. (예를 들어 직접 깎아 만든, 고무줄 동력으로 나아가는 욕조용 외륜선이 있다.) 그가 제 물건을 뿌리기 시작했을 때의 모습은 마치 홀가분히 여행 떠날 준비를 하는 사람 같았다.

한 달 뒤 그의 친구 하나가 그에게 받은 편지 한 통을 내게 보여주었는데 거기엔 이렇게 적혀 있었다. "내가 괜찮은 천주교 신자가 아니었다면 삶과의 결별을 생각 중이었을 거야."

그와 가까운 사람들도 예상 못 한 일이었다. 삶과의 결별이라는 저 문장조차 지금 돌아볼 때나 명확히 와닿는다. 그 밖의 편지와 낌

새로는 그가 스스로 목숨을 끊을 때의 정신 상태가 얼마나 의도적이었고 얼마나 우발적이었는지 말하기가 어렵다.

브리스는 사냥에 관한 어떤 꿈을 꾸고 공책에 기록해두었는데 내가 볼 땐 죽기 얼마 전의 일이다. 꿈속에는 나무가 우거진 산맥과 풀로 뒤덮인 저지대가 있었다. 맑은 시내도 있었다. 사냥감은 풍부했다. 하지만 가장 눈이 간 건 메추라기, 토끼, 사슴을 쏘자 죽어 자빠지더니 이내 되살아나 다시 줄행랑을 치더라는 것이었다.

이 꿈에 관해 여러 가지가 인상 깊다. 하나는 그것이 불멸과 낙원에 관한 것이라는 점이다. 꿈은 행복한 사냥터다. 그런 한편 꿈은 브리스가 공감하여 받아들이고 영혼 속에 고이 접어둔 설화이기도 하다. 하지만 가장 강렬한 점은 이것이다. 브리스의 삶과 소설의 주제가 폭력을 꼬아 상냥함을 빚어내는 것이라는 점. 그는 상냥한 사람이 되고자 뜨겁게 몸부림쳤다.

브리스가 무척 좋아하던 인용구 중에 성경 구절이 있다 ──『요한묵시록』제3장 15-16절.

나는 네가 한 일을 아노니 너는 차지도 않고 뜨겁지도 않다. 네가 차든지 뜨겁든지 하면 좋으련만.
네가 이렇게 미지근하여 차지도 않고 뜨겁지도 않으니 나는 너를 입에서 뱉어버리겠다.*

이것은 한 벌의 위험한 구절이다. 다른 말씀들, 즉 하느님의 보다

---

*   한국 교회 공동 번역본 성경을 기초로 이 글의 원문을 반영해 수정.

상냥한 음성에 단련되어 있지 않으면 이것은 천벌로 여겨질 수 있다. 자기 학대 이후 얻을 수 있었던 안식을 브리스가 스스로에게 허락하지 않은 건 그저 운 없는 사고였는지도 모른다.

내게는 브리스를 떠올리게 해주는 것이 세 가지 있다. 첫째는 그와의 우정을 들려주러 온 사람 또는 그와 나눈 편지 사본을 보내준 사람이 놀랄 만큼 많았다는 것이다. 그들 모두는 브리스가 얼마나 성말랐는지, 스스로에게 얼마나 모질게 굴었는지 안다. (친구에게 보낸 어느 엽서에서 "블루리지 1번 길1 Blue Ridge Lane"이라고 되어 있는 발신인 주소란에 브리스는 적었다. "당신의 머리를 날려버릴 사람." 친구는 그걸 못 본 참이었다. 사실 엽서에 적은 그 **메시지**는 친구를 격려하기 위한 것이었다—계속해, 계속 글을 써, 즐기면서 말이야, 빌어먹을.) 하지만 이들은 브리스가 온기로 베푼 것들에 관해 더 자주 이야기한다.

내게는 브리스가 쓴 글도 있다.

그러고 세 번째 것이 있다 ── 아마도 기억, 아마도 영혼. 나는 영혼이 뭔지 잘 모른다. 내가 스스로에게 주는 사색적이고 회의적인 대답이라면, 죽은 사람들에 대해 이따금씩 드는 생생한 느낌은 환상통 같은 것일지 모른다는 것이다 ── 사람들은 팔이 잘려나가도 여전히 있는 듯 느끼고 사라진 손가락으로 여전히 무언가를 더듬는다. 마찬가지로 사라진 사람을 느끼기도 한다.

브리스가 죽고 2주 뒤, 그동안 브리스를 얕게나마 아는 수많은 사람에게서 불가피하되 답변 불가능한 질문을 받은 나는 기진맥진해서 집으로 걷고 있었다. 새벽 2시쯤이었다. 나는 로툰다, 달 아래 환하게 빛나는 그 돔 쪽으로 론(Lawn) 지역을 나아가고 있었다. 나는 저절로 걷고 있다가 내가 멈추었음을 뒤늦게야 깨달았다. 무슨 냄새가 나서였다. 입속에서 금속 맛이 났다. 나는 무슨 냄샌지 잠시 알아차리지 못했다. 내가 몇 년 전 잘 알던 냄새였다. 총기 블루잉* 냄새. 하지만 이 맛과 냄새에 대한 감각에는 견딜 수 없는 연민이, 입속에 총구를 넣으면 **이렇다** 하는 공감을 넘어선 연민이 있었다. 내가 꿈꿔본 적 없는 깊고 오싹한 흥분, 온몸을 핥는 흥분과 유혹이 있었다. 나라면 그런 짓 생각도 안 했을 것이다. 나라면 생각할 **엄두**조차 내지 않았을 것이다.

그 어지럽고 절박한 느낌을 나는 무방비로 받아들이던 중인데, 그런데도 거기엔 무언가 안심을 주는 면이 있었다. 그 느낌은 그가 남긴 편지만큼이나 두려우면서도 다정했다. 왜인지 자꾸 생각하지 마세요. 내가 느낀 걸 잠시 느껴보세요.

브리스와 나는 대판 논쟁을 벌이곤 했다. 그 수위는 으레 그가 자리를 박차고 나가 제 성미를 겨우 이겨낼 정도에 이르곤 했다. 조금지나면 그는 내 교수실로 돌아와 틀린 건 여전히 나라고 차분히 말하거나 무언가 웃긴 말을 내뱉고는 자기도 **전적으로** 옳지는 않을 거라고 여지를 두었다. 이젠 내 성미가 더 고약하므로 그의 노력을 알겠다. 론에서 그런 경험을 하고 한 달 뒤 나는 머리를 싹 비울 생각으로 욕조에 누워 있었다. 짧은 웃음소리가 들렸다. 그러더니 맑은 코맹맹이 소리, 틀림없는 브리스의 목소리가 들렸다. "그것도 마침표를 찍는 한 가지 방법이죠."

다 흘려듣더라도 이것만은 믿어주면 좋겠다 —— 저것이 딱 그의

---

*　bluing. 연마된 금속에 푸른 산화피막을 입혀 내식성과 탄성을 부여하는 것.

말투였다.

이듬해까지도 저런 말이 여러 번 들려왔다. 한 차례는 호된 꾸짖음, 두 차례는 다정하고 싹싹한 말. 그러더니 최근에는 전처럼 밤늦게 미적지근한 목욕을 하는데 먼 속삭임이 겨우겨우 들려왔다. 뭐라고? 나는 속으로 말했다. 뭐랬어?

"── 괜찮다고요. 선생님은 선생님의 양심을 따르세요."

이제 나 혼자서는 속으로 떠들 흥이 안 난다. 이렇든 저렇든 브리스는 이런 흐름을, 이 책을, 이런 인간을 좋아했을 것이다. 이 때문에 그가 화를 냈다면 이 때문에 그가 웃기도 했을 것이다. 많은 사람이 그를 그리워하고 그가 계속해서 썼을 것을 그리워한다.

브리스에게 배운 많은 것이 떠오른다. 이것은 바람보단 확신에 더 가까운데, 내 생각엔 브리스의 고민이 그 자신 혹은 그와 척을 지기도 하고 사랑하기도 했던 사람들을 괴롭힐 일은 없고, 그가 자신의 고민과 싸워서 얻은 좋은 부분은 지금도 살아 있다.

1983년

존 케이시

John D. Casey, 1939-. 미국 소설가이자 번역가. 낚시꾼과 낚싯배 스파르티나호와 폭풍을 소재로 꿈과 정열을 다룬 장편소설 『스파르티나Spartina』로 1989년 전미도서상을 받았다. 하버드 대학교, 하버드 로스쿨, 아이오와 대학교 작가 워크숍 등에서 가르쳤다. 버지니아주 샬러츠빌에 살며 버지니아 대학교에서 브리스 디제이 팬케이크의 선생이었다.

272

새로운 후기

안드레 듀부스 3세

작가로서 내 삶이 정말로 시작된 건 브리스 디제이 팬케이크의 작품을 읽고 나서였다. 그것은 그가 죽은 지 4년도 더 된 1983년의 일로 그때 나는 콜로라도주 볼더에 살고 있었고 유죄를 선고받은 성인 중범죄자들이 수감되는 캐넌시티 교도소의 사회 복귀 훈련소*에서 일하고 있었다. 내 직함은 교정 기술자 1이었는데 그것은 시설에서 클립보드와 펜을 들고 오후 5시부터 새벽 1시까지 쉰일곱 명의 수감자를, 학대를 일삼던 남편의 얼굴에 총을 쏜 한 명을 더해 여성 아홉 명이 포함된 수감자들을 예의 주시한다는 뜻이었다.

훈련소 건물 자체는 콜로라도 대학교에서 겨우 세 블록 거리였고 그 몇 년 전 교정국(Department of Corrections)에 인수되기 전까지는

---

*   halfway house. 약물중독자, 범죄자 등이 출소 전 사회 복귀를 준비하는 곳.

대대로 여대생 클럽 아이들의 본거지였다. 앞마당에는 웅장한 참나무가 두 그루 있었는데 겨울에 3층에서 자정 순시를 돌고 있으면 능선에 별자리가 올라앉은 가운데 도시의 경계며 플랫아이언(Flatiron)들이, 즉 눈밭과 소나무 위로 치솟은 고대의 거대한 판석들이 두 나무의 헐벗은 가지 사이로 보였다. 나는 으레 수감자들이 잠들고 나면 이 풍경을 마음껏 누리면서 아침마다 또 이른 오후마다 매달리던 소설 생각을 지우려고 했다.

나는 스물세 살이었고 매우 놀랍게도 단편소설을 쓰기 시작한 참이었다. 나는 나를 작가로 보지도 않았지만 애초에 작가가 되겠다고 생각한 적도 없었다. 나는 리처드 예이츠, 존 치버, 존 업다이크같이 온갖 것에 관해, 특히 끔찍하게 불행한 중산층 및 상위 중산층 기혼자들에 관해 아름다운 글을 쓴 작가들을 줄곧 읽었다. 나는 내 작업에서 그들 산문의 운율은 물론 그들의 시각도 모사하려 애쓰고 있었던 것 같다. 하지만 그들의 작품은 나와 상관이 없었다. 내 친가와 외가 모두 남부 출신이었다. 내 아버지의 아버지는 토목 기사였고 또 그의 아버지는 루이지애나의 첫 자동차 정비공이었다. 외가 쪽에는 배관공, 쌀 짓는 농부, 노새꾼 들이 있었다. 나는 뉴잉글랜드의 낙오된 공장 마을들이 줄지은 곳에서 자랐고 내 죽마고우들은 내가 캐넌시티 교도소에서 감독한 사내들과 다르지 않았다.

월라 캐더는 언젠가 이렇게 적었다. "작가는 등장인물에 이입해 가장 깊은 공감에 들 때가 전성기다." 그 첫 몇 달간 내가 작업해온 글은 밑바닥 사람들을 꼭 포함한다고 할 수 없는 예술적 시각을 지닌 작가들에게서 영감 받은 것이었다. 게다가 나는 ─ 어리고 무지한 데다 읽은 문학작품이 턱없이 적은 탓에 ─ 진짜 소설은 그런 사람들을 품지 않는다고 부지불식간에 판단했던 것 같다. 그 결과 나는 내 글쓰기에 접속된 느낌을 거의 받지 못했다.

나는 그 일을 계속하면서도 그 일은 물론 나 자신이 싫었다. 나는 사설탐정에 때로는 현상금 사냥꾼처럼 뒤를 캐기 시작했다. 나는 덴버에 있는 다이아몬드 도둑의 자취를 좇았고 청부 살인자의 여자 친구 집을 감시했고 연방 보안관이며 마약단속국 요원과의 회의에서 가명 뒤에 있기도 했다. 어느 신출귀몰한 사디스트를 찾아 멕시코로 날아간 적도 있었다. 그것은 따분하고 때로는 위험한 일이었지만 개의치 않았다. 즉 나는 갈피를 못 잡고 있었다. 나는 방향도 목소리도 시각도 가지고 있지 않았다. 비번일 때 나는 술을 진탕 마셨다.

「삼엽충」이 어쩌다 내 손에 들어왔는지 지금은 기억나지 않지만 그게 책인지 잡지인지를 복사한 거였다는 사실은 기억한다. 플랫아이언의 그림자가 이울던 겨울 오후 나는 책상 앞에 앉아 그것을 읽었다. 첫 줄이 일인칭 현재 시제, 전에 많이 본 적 없는 장치였는데도 나는 얼마 안 가 그걸 의식하지 않게 되었다.

나는 트럭 문을 열고 벽돌로 포장된 보도에 발을 올린다. 나는 온통 둥글게 무지러진 컴퍼니 힐을 바라다본다. 오래전에 저 산은 끝내주게 우락부락한 모습이었고 티스강에 섬처럼 서 있었다. 아담하고 만만한 모습으로 바뀌는 데 꼬박 100만 년이 걸린 저 산을 나는 그동안 삼엽충을 찾아 샅샅이 뒤졌다. 적어도 문제가 되는 한 저 산은 늘 저기 있었던 것 같고 앞으로도 늘 저기 있을 것 같다. 여름철이라 공기가 부옇다. 찌르레기 한 무리가 내 위를 헤엄친다. 나는 이 지역에서 태어났고 간절히 떠나고 싶었던 적은 없다. 나를 쳐다보던 아빠의 죽은 눈이 기억난다. 진짜 메말랐던 눈, 그것이 내게서 무언가를 가져 갔다. 나는 트럭 문을 닫고 카페로 향한다.

여백이 느껴지는 저 경제적인 문장들 속에서 내 머리는 고요해지고 내 마음은 차분한 박동이 뛰었는데, 말 그대로 웨스트버지니아의 풍경과 젊은 콜리의 어깨를 짓누르는 오롯한 무게에 빨려든 것이었다 ── 살릴 수 없을 만큼 기울어버린 농장, 죽은 아버지, 더는 그를 사랑하지 않고 앞으로도 사랑할 일이 없는 지니. 거의 모든 문장이 ── 주어, 동사, 목적어로 ── 간단하게 구성되었으면서도 거기에는 유기적인 음악성이, 즉 그 문장들이 그 이상 없을 만큼 한껏 환기시키는 바로 그 세상에서 딸려 온 듯한 음악성이 있었다.

하늘에 얇은 막이 끼었다. 달아오른 열이 내 피부의 소금기를 뚫고 들어와 살을 팽팽하게 당긴다. 나는 트럭에 시동을 건 다음 티스강의 메마른 바닥에 건설된 국도를 타고 서쪽으로 달린다. 거기엔 넓은 저지대가 있고 그 양옆에는 태양도 불살라 없애지 못하는 산들이 노르스름한 너울을 이룬다. 나는 공공사업진흥국이 세운 철제 표지를 지난다. "조지 워싱턴이 조사함, 티스강 유료도로." 나는 건물들이 서 있는 곳의 들판과 소들을 보고 저들의 아득한 옛 모습을 떠올린다.

이것은 단지 묘사를 위한 묘사가 아니다. 우리는 덥다는 말을 듣지 않아도 더움을 안다. 찬물이 필요하다는 말을 듣지 않아도 목마름을 안다. 여기엔 명시적인 단어가 사용되지 않았는데도 우리는 시간의 경과뿐 아니라 어두운 전조를 예리하게 느낀다. 이는 팬케이크가 감각에 관한 디테일을 신중하게 골라 얻은 성과다. 하늘의 얇은 막, 피부의 소금기, 태양도 불살라 없애지 못하는 노르스름한 너울. 하지만 내가 이를 기술적인 디테일로 의식하게 된 건 훨씬 나중이었다. 이 놀라운 작가가 쓴 놀라운 소설을 처음 읽었을 때 내 의욕적인 부분과 갈피를 못 잡는 부분은 모두 잠재워졌고, 그래서 나는 하릴없이 콜리와 지니와 늙은 짐은 물론 고대의 풍경과도 하나가 되었으며 나아가 "아버지는 사탕수수 숲의 카키색 구름이고 지니는 이제 내게 산등성이에서 자라는 블랙베리 덤불의 쌉싸래한 냄새에 지나지 않는다"라고 말한 그 고향에서 삼엽충 화석을 찾겠다는 콜리의 희망과도 하나가 되었다.

이 소설은 시작할 때처럼 끝맺음도 매끄럽고 정직하다. 콜리는 그 여자아이를 갖지 못하지만 그렇다고 자신의 열정을 잊지도 않는다. 모든 게 마지막 한 문단으로 진정한 결실을 거둔다.

나는 일어선다. 오늘 밤은 집에서 보내야지. 미시간은 쳐다보지도 말아야지 —— 아마 독일이나 중국도, 장담할 순 없지만. 나는 걸음을 내딛지만 두렵지는 않다. 나는 내 두려움이 100만 년의 시간 동안 원을 돌고 물러나는 걸 느낀다.

콜리는 이야기 내내 두려워하고 우리는 일부러 의식하지 않아도 그렇다는 걸 줄곧 안다. 마지막 문단을 처음으로 끝냈을 때 내 손가락은 떨리고 있었고 내 숨은 턱까지 차올랐고 내 영혼은 양식으로 채워지되 더욱 굶주려버렸다. 이 팬케이크라는 남자는 자기 인생의 어느 특정한 때 특정한 장소에서 한 등장인물에 너무 깊이 들어간

나머지 우리 모두에 관한, 삶과 사랑과 죽음에 관한 더 큰 진실을 포착하고 말았는데, 그 모든 게 영리하다거나 아이러니한 표현 한 번 과시하지 않고 스물네 페이지로 해낸 일이었다.

나는 동네 서점에 들러 브리스 디제이 팬케이크라는 작가가 쓴 책의 재고가 있는지 없는지 답해줄 남자에게 문의를 했다. 그에겐 재고가 있었다. 30분 뒤 나는 서점 주인이 팬케이크의 처음이자 마지막 책이라고 말한 책을 샀다.

집으로 돌아온 나는 늦다 싶은 오후 커피를 내리면서 이미 4년 전 우리를 떠난 이 타고난 작가의 표지 사진을 빤히 처다보지 않을 수 없었다. 나는 그가 부재한다는 슬픔과 그러면서도 그가 남기고 간 것에 대한 기대가 뒤섞인 묘한 감정을 느꼈다. 나는 책을 읽으려고 앉았다.

『브리스 디제이 팬케이크 소설집』을 끝냈을 땐 해 질 녘이라 나는 코트를 걸치고 나가 눈 덮인 볼더 거리를 오래오래 걸었다. 나는 레스토랑과 상점과 고산식물원 들에서 나오는 불빛을 눈에 담았다. 나는 플랫아이언들을 올려다보았고 능선 위에서 반짝이는 별들을 바라보았다. 그러고 나서는 산의 추위 속에 마냥 그대로 서서 누구도 못 들어보았을 이 작가의 열두 소설에 나오는 모든 인물의 삶을 느껴보았다. 연인도 감당해주지 못할 석탄 채굴 일에 속박돼 생활고를 겪는 버디. 애정이 결핍된 입양 가정들을 연이어 겪은, 버려진 강변 마을과 위험한 예인선 일을 빼면 인생이 아무것도 아닌 「영원한 방」의 이름 모를 화자. 화대를 치르고 몸을 나누었던 미성년 여자아이의 끔찍한 죽음을 술로 기리는 사내들과 사냥 나가길 꺼리는 10대 소년 보. 팬케이크가 단 여덟 페이지로 완전하고 정직하게 그려낸

「번번이」의 불안한 연쇄살인범. 불임의 몸과 자기혐오와 친오빠와의 근친상간 욕망에 마음이 무너진 레바. 싸움을 좋아하는 스키비와 "산에서 알던 것과 달리 깡마른 데다 전보다 그녀를 막 대하는 듯한" "늘 끼고 다니던 총을 써먹은 살인자에 지나지 않는" 하비를 사랑하기에 희망이 없는 앨리너도 있다. 「나의 구원자」에서 우리는 팬케이크의 유일하게 코믹한 화자와 그 화자의 이루지 못한 꿈을 본다. 한 번도 진정 자신의 것인 적이 없던 집과 가족한테 돌아온 장거리 트럭 운전수 오티도 있다. 그리고 마지막에는 가족 농장과 병든 부모를 물려받은 젊은 홀리스도 나온다. 우리는 홀리스의 운명에서 불행을 느끼지만 가족을 받들고 옳은 일을 하려는 그의 강한 욕구를 느끼기도 한다. 이것이 팬케이크의 중심에 있는 하나의 주제로, 그의 인물들은 유혹으로 잡아끄는 저희 안의 어둠에 직면해 선을 잃지 않으려고 끊임없이 아등바등한다. 이 이야기들에서 자주 나오듯 거기엔 총과 위스키와 어떤 종류든 간에 변화에 대한 갈망이 있다.

그는 도로 집에 들어가 거실 소파에서 기지개를 쭉 켰다. 접은 누비이불을 가슴으로 끌어당긴 그는 이불을 베개처럼 그대로 안고 있었다. 그는 소가 밥 달라고 음매 하는 소리를 들었고, 아버지가 여린 쇳소리로 숨을 헐떡이며 우는 소리를 들었고, 어머니가 고르지 못한 소리로 흥얼거리는 찬송가를 들었다. 그는 그렇게 우중충한 불빛 속에 누워 잠이 들었다.
태양은 눈이 날려 검어졌고 골짜기는 흥얼거림과 함께 조용히, 한 시간 동안의 기도처럼 조용히 길어진 밤을 맞았다.

많은 부분 팬케이크의 기술은 집 안 어디에 소총이 장전되어 있다 든지 젊은 홀리스가 한도에 다다랐으며 앞으로는 참지 않을 거라든 지 하는 얘기를 우리에게 말해주지 않는 데 있다. 대신에 작가는 디 테일이 지닌 본래의 힘을 믿는다. 아버지가 숨을 헐떡이며 우는 소 리, 어머니가 고르지 못한 소리로 흥얼거리는 찬송가, 검어진 태양, 그리고 마지막에는 "한 시간 동안의 기도처럼 조용히" 길어진 밤을 맞는 골짜기. 거룩한 반성의 시간이든 불경한 굴복의 시간이든 —— 둘 중에서 고르세요, 라고 팬케이크는 말하는 듯하다 —— "우중충한 불빛" 속의 그 모든 것에 섞여 홀리스는 잠이 든다.

하지만 거의 20년이 다 된 그날 밤 로키산의 추위 속에 서 있던 나 는 내 속을 막 헤집고 지나간 어떤 작품에 대해서도 분석을 시작하 고 있지 않았다. 나는 여전히 그 작품들의 마법에 걸려 있었고, 내가 자라면서 알아온 사람들과 크게 다르지 않은, 언덕 위의 사회 복귀 훈련소에서 나와 대부분의 시간을 함께하는 수감자들과 크게 다르 지 않은 그 모든 등장인물이며 그들의 삶에 감동 중이었다. 윌리엄 카를로스 윌리엄스는 말했다. "당신 코앞의 이야기를 쓰세요." 브리 스 팬케이크가 자신의 기술을 어떻게 터득했는지는 모르지만 내가 느끼기엔 노력으로 일구어낸 것보다 영감을 얻은 바가 더 크지 않을 까 싶기도 하다.

면도날 같은 바람이 평원의 동쪽으로 불어들었다. 나는 모자와 장갑이 있었으면 하고 집으로 걸음을 돌렸다. 그러다 적어도 이것 하나는 알게 되었다. 브리스 디제이 팬케이크가 단어와 확고한 직업 윤리로 할 수 있는 것 이상을 필사용 책상에 가져다 놓았다는 것. 그 가 우리에게 보여주는 것은 원고지 위에서의 어떤 겁 없음, 즉 인물과 이야기가 요구하는 만큼 깊이 들어가겠다는 타고난 의지다. 여기에는 엄청난 아량과 용기, 신념과 인내가 필요하다. 하지만 여기에는 더한 것도 있다. 그즈음 나는 다른 작가 몇 명과 강독을 하던 중이었는데 그 글은 왠지 모르게 판단을 내리려는 경향이 느껴지는 게 마치 이야기 속 인물들이 현실 속의 사람이라기보다 인간의 조건에 관한 영리하고 냉소적인 관점을 취하기 위해 가져다 쓴 지주 같았다. 팬케이크로 말하자면 그런 느낌이 전혀 없다. 오히려 그 반대의 느낌이 든다. 그의 이야기 속 인물들은 단순한 발명품이 아니라 어떤 나락에 빠지더라도 그가 고통을 함께하는, 믿는, 끝내 사랑하는, 피와 살이 붙어 있는 인간이다. 이것은 깊은 예술적 진정성 없이는, 네이딘 고디머의 한 인물이 말하듯 "저 자신에 대한 무념" 없이는 성취될 수 없다. 브리스 디제이 팬케이크는 손안의 과제에 너무 초점이 맞추어져 있었다 — 완벽하게 공명하는 대사 한 줄, 꾸밈없는 이미지, 물리적이면서 그 이상 없을 디테일을 찾으려고 노력했다 — 오늘날 많은 젊은 작가들이 관심을 갖는 것과는 너무 동떨어진 것에 관심을 두었다. 이를테면 이런 것. **내**가 쓴 이 이야기가 **나**를 다시 어떻게 비출까? 이 이야기는 나를 어떤 모습으로 **보이게** 만들까?

이것은 세상에 대한, 그리고 그 안에서 자기가 인지하는 장소에 대한 절박하다고까지 할 응답으로, 스물세 살의 나는 겁을 먹고 표류하느라 그런 일은 엄두도 내지 못했다. 『브리스 디제이 팬케이크 소설집』을 읽은 이후의 아침, 나는 책상에 앉아 내가 작업하고 있던 모든 원고를 다시 읽었다. 나는 내 공책들이 고작 나 자신과 어쩌면 내 말발에 껌뻑 넘어가 설득하느라 시간 낭비할 필요가 없는 다른 사람들을 납득시키려고 쓴 문장들로 가득하다는 걸 처음으로 분명

히 알았다. 팬케이크의 기술에 그대로 걸려든 나는 내 언어가 중언
부언하고 있음을, 그리고 그것이 내 인물들과 그들의 특정한 진실을
드러내는 데 봉사하는 대신 대학에서 배운 어휘를 과시하는 데 이용
되고 있음을 알았다. 또한 나는 내가 고심고심 그려냈다고 생각한
이미지들이 실은 진부하며 거짓으로 울리는 데다 구두점과 문장의
운율마저 작품 전반에 걸쳐 적재적소에서 기능한다기보다 그걸 쓰
던 때의 특정한 정서를 더 반영하는 듯하다는 걸 알았다.

　나는 원고를 다 내던지고 다시 시작했다.

　브리스 디제이 팬케이크는 내가 내내 찾던 것 쪽으로 가는 길을
일러줌으로써 소설과 싸움을 하던 나를 깨웠는데, 이후 몇 년에 걸
쳐 나는 그의 작품을 두고 비슷한 말을 하는 내 또래 작가들을 많이
만났다. 나는 이 점이 그에게 감사하되 내 감사는 훨씬 깊은 데까지
나아간다. 요컨대 나는 경험 예술이 우리에게 더 넓은 범위의 더 진
정한 인간을 안겨주고 또 우리를 그런 인간으로 만들어준다는 걸,
인간의 단순한 진실 —— 몇 가지 열거하자면 배고픔, 허약함, 명예,
정욕, 용기 등 —— 은 표현되기를 기다리고 있으므로 죽기 전에 우리
는 우리가 누구인지 또렷이 알게 되리라는 걸 확신한다. 아울러 그
의 소설들을 지역으로 한정하는 건 실수일 텐데, 왜냐하면 그 소설
들은 경계를 넘어 한참 깊은 데로 나아가기 때문이다. 웨스트버지니
아의 골짜기를 보여줌으로써, 그곳의 농장과 탄광, 술집과 모텔, 싸
움터와 사냥터와 묘지를 보여줌으로써, 하지만 무엇보다도 그곳의
혼란스러운 인간성에 젖은 사람들을 보여줌으로써 팬케이크는 실로
보편성을 얻었다.

　그렇다, 이것은 브리스 디제이 팬케이크의 처음이자 마지막 책이

다. 하지만 이 소설집에 수록된 열두 편의 이야기는 분명 살아남을 것이고 우리 모두의 더 깊은, 더 어두운 부분을 끊임없이 밝힐 것이다 ─ 사랑하고 사랑받으려는 우리의 고집스러운 욕구를, 우리의 피와 살이 범하기 쉬운 오류를, 우아함에 대한 우리의 영원한 동경을.

2002년

안드레 듀부스 3세

Andre Dubus Ⅲ, 1959-. 미국 소설가. 펜 아메리칸 센터(PEN American Center. 펜 아메리카의 전신)의 일원으로서 전미도서상과 미국예술기금 등의 심사 위원으로 일했다. 하버드 대학교, 터프츠 대학교 등에서 문학을 가르쳤으며 매사추세츠 대학교 로웰 캠퍼스 영어영문학과 교수로 재직 중이다. 오프라 북클럽 선정 도서이자 동명의 영화로도 제작된 『모래와 안개의 집House of Sand and Fog』 등 여러 권의 소설이 평단의 찬사를 받았다. 안드레 듀부스라 불리는 아버지 안드레 듀부스 2세도 소설가다.

옮긴이의 말

이 작가를 만나기 전 웨스트버지니아 하면 내게 먼저 떠오르던 것은 존 덴버가 〈Take Me Home, Country Roads〉에서 노래한, 고향에 대한 향수 내지 전원에 대한 동경이었다. 하지만 웨스트버지니아는 면적이 남한의 5분의 3에 이르고 그 대부분은 산이며 브리스 디제이 팬케이크가 글쓰기를 위해 유학을 했던 비슷한 이름의 버지니아주와는 서울-부산 거리의 네 배에 이르는 거대한 애팔래치아산맥이 벽처럼, 막막한 강처럼 가로놓여 있다. 거기다 역사의 물결대로 그곳의 주산업이던 석탄은 생산량이 줄고 그마저도 기계가 노동력을 대체하면서 많은 토박이가 그곳에서 희망을 발견하지 못했고, 그래서 고향을 등진 채 다시 돌아올 엄두를 내지 않았다. 그곳에 남은 사람들, 그곳을 벗어날 기회가 주어지지 않았던 사람들에게 실상 웨스트버지니아는 향수와 목가가 아니라 고립과 체념, 척박함과 가난으로 먼저 기억될 곳인 것이다. 웨스트버지니아, 힐빌리의 고장.

정치적 올바름의 여파인지 아니면 소설가 박완서가 『도둑맞은 가난』에서 이야기한 것처럼 가난조차 소비하는 고도화한 자본주의 때문인지 "힐빌리"라는 말에 담긴 비하의 뜻이 전보다는 희석된 감이 있지만, 어쨌거나 힐빌리는 예전에도 지금도 자랑할 것은 못 되는 일종의 낙인으로 남아 있다. 힐빌리가 단지 못 배우고 가난한 산골 무지렁이라는 뜻이라면 브리스 디제이 팬케이크 자신은 엄밀히 말해 힐빌리와 거리가 있는 사람이다. 하층민에 가까운 살림살이라 고학을 해야 했지만 엄연히 중산계급 집안에 명문 버지니아 대학교에서 공부한, 이를테면 엘리트인 것이다. 하지만 곡간이 빌 때 그런 간판은 허울로 격하되곤 한다. 웨스트버지니아의 고질적인 가난과 낙후와 체념 속에서 모든 문제는 경제적인 문제보다 후순위였고 계층도 인종도 성별도 나이도 급선무가 될 순 없었다. 산의 주(Mountain State) 웨스트버지니아 전반에 드리운 이런 분위기 때문에 오히려 그곳 사람들 사이에는 계층과 인종과 성별과 나이에 관계없이 같은 고민을 겪는다는 일종의 동질감이 생겨났을 거라 보는데, 실제로 브리스 디제이 팬케이크는 어려서부터 주변 노인들의 대화를 귀에 달고 산 데다 종종 급식 시설에서 노숙자들과 밥을 먹기도 하는 등 누구와도 허물이 없었다고 한다. 이 살가움이 웨스트버지니아 사람이라는 연대감에서 비롯했는지 개인의 성품에서 비롯했는지는 잘라 말할 수 없지만, 아니 아마 둘 다에서 왔겠지만, 결과적으로는 그것이 그의 소설과 정서에 바탕이 되었음은 분명하다. 힐빌리건 힐빌리의 관찰자건 그는 누구에게도 열려 있던 인정 많은 사람이었고, 자부심은 몰라도 자존심은 잃지 않는 강단 있는 산골 사람이었다.

　브리스 디제이 팬케이크의 책을 처음 접했을 때 나는 그라는 인물이 아니라 그의 배경, 즉 그가 가난했다느니 학교에서 출신지와 계층의 문제로 소외감을 겪었다느니 스물여섯 살에 생을 마감했다느니 하는, 이해하기 쉽고 호사가들이 좋아할 사실들을 더욱 눈여겨본 나머지 그와 그의 작품을 측은지심의 관점에서 바라보았는데 이는 마냥 부끄럽고 죄스러운 일이었다. 그는 드넓은 애팔래치아 산지를 보듬을 만큼 넓고 깊은 작가였다. 2003년에 창간된, 미국의 내로라하는 문인들이 기고하는 온라인 문예지 〈밀리언스The Millions〉는 브리스 디제이 팬케이크를 "힐빌리 헤밍웨이"라 불렀다. 나는 이 말이 모든 건 아니어도 많은 걸 적절하게 설명해준다고 본다. 그는 말하기보단 말을 참는 데 이골이 난 사람처럼 감정도 단어도 낭비하지 않았고, 그러면서도 그의 관심은 자기 안에 고립되기보다는 자기보다 사연 많고 힘들고 복잡한 삶을 이어가는 웨스트버지니아의 타자들에게로 향했다. 그는 자신이 그리는 사람들을 위해 자신을 접어둘 줄 아는 사람이었다. 그리고 그는 미국 작가로서 헤밍웨이의 유산을 물려받았지만 그 그늘에서 벗어나지 못할 바엔 헤밍웨이 이상으로 글을 졸이려던, 헤밍웨이적인 글쓰기를 극한까지 밀어붙여 자기만의 것을 만들려던 오기 있는 작가였다. 그는 개고의 힘을 확고하게 믿은 사람으로 그의 소설은 보통 10교 이상의 교열을 거쳤다고 한다. (『The Collected Stories of Breece D'J Pancake』, Jayne Anne Phillips 엮음, Library of America, 2020.) 그렇게 덜어진 그의 소설은 그래서 여백이 많되 감정이든 상황이든 느리게 읽을수록, 거듭 읽을수록 새로운 것들이 눈에 들어온다. 한두 해 겪어보고 모든 걸 알았다 말할수 없는, 빠져들기도 쉽고 헤매기도 쉬운 애팔래치아의 풍경 같은 글이 아닐까 싶다. 어디를 보아도 웅숭깊다.

『브리스 디제이 팬케이크 소설집』은 지역색이 더없이 강한 책이다. 원문에서는 웨스트버지니아의 사투리와 일상어 특유의 비문 등 더러 인물들이 사용하는 언어를 통해 부모에서 자식으로 대물림되는 가난, 배움, 계층 등이 얼핏얼핏 드러난다. 이런 디테일이 작품을 한층 격상시키는 것이지만 우리말로 정 대응이 안 될 때 가독성에 중점을 두었음을 밝힌다. 그럼에도 독자는 숲을 보기 위해서든 나무를 보기 위해서든 앞으로 돌아가 숨을 고르는 일이 여러 번 있을 거라 보는데 그 모든 건 한 권의 소설집으로 신화가 되어버린 이 작가의 처음부터 노련했던 실력과 진정성에서 오롯이 비롯한 것임을 이야기하고 싶다.

2021년 5월

이승학

이 책에 쏟아진 찬사

명예를 걸고 말하네만 단적으로 그는 내가 읽은 최고의 작가, 최고로 진실한 작가로군. 긴가민가한 건 뭐냐면 마음이 너무 아파서 그렇게 즐겁지가 않다는 거야. 자네랑 나는 결코 모르겠지.

커트 보니것(작가. 존 케이시에게 보낸 편지에서)

그의 소설들은 긴장되고 애수를 띠며 현재를 지배하는 과거에 관해 서슴없이 말한다. 산문시처럼 촘촘하고 엄격하게 쓰인 글이다. 누구라도 헤밍웨이의 데뷔와 비교하고 싶어질 만큼 비범한 재능을 지닌 젊은 작가다.

조이스 캐럴 오츠(작가)

브리스 디제이 팬케이크는 이례적인 목소리다. 대범하고 예리하며 현실을 달래주는 듯한 질감을 띤다. 절박해서 잊히지가 않는다.

마거릿 애트우드(작가)

브리스 팬케이크의 소설들은 선명하고 직관적이다. 상실과 가슴 미어지는 냉혹함에 흔들리는 이 삶들은 어둠 속에서도 빛나는 존엄으로써 최고로 인간다운 모든 것의 끈질김을 보여준다.

제인 앤 필립스(Jayne Anne Phillips, 작가)

간단히 말해 최상급. 이 소설집은 연작소설집이 아닌 책에서는 보기 드문 누적의 힘이 있다. 이 글들이 팬케이크의 마지막이다—주의하여 읽으시길.

데이비드 보스워스, 보스턴 글로브

강렬한 만가(挽歌). 팬케이크 씨는 디테일에 대한 날카롭고 작가다운 눈을 가졌고 그 디테일로 불모의 산과 골짜기로 이루어진 자신의 고장 웨스트버지니아에서의 삶을 첩첩이 그려낸다.

미치코 가쿠타니, 뉴욕 타임스

그만큼 빼어난 지식을 갖춘, 주제를 그만큼 다층적으로 잘 탐색한 「삼엽충」 같은 소설 때문에 팬케이크는 작가로서 과숙해버린 게 분명하고, 틀림없이 자기가 아는 걸 다 써버렸다고 느꼈을 것이다. 이 소설들을 쓰느라 고생했을 작가에게 존경을, 솔직히 말해 질투를 표하지 않을 도리가 없다.

로버트 윌슨, 워싱턴 포스트

팬케이크는 창작에 관한 진정한 재능으로 축복받았든가 저주받은 사람이다. 독자들은 이 책에 담긴 확신과 다양한 등장인물을 찾아, 상상된 것이기도 하고 알려진 것이기도 한 그들의 투명한 삶을 찾아 이 페이지들로 돌아올 것이다. 팬케이크의 시각은 위태로우면서도 너그러웠다. 그의 책은 그것이 헛되지 않았음을 증명한다.

레이먼드 넬슨, 버지니아 쿼털리 리뷰

풍화된 고대의 산과 골짜기, 버려지다시피 한 탄광촌, 녹슨 트레일러, 탱크차, 우울한 카페, 불모의 농장 등 웨스트버지니아의 풍경을—가두어졌거나 불구가 되었거나 한물가버린 등장인물들의 삶에 대한 은유라 할 수 있는 풍경을—기억에 남을 디테일로 선명히 재현하는 팬케이크의 능력이 페이지마다 명백하다.

로버트 타워스, 뉴욕 리뷰 오브 북스

군계일학인 굳센 소설. 자기 터전에 대한 팬케이크의 앎은 요크나파토파 카운티(Yoknapatawpha County)에 대한 포크너의 완전한 앎과 총체성 면에서 닮았다. 이 소설들은 거의가 날것에 선명하며 무조음악 같은 느낌이 들어 인상 깊고 감동적이다. 이 소설들의 황량하고 가슴 아픈 내적 그리고 외적 풍경들은 팬케이크를 기리는 진혼곡이면서 독자에게는 은총이다.

해럴드 재피, 뉴스데이

마음 아프며 정직하게 표현되었다. 그 지역을 제대로 알았던 젊은이가 그곳의 황량한 풍경을 그린 열두 개의 삐걱삐걱하는 이야기. 당신이 겪어보길 몸서리치게 권한다.

제임스 R. 프레이크스, 클리블랜드 플레인 딜러(Cleveland Plain Dealer)

팬케이크의 문체는 간결하고 무뚝뚝하고 터프하고 마음을 흔들며 저만의 방식으로 눈이 시리게 환하다.

퍼블리셔스 위클리

이 지역이 『브리스 디제이 팬케이크 소설집』에서처럼 능숙하고 솔직하고 절망적으로 이해되고 발가벗겨진 적은 미국 문학사에 없었다. 브리스 팬케이크의 최상급 소설들을 충실하고 감동적인 문학적 경험으로 끌어올리는 것은 그 지역의 분위기에 대한 관심과 강렬한 감각으로서 이는 현대 소설에서는 귀하다. 한 장소에서 수백만 년에 걸친 막대한 압력으로 생겨나는 화석처럼 이 소설들은 혹독하게 닳은, 깨끗이 정화된, 광채가 나는 특성을 지녀, 그 안에 거주하다 갈 인간들보다 훨씬 오랜 세월을 견딜 것이다.

볼턴 데이비스, 샌프란시스코 리뷰 오브 북스

브리스 디제이 팬케이크의 소설들에서 우리는 이를테면 한 사람을 자기 소멸로도 몰아갈 수 있는 지리적인 절망을 감지할 수 있다. 감정 소모가 엄청난 소설들이라 우리는 팬케이크 자신이 이해했으며 그 결과 비극적이게도 극복하지 못한 것으로 보이는 내부의 격렬한 감정을 거의 이해하게 된다.

그레고리 모리스, 프레리 스쿠너(Prairie Schooner)

팬케이크는 그를 아는 몇 안 되는 사람들에게—깐깐한 작가들과 학자들에게—미국 문학의 신화에 준하는 인물, 힐빌리 헤밍웨이가 되었다. 그 신화는 그가 삶을 살아내던 방식과 자신의 죽음을 둘러싼 묘연한 정황을 가지고 일부 스스로 만든 것이었다. 나머지는 그의 비범한 글쓰기가 남긴 유산 주변을 맴도는 우리가 만든 것이다.

마이크 머피, 밀리언스(The Millions, 문예지)

팬케이크는 비범할 정도로 촉각적인 작가였다. 그가 소환하는 적나라한 감정들은 그의 율동하는 문장에 실려, 피부 밑을 울리는 묵직한 억양에 실려 실로 체감된다. 이 소설들은 작가보다 오래 살아남아 그 잠재성이 아니라 그 완벽함 때문에 가슴 아프게 만든다.

샘 색스, 월스트리트 저널

팬케이크의 소설들을 시의적절하게 만드는 건 황량한 특성이겠지만 세월을 초월하게 만드는 건 응축된 기교와 정제된 정서다. 글을 쓸 때 팬케이크는 자학을 한다 싶을 만큼 강박적인 완벽주의자였다. 전형적인 예로 그는 원고를 수기로 네 번 본 뒤에 타자기로 열 번 보았다.

존 미쇼, 뉴요커